甘く危険な島

ジェイン・A・クレンツ

霜月　桂　訳

MIRA®

MIRA®文庫

Serpent in Paradise

by Jayne Ann Krentz

Published by Harlequin K.K., Tokyo, 2006

読者の皆さまへ

わたしの作品を読んだことがある読者のなかにはご存じの方もいると思いますが、わたしは現在、ジェイン・A・クレンツとして現代物ロマンティック・スリラーを、アマンダ・クイックとしてサスペンスを絡めたヒストリカル・ロマンスを、ジェイン・キャッスルとしてSF小説を書いています。しかし、わたしが作家の道を歩みはじめたばかりのころは、ジェイン・A・クレンツとステファニー・ジェイムズの二つの名のもとで、男女間の葛藤《かっとう》を描いたクラシックなロマンスを発表していました。本書は、当時の作品です。

この機会を借りて、昔から読んでくださっている皆さまと新しく読者になってくださった皆さまに、お礼を申しあげたいと思います。わたしの本に興味を持ってくださって、感謝しています。

ジェイン・A・クレンツ

甘く危険な島

■主要登場人物

エイミー・シャノン……ランジェリー・ショップ経営者。
ジェイス・ラシター……セントクレア島のバー〈サーパント〉経営者。
メリッサ……エイミーの姉。
アダム・トレンバック……メリッサの恋人。
タイ・マードック……メリッサの元夫。諜報員。
ダーク・ヘイリー……タイの元同僚と名乗る謎の男。
クレイグ……メリッサとタイの息子。
レイ・マシューズ……〈サーパント〉のバーテンダー。
マギー……セントクレア島の食料品店経営者。
フレッド・クーパー……セントクレア島の警察官。

1

その女は、彼がともに情事を楽しみたいと思うようなタイプではなかった。

ジェイス・ラシターは曲げた籐《とう》でできた大きな椅子に深く腰かけたまま、目をこらして彼女を観察した。彼女は店の奥の、手すりのついたテラス席に座っている。椅子の背もたれが大きく湾曲しているせいで、その姿は一部隠れているけれど、店内に男が入ってくるたび妙に思いつめたような期待をこめて見つめ、相手が自分のテーブルに近づいてこないとふっと緊張を解くのがわかる。

誰かを待っているのだ、とジェイスは思った。誰か男を。そう考えると、なぜか少々落ちつかなくなった。男なら誰でもいいのか？　それとも誰か特定の男を待っているのか？　ここセントクレア島は彼女の家から何千キロもへだたっているはずだ。明らかに彼女は場違いに見える。その正体は、南太平洋でのバカンスが旅行代理店のパンフレットから期待したほどではなかったことにがっかりしている旅行者なのか？　それともお忍びの休暇で恋人と落ちあう予定の女なのか？

この状況では後者の可能性のほうが高そうだ。〈サーパント〉に入ってくる客を見つめる彼女の期待に満ちたまなざしも、それで説明がつく。客の多くが地元民で、よそ者は旅慣れた観光客がたまに訪れるだけのこのカフェバーに、彼女がひとりで入ってきた理由もそう考えれば納得がいく。恋人と待ちあわせているのなら納得できることばかりだ。

だが、自分がそう考えたくないのはいったいなぜなのだろう？

ジェイスは苦笑するように口もとをゆがめ、目の前のラム酒のグラスに手を伸ばした。自嘲《じちょう》的なしかめっ面をするとは彼らしくなかった。どんなものであれ、不必要なジェスチャーやポーズは性にあわなかった。ジェイス・ラシターにはある種、待ちの姿勢といったものが身についていた――内面からにじみでる圧倒的な静けさが。

一方、熱い南国の夜にさまよいでて、彼が経営するこのバーの奥まった席を選んだあの女には、静けさも穏やかさもまったくない。彼女は緊張してそわそわと落ちつかず、ひどく無防備な印象を与える。

ふだんのジェイスならそういう女とベッドをともにしたいとは思わなかった。それなのに、なぜ彼女から目を離すことができないのか？

おそらくセントクレア島での暮らしが長すぎたせいだろう。自分は堕落しているという自覚が意識の片隅に食いこんでくると、ジェイスはその感覚をしゃにむに押しやった。別に南国での暮らしが長すぎたためではない、と自分自身に言い聞かせる。単に女っけなしの期間が少し長すぎただけだ。彼はもうひと口ラム酒をあおった。

だが、やはりああいう女は自分の相手としてはふさわしくない！　彼に必要なのは、都会的でどこか自堕落な旅行者、彼との一夜を軽く愉快な旅の記念と考えるような女なのだ。貝殻のセットを買って帰るよりはずっと面白い土産話になると考えるような女。セントクレア島は期待にたがわぬところだったと思ってくれるような旅行者。この島はあまりに遠く、知られていないので、南太平洋でのバカンスなんて一生に一度しか経験しない平均的な中流階級の観光客はほとんどやってこない。合衆国海軍の艦船や移住者たち、それに南太平洋の港に流れついた流れ者たちのほかにセントクレア島の土を踏むのは、世俗的な快楽に飽きて本物の楽園を探し求める少数の旅行者だけだ。

彼らはそれほど長く滞在するわけではないが、それでも中には滞在中、セントクレア島というささやかな楽園で繁盛しているオアシス〈サーパント〉を見つけだす者もいる。そしてそういう客の中からジェイスはときどき自分に必要な相手を選ぶのだ。

だが、今夜は違った。今夜のジェイスは、夫につくす二児の母として家庭にとどまっているほうがずっと似合う女になぜか興味をそそられている。自分のいつものタイプとは違う。ジェイスは再び心につぶやき、もうひと口ラムを飲んだ。自分のタイプではないうえに、やはりどう見ても場違いだ。

彼女があんなにも心待ちにしている相手はどこにいるのだろう？　ジェイスは彼女の熱

っぽい視線をたどり、入り口のほうにわれ知らず目をやった。彼女がアメリカから遠く離れたこの島で会おうとしている相手はいったいどんな男なのか？　思いつめてぴりぴりしたその心を解きほぐし、彼女の期待にこたえてやるのはどんな感じなのだろう？

「ばからしい」ジェイスは自嘲的にそうつぶやき、立ちあがると飲みかけのラム酒のグラスを手に取った。女っけなしの生活を長く続けるとこういうことになるのだと思いながら、彼女の席のほうにゆっくりと歩きだす。長すぎる禁欲生活は男を愚かな行動に駆りたてる――たとえば無視を決めこむに違いない女に向かって、声をかけるといった行動に。

だが、ここはジェイスの縄張りであり、彼女はそこに入りこんできて、とうに枯れ果てたはずの彼の好奇心をやけに刺激しているのだ。こちらの興味をかきたてた責任上、声をかけたらどう対処するかを見せてくれてもいいだろう。

ぼくが近づいていっても期待に満ちた目で迎えてくれるのだろうか？　だとしたらその表情はいつまで続くのか？　ジェイスは彼女の横顔を見ながら歩を進めていった。彼女は入り口に全神経を集中しており、ジェイスにはまだ気づいてもいない。

ジェイスの頭に再び疑問がわきあがった。彼女は特定の誰かを待っているのか？　それとも男なら誰でもいいのか？　後者だとしたら、むろんぼくだっていいはずだ。ひょっとしたら彼女も南の島でのアバンチュールを求めている多忙な都会の女なのかもしれない。彼女がささやかな冒険をしたいなら、ぼくをその相手にどうかと口説いてみてもいいはずだ。ぼくのほうにもちょっとした気分転換が必要なのだ。そう考えて、ジェイスは一瞬自己嫌悪に陥った。ぼくとしたことが自分を憐《あわ》れもうというのか？　ばかばかしい。こういう男の悩みにはちゃんと対処法がある。運がよければあのテラス席の女がそれを証明してくれるだろう。

エイミー・シャノンは彼がテーブルのそばに来るまで気がつかなかった。近づいてくる男の姿を遅まきながら視界の隅にとらえると、彼女はぎくりとして身をすくめた。そのせいで彼女を知る人なら誰もが予測できそうな災厄が起きた。

彼女の右手付近に置かれていたほとんど手つかずのワインのグラスを、身をすくめた拍子に引っくりかえしてしまったのだ。〈サーパント〉がハウスワインとして出しているブルゴーニュが磨き抜かれた木のテーブルにこぼれて広がり、端からしたたり落ちた。

まったく、わたしったらしょうがないわね。エイミーはあきらめの念とともにその様子を見つめた。

「これは失礼」男が上質のシェリーのように深みのある声で物憂げに言った。「驚かせるつもりはなかったんだが」

「だったら、こそこそ人に忍びよるようなまねはしないでほしいわ」エイミーはひどく事務的な口調で言った。グラスに添えられていた小さな紙ナプキンでこぼれたワインを拭《ふ》きはじめるが、ほとんど効果はない。

かたわらに立っている男は動じなかった。彼女がむなしく奮闘するのを見て、穏やかに言った。「この場はぼくに任せて」そしてバーカウンターの向こうで働いている顎ひげの若い男に目顔で合図した。

「気をつけないと、あなたのスラックスがワインびたしになるわよ」エイミーはいらだたしげに言った。カーキのスラックスがこの惨劇の巻き添えを食うのは時間の問題のように思われた。

だが、見知らぬ男はそんな危険性には素知らぬ顔で、バーテンダーがモップでエイミーの粗相の後始末をするあいだも礼儀正しくそばに立っている。

「心配いりませんよ」バーテンダーは優しく言った。「店からのおごりってことで、もう一杯お持ちします」

「ありがとう、レイ」エイミーは謙虚に礼を言った。このバーテンダーとは最初のワインを持ってきてもらったときに言葉をかわしていた。エイミーのほうが、店内の壁にかかっているセントクレア島の美しい風景画は誰が描《か》いたものかと尋ねたのだ。レイ・マシューズはどれも自分が描いたのだと恥ずかしそうに答えた――〝絵はあくまで趣味にすぎないんだけど〟と口早に言いそえて。いまレイは後始末を終え、再びカウンターのほうに戻っていった。

テーブルが片づいて新しいブルゴーニュのグラスが置かれたときには、エイミーは自分に連れができてしまったことに気づかざるを得なかった。例の男はちゃっかり彼女と同席する気になっていた。

彼が向かいの籐の椅子に腰をおろすと、エイミーは当惑して目をしばたたいた。それから、ひょっとしてこの男が待ちあわせの相手かもしれないと思いあたり、ぶっきらぼうに言った。「あなた、誰？」

「〝彼〟だよ。たぶんね」

卓上のキャンドルの揺らめく炎ごしに、エイミーは初めて男の顔を正面から見た。彼の目は見たこともないくらい珍しい色をしていた。

トルコ石だ。驚嘆の念をもって胸につぶやく。彼の目はトルコ石の色をしている。それにトルコ石と同じほど目つきもかたく、読みとりがたい。「いったいなんの話？」

彼は面白がっているような表情をちらりと見せ、大きな椅子の背に寄りかかった。「ぼくが彼になりたいってことさ」物柔らかな口調だ。「きみが待ちわびている男にね」

エイミーは驚いて息をのんだ。この男がダーク・ヘイリーなの？　すかさず値踏みするように彼の顔だちを見直し、自分が想像していたイメージと目の前の男を溶けあわせようとする。

彼の顔で美しいのは目の色だけだ。ほかの部分はすべて否定形でしか語れない。美しくはなく、ハンサムでもなく、完璧《かんぺき》に洗練されてもいない。年齢はおそらく三十代なかば。だが、エイミーの知人の大半が八十歳を迎えても知りえないような人生の暗い面について、彼はその年でもう知りつくしているみたいな印象を受ける。

濃いマホガニー色の髪はカジュアルなスタイルにカットして、無造作に後ろに流している。花崗岩《かこう》を粗く削ったような鼻に、同じく攻撃的な感じの顎。口は残酷にもセクシーにもなれそうで、エイミーは体がかすかにうずくのを感じた。自分に対しては残酷さもセクシーさも発揮してほしくはないと思う。

意外なことに、この男からは南国のいかがわしく危険な魅力に負けてしまったような雰囲気はほとんど感じられない。ラム酒もまだ報復には乗りだしていないようだ。さもなければ、分の悪い勝負であったにもかかわらず彼のほうが酒を支配するに至ったのか。だが、南太平洋に暮らす移住者たちが身にまとう放蕩《ほうとう》の果ての倦怠《けんたい》感は、いずれ必ず彼にも取りつくに違いない。

それでもいまはまだ、カーキのシャツとスラックスの下の体は引きしまっていて強靭《きょうじん》そうだ。彼の中には静かな力が秘められているようで、エイミーはそれがどうにも気に入らなかった。

だが、彼女の個人的な好みはこの際、関係がない。彼女はここに遊びに来ているわけではないのだ。

「きみはあらゆる面で違っているんだよな」男は彼女をさめた目でつくづく眺めながら、ざっくばらんに言った。

「違っている？」エイミーは理解できずに渋面を作った。

「そう、違っているんだ。もっと都会的でクールな感じでなくては。世俗の快楽を知りつくし、ちょっと飽き飽きした感じ。それに美人で、こういうことをうまくあしらえるくらい世慣れている女が理想的なんだよ」

エイミーはにらむように彼を見た。「文句があるならよそをあたってちょうだい。わたしは自分の人格をとやかく言われるためにここにいるわけではないんですからね」

「文句を言ってるわけではないんだよ」男はやんわりと言った。「むしろきみの人格に興味をそそられているんだ」

エイミーは無言でかぶりを振って彼の言葉を拒絶した。彼が自分をどう見ているかは十分想像がついた。想像しにくいのは、なぜ自分に興味を持つのかということだ。が、そのときはっとひらめいた。「あなたには、わたしみたいな女が珍しいわけね？」そっけなく言う。

「この〈サーパント〉では、きみは少々場違いに見えるってことさ。いや、〈サーパント〉だけでなく、セントクレアにいるだけでも場違いだ」

エイミーは彼が自分をじっくり検分しおえるのを、身をかたくして待った。こんなふうに見られるのは不愉快だが、その理由はわかっているつもりだった。こういう島では確かに彼女は場違いに見えるのだろう。彼女みたいな旅行者が行くのはたいていがハワイどまりだ。もっともエイミーはただの旅行者ではないが。

男のトルコブルーの目が彼女のスパイス色の髪をさまよった。黄褐色の髪はゆるくまとめ、頭のてっぺんでとめてある。長い髪をそのようなスタイルにしているのは蒸し暑い夜気に対抗してのことだ。

そのヘアスタイルがグレーとグリーンの中間の色をした大きな目を強調している。エイミーは自分のまっすぐな鼻や典雅な頬の線、すんなりした喉もとに彼が視線を這《は》わせるのを、目をそらさずに見つめていた。彼女の容姿を総合的に評したら、健全な魅力があると表現できるだろう。エイミーは〝健全な〟という部分をごまかして魅力だけを際だたせるため、ふだんから多くの時間とエネルギーを費やしていた。だが、残念ながらそれは最高の環境にあってもそうたやすいことではない。ましてうだるように暑いこのセントクレアでは、エイミーはふつうの化粧さえも放棄していた。そんな自分を思って、彼女は表情豊かな口もとをほころばせ、グレーグリーンの目を愉快そうにきらめかせた。このダーク・ヘイリーという男、いったいどんな女を想像していたのだろう?

エイミーは自分の体つきにも少々不満を持っている。妖精《ようせい》のように細く華奢《きゃしゃ》でもなければ、セクシーと言えるほど肉感的でもない。バストは形がいいけれど小ぶりだし、ヒップはちょっと丸すぎる。それでも健康で丈夫な体ではあるのだから、二十八歳のいまでは体形を気に病むのはやめるようになっているが。

今夜着ているのは白いコットンのワンピースで、首と腕はむきだしだ。ストッキングをはくには暑すぎるので、素足に白いサンダルを履いている。アクセサリーは首を取り巻く細いゴールドのチェーンだけ。

「あらゆる面で違っている」男が残念そうな口調で繰りかえした。

「ちょっと、あなた」エイミーは声に棘《とげ》を含ませて言った。「何を期待していたのか知らないけれど、そんなのはどうでもいいことだと思うわ。まずは自己紹介してくださらない？」

「単刀直入だね」彼はため息をついた。「ちょっとぐらい、じゃれあうような会話を楽しんでもいいんじゃないかい？」

エイミーは驚いて彼を見すえた。「なぜそんなことをしなければならないの？」

「そういうやりかたならぼくも心得ているからだよ。事務的でストレートなアプローチにはあまり自信がないんだ」

「わたしには事務的でストレートなアプローチしか通用しないわ」エイミーはむっとして言った。「いいからさっさと自己紹介して」

「名前はジェイス・ラシター」彼は素直に答え、礼儀正しく首を傾けてみせた。

エイミーは息を吸いこんだ。「なるほど、ミスター・ラシターね」ダーク・ヘイリーがそういう名前で呼ばれたいということなら、それはそれで結構。

「何もそこまで事務的にする必要はないんじゃないかな。せめてジェイスと呼んでくれないか？」

「ジェイス」エイミーは無表情に繰りかえした。「それじゃさっそく本題に入りましょうか」

「最近のアメリカではそういうのがはやりなのかい？　言葉のじゃれあいはなし？　さりげないほのめかしも、ロマンティックな演出も抜き？」ジェイスは残念そうに首を振った。

「わたしは冗談につきあう気分じゃないのよ」エイミーはワイングラスの脚《ステム》を握りしめた。「ミスター・ヘイリー、じゃなくてミスター・ラシターでもなんでも、名前なんかあなたの好きなように呼んであげるけど、よけいなおしゃべりはやめて、さっさと本題に入ってもらえない？」

ジェイスはまじまじと彼女を見つめた。「ヘイリー？」ようやくぽつりと訊《き》きかえす。

エイミーの表情が凍りついた。「あなた、もしかして……その、ダーク・ヘイリーではないの？」慎重な口ぶりになって低く問いかける。

「答えはノーだ。ダーク・ヘイリーなんて聞いたこともない。だが、彼のかわりを務めることにはまったく異存はないよ」エイミーが目を丸くしたのを見て、ジェイスは頬をゆるめた。それから驚くほど抑制のきいたなめらかな動きで、力のこめられた彼女の手から傾きかかったワイングラスを素早く取りあげる。「このブルゴーニュワインは最上級品とは言えないが、それでもあまりこぼしてばかりではもったいないからね」穏やかに言いながら、グラスを彼女の手の届かないところに置き直す。

エイミーはグラスから彼の顔に視線を戻した。「ダーク・ヘイリーでないなら、いったい何者なの？　なぜわたしの席に来たの？」

「さっき言ったとおり、ぼくの名はジェイス・ラシター」ジェイスは静かに言った。「この店のオーナーだ」

「ああ」エイミーはそれ以外、何も言えずに彼を見つめた。

「わかるよ。ぼく自身もときどきそう言いたくなってしまう。〝ああ〟ってね」ジェイスは片手をあげて店内をさっと払うような仕草をした。トルコブルーの目にはユーモアにも似た何かがまたたいている。「しかし、これも生活のためだ。きみも名前を教えてくれるかい？」

エイミーはちょっと考えた末、名前を明かすだけなら害はないと判断した。それにひょっとしたらここで会うことになっている男を彼が見つけだしてくれるかもしれない。「エイミー・シャノンよ」

「エイミー・シャノン」ジェイスはそっと発音してみた。「で、どこから来たんだい、エイミー・シャノン？」

「サンフランシスコ」

「二人の子どもと夫を置いて？　ご主人はきみがこのバカンスでハワイよりもずっと遠くまで来ていることをちゃんと知っているのかい？」ジェイスの口調が不意に冷たくなった。

　エイミーは椅子の背もたれに体を預け、つんと顎をあげた。「夫なんていないし、バカンスでもないし、子どももひとりもいないわ！　それに、あれこれ尋問されるのも、もうたくさん。わたしが今夜会うことになっている男性を捜しだす手伝いをしてくれないんだったら、さっさと消えてもらえないかしら？」

　ジェイスは同意のつもりか、うなずいてみせた。「確かに退散すべきだな。最初からきみに近づくべきではなかったんだ」

「そのとおりよ」

「だが、逆の見かたもできる。ここに来るべきでなかったのはきみのほうなんじゃないかな。なにしろここはぼくの縄張りだからね。ここではふらふら迷いこんできたきみのほうが場違いなんだ」

「わたしは遊びに来ているわけじゃないのよ、ミスター・ラシター」エイミーの胸中で不安がつのった。今回のことはただでさえ何かと面倒だったけれど、少なくともいままでは大きな問題には遭遇せずにすんでいたのだ。いちおうすべてが予定どおり進んできた。だが、このジェイス・ラシターなる男の登場は予想外だった。

「いま自分で男に会いに来たと言ったばかりじゃないか。誰だか知らないが、約束の時間に遅れるなんてマナーの悪いやつだ。そいつのかわりにぼくで手を打たないかい?」

「ばかばかしい」エイミーはかたい声で言った。「もうわたしのことは放《ほう》っておいてもらえない?」

ジェイスはすぐには返事をせず、ゆっくりとラム酒を喉に流しこんだ。エイミーは彼が次のせりふを口にする準備をしているのではないかという奇妙な感覚に襲われた。「ぼくという男はね……」やんわりとした口調でようやく言う。「いい土産になるって女性からよく言われるんだ」

「いったいなんの話?」エイミーは目をむいて問いかけた。

「きれいな貝殻やココナツキャンディよりもずっといい土産になるって」ジェイスはうっすらほほえんだ。

「だからあなたをうちに持って帰れとすすめているわけ?」エイミーは皮肉たっぷりに言った。ジェイスの言葉に含まれた自嘲の響きに対する自分自身の反応が不可解だった。いったいどうしたというのだろう? このニヒルな男に優しくしてやりたいという世にも奇妙な気持ちが胸にわきあがっている。実にばかげた話だ。

「いやいや、そこまで期待はしないよ」ジェイスは真顔で言った。「ただ、ぼくとの経験はいい土産話になるってことさ」

「なるほどね。〝旅先でこんな出会いがあった〟とかいうたぐいの話ね」エイミーは憤然とした。「悪いけど、わたしは南太平洋の島でバーを経営するいかがわしい移住者と情事を楽しむためにはるばるやってきたわけではないのよ！」

「そういう言いかたをするとちょっと下品に聞こえてしまうな」

「ちょっとどころか、すごく下品だわ」

「きみ、ほんとうにサンフランシスコに人のいいご主人やかわいい子どもがいるわけではないのかい？」ジェイスはまた尋ねた。

「もちろんよ」エイミーはワイングラスを手に取って、ごくごくと飲んだ。「どうしてそんなことを訊くの？　わたしに夫や子どもがいるかどうかがそんなに気になるの？」

「まあね」

「驚いたわね」エイミーはそっけなく言った。

「南太平洋のいかがわしいバーの経営者には倫理観なんてまったくないと思っていたのかな？」ジェイスは物憂げに言った。そのシェリー酒のような深々とした声の底に、初めて厳しさの片鱗《へんりん》をのぞかせて。

エイミーの本能はそれを警告と認識した。ジェイス・ラシターは少々の無理なら喜んで聞くけれど、そこにはおのずと限度があるようだ。「ただちょっと驚いただけよ。あなたが人妻と遊ぶことに抵抗を感じるなんて。だって観光客として訪れた女性と仲よくなっても、相手が帰ったらもうそれっきりなんでしょうから」

ジェイスはグラスごしに彼女をじっと見つめた。「単に夫や恋人がいるってだけなら、自分の倫理観を多少は犠牲にすることもあるかもしれない。まして相手の女性のほうが彼女自身の倫理観を進んで犠牲にしてくれるんならね。だが、変だと思われるかもしれないけど、子どもがいる女性とはかかわりたくないんだ。きみに子どもがいるなら、ぼくから誘惑される恐れはないよ、エイミー・シャノン」

エイミーはこらえきれずにくすくす笑いだした。その笑いは次第に大きくなり、ついに腹の底からの大笑いになった。

「そんなにおかしいかい？」ジェイスが興味深そうに尋ねた。

「ごめんなさい」エイミーはなんとか笑いを抑えこもうとした。「だけど、たとえ旅先での安っぽいナンパから身を守るためであろうと、家で子どもたちが待っているなんて、嘘《うそ》でも言いたくはないわ」ようやく笑いがおさまり、ただ微笑だけがその顔に残っていた。

ジェイスはつかの間、その微笑に魅入られたように、彼女の口もとをぼんやりと見つめた。それから視線をあげ、目と目をあわせた。「子どもは好きじゃないのかい？」

まだおかしそうな顔のまま、エイミーはうなずいた。「そもそも女なら誰でも生まれながらに母性本能を持ちあわせているなんて、考えるほうが間違っているのよ。あなたはどうなの、ジェイス？　太陽を追いかけようと決心したときに、アメリカに妻子を捨ててきたんじゃないの？」

「妻がぼくを捨てたんだ。それに子どもはいなかった」簡潔な答えかたからすると、この話はこれでおしまいらしい。

エイミーは別にそんなことはどうでもいいのだと示すため、片方の肩を軽くあげた。だが心の中では、この島にやってくるまでジェイス・ラシターはどんな生活をしていたのかと考えずにはいられなかった。彼も単に現代社会の重圧から逃れたくて、ストレスも競争もない南の島へ無責任に逃避してきただけの男なのだろうか？　それとも何か特別な事情があったのだろうか？

「さて」ジェイスがゆっくりと口を開いた。「お互い配偶者や子どもを裏切らずにすむということがはっきりしたからには、ぼくがきみを誘惑してはいけない理由なんてどこにもないだろう？」

「大きな理由がひとつあるわ」エイミーは言いかえした。「わたしのほうにはその気がないってこと」

「しかし、きみはここで男と会う予定だと言ったじゃないか」

「所用でね」

「ますます興味深いな。その〝所用〟とはなんなのか教えてくれないか？」

「お断りよ」

「ぼくには知る権利がないのかい？」ジェイスは説得にかかった。「きみはぼくが経営するこの店で相手と会う約束をしたんだろう？」

「わたしがここを指定したわけじゃないわ。ここで待つよう言われただけよ」エイミーはかたい声で言った。

「誰を待てって？」

「ダーク・ヘイリーという人物よ」いらだちのこもった邪険な口調だ。

「そのヘイリーとはいったい何者なんだい？」

「こういうところの人たちはお互いプライバシーを尊重しあっているんじゃなかったのかしら？」エイミーはつんとして言った。

「そんなの伝説だよ。人は人だ。ここの住人だってアメリカの住人に劣らず他人のやることに興味を持っている」ジェイスはつぶやくように言った。「とくにきみには好奇心を刺激されるね」

「わたしが場違いだからでしょ？　わたしのこと、あらゆる面で違っているって言ってたじゃないの」

　ジェイスは突如、身を乗りだした。その唐突な動きにエイミーは思わず体を縮めた。この男が無駄な動きをするとは思っていなかった自分に、彼女はいま初めて気がついた。ジェイスが動くときには必ずなんらかの意図があり、その意図は危険なものかもしれないのだ。エイミーは落ちつかない気分で、彼の意志の強そうな顔を見た。

「確かにきみはあらゆる面で違っている」ジェイスは冷ややかに言った。「きみはどこか無防備で傷つきやすそうだ。それに、打算的な冷静さをもって男と向きあうのでなく、飾りけのない素直な表情をつい見せてしまうタイプだ。恋人と密会するために南の島まで飛んでくるよりも、結婚指輪をはめていたほうがきみには似合っている。しかも、なんとなく愛嬌《あいきょう》があってセクシーで、きみみたいな女と待ちあわせているのはどんな男なのか、なぜぼくの店で会うのか、なんとしても知りたくなってしまう。彼は結婚しているのかい、エイミー？　そのダーク・ヘイリーという男、東洋への出張の帰りにこっそりこの島できみと落ちあい、数日間の逢瀬《おうせ》を楽しもうとしている妻子持ちのビジネスマンなのかい？」

「違うわ！」エイミーはジェイスをにらみつけた。「ヘイリーとはまだ会ったこともないわ。それにあなたが子どものいる女とはつきあわないように、わたしも結婚している男とつきあう趣味はないのよ。こういうところで暮らしていると人間に対する客観的な見かたができなくなってしまうんでしょうから、はっきり言わせてもらうけど、わたしに関するあなたの人物評定はまるっきり的はずれだわ。さあ、もういい加減に――」

「ぼくに関するきみの評定は？」ジェイスが穏やかな口調でさえぎった。

その言葉にエイミーは虚をつかれた。「え？」

「聞こえたはずだよ」

エイミーはやれやれというように首を振った。「あなた、さっさとあきらめて退散する気はないわけね？」

「ぼくはここの人間だよ」ジェイスは落ちつき払って言った。「きみはよそ者だ。この雰囲気が気に入らなかったら、きみのほうがさっさとあきらめて帰るべきなんだ」

「そうかもしれないわね」自分でも意外なことに、エイミーはしょんぼりと言った。「だけど、こんなに遠くまで来てしまっては帰るに帰れないわ」

「だったら、ぼくのことをどう思ったか聞かせてくれよ」ジェイスは籐の椅子に深く座り直した。

たぶん時差ぼけと緊張のせいだろう。あるいはからかわれているような気がして、いらついているせい。それとも遠くまで旅してきて、少し向こう見ずになっているのかもしれない。熱帯地方の夜、冒険小説に出てきそうなバー、目の前に座っている不可解な男——すべてがあわさって非現実的な光景を作りあげている。理由はどうあれ、エイミーはジェイス・ラシターの美しいトルコブルーの目を見つめ、自分が彼をどんな人間だと思っているかを語りはじめた。

「あなたはかなり危険な男だと思うわ」まずはずばりと指摘する。

ジェイスは長いまつげを伏せたが、その前にエイミーは彼の目の奥に驚きの色がよぎったのを見た。張りつめた沈黙の末、ジェイスはひっそりと言った。「ぼくはみすぼらしい、国を捨てたバーの経営者に見えるのかと思っていた。うっとうしい男ではあるかもしれないが、危険な男ではないつもりだよ」

「そう?」エイミーは自分の発言を悔やみながら目をそらした。「まあ、あなたのことについては、わたしよりもあなたのほうがずっとわかっているんでしょうから」

「その点には議論の余地があるな。だが、自分が今夜、何を求めているかはぼくにもわかっている。今夜うちに来ないかい、エイミー・シャノン?」

エイミーはぱっと顔をあげた。ジェイスは身じろぎもしていなかった。危険なほど静かに腰かけたまま、彼女を見つめるばかりだ。

「お断りよ」低い声でエイミーは言った。「あなたの家には行かないわ。あなたのことなんて知りもしないんだから」

「今夜きみが会う予定のダーク・ヘイリーのことよりは知っているんじゃないかな」ジェイスは妙な理屈をこねた。

「それとこれとは話が違うわ!」

「彼のほうがぼくよりもいい土産になると思うのかい?」

「その〝土産〟とかいう言いかたはやめて!」エイミーはなぜかかっとなり、声を荒らげた。そんな言いかたで彼が自分をおとしめるのを聞きたくはなかった。だいいち表現としても不正確だ。この男との情事が土産話にできるほど気楽なものになるはずはない。それだけは断言できる。「そういうせりふでいつも成功しているわけ?」

「ときどきはね」ジェイスはのんびりした口調で答えた。

「土産にされてるのは自分のほうだってことに気づく女の割合は?」エイミーは辛辣《しんらつ》に問いかけた。

その夜初めてジェイスがにっこりと笑った。途方もなく魅力的で男らしい、思わず目を奪われてしまいそうな笑顔だ。やっぱり思ったとおりだわ。エイミーは胸の内でつぶやいた。この男はほんとうに危険だ。

「たいていの場合、相手の女性はぼくが何を得たかについてはあまり関心がないみたいだよ」ジェイスは言った。「きみは違うのかな?」

「あなたが何を得たか、関心があるかってこと? 別にないわ」エイミーはいかにも無関心な口ぶりで言い捨てた。「だけど、わたしは遊ばれるのはまっぴらなの。あなたの土産話にされるつもりは毛頭ないのよ。だからいつまでもこんなところに座ってないで、相手をしてくれそうな観光客を探しに行ったほうがいいわ」愛想よく締めくくる。

「つれないな。ぼくのこと、少しは憐れに思わないのかい?」

「全然。憐れんでほしいの?」エイミーが憐れみなど感じていないのは事実だった。内に秘めた静かなパワーをその身にみなぎらせている男に憐れみなど感じるわけはない。ただ、彼の何かが自分を引きつけるのだ。それが何かはわからないが。だからこの男はよけいに危険なのだ――エイミーは心の中でひとりごちた。

「いいや」ジェイスは物思わしげに言った。「きみに憐れんでほしいとは思わない。いっしょにベッドに行ったときに、きみがつきあってくれるのはぼくを憐れんでいるからだとは思いたくないからね」

「ご心配なく。あなたとわたしがベッドをともにすることなんてありえないわ」

ジェイスは言いかえそうともしないで素直にうなずいた。「今夜はその謎《なぞ》の男を何時ごろまで待つつもりなんだい？」

エイミーは肩をすくめ、戸口のほうに目をやった。「そう長くは待たないわ。もうくたくたなのよ。旅の疲れを癒《いや》す間もなかったし。宿にチェックインして夕食をとったあと、まっすぐここに来たものだから」

「それで彼が現れなかったら？」

「明日の晩にまた来るわ。メッセージでは――」

「なんのメッセージだい？」

「なんでもないわ。プライベートな問題よ」エイミーはそう言って立ちあがった。「もう時間も遅いし、今夜はこれで帰るわ」ワイン二杯分の代金をテーブルに置く。

「宿まで送るよ」ジェイスはそう言いながら、彼女の手に自分の手を重ねた。「今夜の飲み物は店のおごりだ」札をエイミーの手に握らせる。

エイミーはもじもじした。「送ってくれなくて結構よ」口早に言って、彼の手の下から手を引っこめようとすると、意外なことに彼はあっさり手を放した。おかげでエイミーは勢いあまって、また中身の残ったワイングラスに手をぶつけてしまった。

「ああっ」声をあげはしたものの、彼女にとっては珍しくもないことなので、その声音には驚きよりも困惑とあきらめの響きしかなかった。まるでスローモーションのようにグラスがぐらりと傾き、中身の赤い液体が縁からこぼれそうになった。

だがその刹那《せつな》、奇跡的なタイミングで力強い男の手がグラスをつかんで立て直し、災厄を未然に防いだ。エイミーは思わず息を詰めた。「ずいぶん敏捷《びんしょう》なのね」力なく息をついて言う。

ジェイスは口の片側をつりあげ、グラスを放すとテーブルをまわりこんできた。「きみはいつもこんなふうに……その、どじなのかい？」

「いらいらしているときには動きがかたくなっちゃうのよ」エイミーはそう答えながら、どうやってこの男を追い払うべきかと考えた。ジェイスはもう彼女の腕を取ってドアのほうに歩きだしている。

「ぼくのせいでいらいらしてるのかい？」彼は言った。

「あたりまえだわ！」

「こういうふうに考えたらどうかな」ジェイスは彼女の腕をそっとつかんだまま、かぐわしい夜気の中へと足を踏みだした。「ぼくは地元の人間だ。ひとりで歩いて帰るよりは、ぼくに送らせたほうがずっと安全だよ」

エイミーははっとした。「このあたりは危険な地区なの？」人気《ひとけ》のない通りに目をやって尋ねる。月光に照らされて浮かびあがっている波止場の建物が不意に気味悪く、恐ろしく見えた。海上では錨《いかり》をおろした数艘《すうそう》のヨットが小さく波に揺られている。

「ここはワイキキではないんだぞ」ジェイスがうなるように言った。

エイミーは顔をしかめた。「何もそんなにきつい言いかたをしなくてもいいでしょう？ホテルまで送ってくれなんて、わたしが頼んだわけではないのよ」

「そういえば、ホテルはどこなんだい？」

「〈マリーナ・イン〉よ。知ってる？」

「もちろん。オーナーはぼくの友だちだ。あそこに泊まっているなら心配ない」

「それはよかったわ」エイミーは彼の手を意識しながら皮肉っぽくつぶやいた。ジェイスはエイミーが楽についてこられるような歩調を保っていた。その気になれば彼女を片手でかかえ、なおも乱れのない力強い足どりで進めそうな感じだ。こうして並んでみると彼は背が高く、がっしりした体をしているのがわかる。彼に比べたら、自分はやけに小さく頼りない。百六十三センチの体も、たくましい男の体と並んではいかにもちっぽけな感じがする。

「心配いらないよ」ジェイスが静かに言い、エイミーは突然胸に押しよせた不安を彼が察知していたことに気がついた。「きみを傷つけるようなことはしない」

「ほんとうね？」

「ほんとうだ」ジェイスは低く言葉をついだ。「礼儀正しく月夜に女性を送っていくなんてずいぶん久しぶりだよ。いつもは土産物を探す女性のほうがぼくをうちまで送ってくれるんだ」

　エイミーは声をあげて笑った。「こういう地の果てでバーを経営しているうちに、あなた、すっかり甘やかされてしまったのね」

　ジェイスは彼女の横顔をちらりと見おろした。「かもしれないな。だが、文明社会の興味深い習慣はいまでも忘れてないよ」

「たとえばどんな習慣？」エイミーは挑むように言ってからはっとした。ジェイスが隣で突然足をとめたのだ。顔をあげて目をあわせると、彼女は自分がきわめて危険なゾーンに踏みこんでしまったことを悟った。

「たとえば月夜の帰り道でキスを盗むような習慣だよ」ジェイスはかすれ声で言った。

　そして次の瞬間、エイミーには何が起きているのかもわからないうちに、海と岸壁を分けているコンクリートの手すりにもたれ、彼女を熱く男らしい胸の中に引きよせた。

2

「だめだよ」エイミーがジェイスの胸に手をあてると、ジェイスはささやいた。「頼むから抗《あらが》わないでくれ。キスするだけだから」

彼の腕に引きよせられてから最初の数秒間、エイミーは抵抗するよりも体のバランスをとることにしか頭がまわらなかった。とっさに体勢を立て直そうとして、彼女はジェイスのカーキのシャツに爪を立てた。それからはっと顔をあげ、その表情豊かな口もとに初めて抗議の言葉をのぼらせようとした。

そのとたんジェイスの唇に口をふさがれ、言葉が喉もとで押しとどめられた。エイミーは突如さまざまな感覚に気づかされた。ほんとうならまずは彼の手を振りほどくことが先決なのに、なぜかいまはその感覚のほうに気を取られている。

ジェイスのあたたかな唇は香り高いラム酒の味がした。二の腕をつかんでいる彼の手は痛いほどではないものの抱擁から逃れられないよう彼女の動きを封じており、その力強い指の感触は一生忘れられそうになかった。と、次の瞬間エイミーは彼にぐいと引きよせられ、広い胸の中に身を預ける形になった。

　彼の体の輪郭が隅々までくっきりと意識された。エイミーのバストは筋肉質の胸に押しつけられ、腰もたくましい腿のあいだにはまりこんで動けなくなっている。

「すてきな抱き心地だ」唇を触れあわせたままジェイスがささやいた。「実にすてきだ。柔らかくてあたたかい。とても女らしい」手を肩から首筋へそっと這《は》わせる。

「わたしのこと……あらゆる面で違ってると言ってたじゃないの」エイミーは女がこういう状況をやりすごすために必要なクールで無関心な態度をなんとか繕って言った。彼の中の男の攻撃性を確かに感じてはいるけれど、その官能の脅威に不安を抱いてはいない。いまのところは。妙な話だ。相手は知りもしない男なのに。かろうじて与えられたわずかな情報も、本来ならこちらの警戒心をかきたてるたぐいのものだったのに。

「違っていたのはぼくのほうだった」ジェイスは彼女の唇をついばみながら言った。「エイミー、これからうちにおいで。後悔はさせないから。きみがほしくてたまらないんだ」

「あなたがほしいのは女だわ」エイミーはそれが真実なのだと自分に言い聞かせ、そう応じた。「女なら誰でもいいのよ。だけど最近セントクレアを訪れる女の観光客が減ってきたからといって、わたしがその埋めあわせをするとは思わないでもらいたいわ！」

　ジェイスは手にいっそう力をこめ、彼女の腰を強く引きよせた。「ぼくといっしょにいれば、きみもきっとぼくがほしくなる」それまでになく熱っぽい口調でささやくと、ヒップに手をまわして再びキスをし、エイミーの口の中に舌をすべりこませる。

エイミーはそのセクシーな攻撃に思わず息をとめた。彼女の舌を追うジェイスの舌からなんとか逃れようとするが、逃げきれずにとらえられてしまうと、今度は必死に押しかえす。だが、そんなふうに抵抗すればするほど、かえってより濃密なキスになるばかりのようだ。エイミーはシャツの上から力強い肩の筋肉に爪を食いこませ、ジェイスに小さなうめき声をあげさせた。しかし、それは男の渇きを示すうめきであって、抗議のうめきではなかった。

自分自身の体が反応しはじめたことに気づくと、エイミーはいよいよ慌てはじめた。真の危険とはこういうところにひそんでいるのを、彼女は女としてよく知っていた。

「やめて、ジェイス」必死に唇をもぎ離して吐きだした言葉は、懇願ではなく命令だった。

「なぜやめなくてはならないんだい？　せっかく盛りあがってきたのに」ジェイスはやんわりと言いながら、ほどけかかったスパイス色の巻き毛を片手でそっともてあそんだ。もう一方の手は相変わらずエイミーの腰をぴたりと抱きよせている。

「なぜなら、わたしはもうホテルに帰りたいからよ。それにあなたに送ってもらうことには同意したけど、誘惑されるのは不本意だから。それに、わたしがやめてと言ったから。理由なんていくらでもあるわ」エイミーはぴしゃりと言った。だが、月光のもとでジェイスと目をあわせると、いましゃべっていたことをあやうく忘れそうになってしまった。銀色の月光を浴びたトルコブルーの目にきらめく欲望が、彼女の背筋に奇妙な戦慄《せんりつ》を走らせる。膝の力が抜け、呼吸が苦しくなり、女を底なしのトラブルに引きずりこみかねない、何か愚かなことをしでかしそうな不安が胸に立ちこめた。

「ぼくが怖いのかい？」ジェイスがおかしそうに言った。

「いいえ、怖いんじゃないわ。怖いんじゃなくて、わずらわしいのよ！」

髪をもてあそんでいた手がすっと肩に移り、ついであきれるほど無造作に胸のふくらみに触れた。「先端がかたくなっている」かすれ声でジェイスはささやいた。「ああ、きみは敏感なんだな」

「その手を離して！」エイミーは指の感触を努めて無視しながら、ジェイスをにらみつけた。

不意にエイミーの体が解放された。彼女がよろけつつもジェイスから離れるのを、彼はじっと見つめて言った。「ほらね、ぼくは無害な人間なんだ。怖がる理由は何もない」

「それを聞いてわたしがどれだけほっとしているか、あなたには想像もつかないでしょうね」エイミーはいやみったらしくつぶやき、これ見よがしに髪を直した。「さあ、わたしはこれで失礼するわ」

ジェイスはかすかにほほえんだ。「ちゃんとホテルまで送るよ」そしてエイミーの腕を取り、再び波止場を歩きだした。それから〈マリーナ・イン〉のこぢんまりしたロビーにたどりつくまで、二人ともひとことも口をきかなかった。

フロントの眠そうな男はジェイスに向かって気安くうなずいてみせると、綴《と》じ込みのヌードグラビアが売り物の雑誌に再び目を落とした。

「明日また会いに来るよ」エイミーが狭い階段のほうに向かうと、ジェイスはそっと声をかけた。

「そう?」彼女はなるべく無関心に聞こえるよう、そっけなく言った。

ジェイスは少し面白がっているみたいに首を振った。「きみは強くてタフな女であろうと一生懸命なんだね。だが、きみの繊細さはぼくにはお見通しだよ」

「それなら、職業の選びかたを間違えたのね。太平洋の忘れられた小島の波止場でバーを経営するよりも、心理学の分野に進むべきだったんだわ」エイミーは返事も待たずに階段を駆けあがり、廊下の先の部屋に姿を消した。

ジェイスがそれを見送って向きを変えると、フロントに座っている白髪まじりの男がにやにやしながら彼を見ていた。「どうした、ジェイス? 彼女にこの島の土産を売りこめなかったか?」

「ぼくがいい土産になるとは思ってもらえなかったようだ」ジェイスはそう言いながらフロントに近づき、男の膝に広げられている雑誌のグラビアをのぞきこんだ。「こういう雑誌には気をつけたほうがいいぞ、サム。綴じ込みの写真ばかり見てると目がつぶれる」

「それは困るな」サムは名残惜しそうに雑誌をとじ、デスクの上に放《ほう》った。「さっきの客とはどこで知りあったんだい？」

「二時間ほど前、うちの店に来たんだ。あんたが〈サーパント〉に近づかないよう彼女に警告しなかったとは驚きだよ、サム」

「警告はしたさ。彼女が行くような店ではないって、目で警告したんだがね。〈サーパント〉の客は粗野な水兵ばかりだ。もっともセントクレアじたいが彼女の来るような島ではないけどね」

「まったくだ」ジェイスはしばし天井をにらんで考えこんだ。「ダーク・ヘイリーという男について何か聞いたことはないかい？」

「ヘイリー？」サムははっきりと首を振った。「そんな名前は記憶にないね」

「そういう名前で予約を受けつけたこともない？」

「と思うよ。ちょっと待ってくれ」サムは宿帳をめくった。「やっぱりヘイリーという名前はないな」

「もしその人物について何か耳にしたら、知らせてくれないか？」

「わかった。しかしなぜだい？　なんでそいつに興味を持つんだ？」

「彼女がヘイリーに興味を持っているんだよ」ジェイスは言った。

「それできみも興味を持ったわけか」

「職業を間違えたな、サム。あんたは太平洋の忘れられた小島でいかがわしいホテルを経営するよりも、心理学の道に進むべきだったんだ」

サムはちょっと考えた。「心理学者っていうのは勤務中に綴じ込み付録つきの雑誌を読めるのかね?」

「いや、心理学者はそういう雑誌を読むと目がつぶれることをちゃんと心得ている」

「だったらいまの職業でいいや」サムは言い、再び雑誌を手に取った。

ジェイスは新たなエネルギーを身内にみなぎらせ、〈サーパント〉への道を戻りはじめた。ほんとうなら欲求不満を感じるところだった。全然協力的ではなかったスパイス色の髪の旅行者に対し、欲求不満といらだちを感じてしかるべきだった。あるいはふだんと違うタイプの女に無駄に時間を費やしてしまったことで自己嫌悪に陥るべきか。

だが、現実にはそういった感情は心のどこを探しても見つからなかった。むしろ期待と好奇心がふくらんでいることを自覚し、ジェイスは愉快な気分になった。先刻のキスでは確かにいっそう飢餓感をあおられてしまったけれど、それでもあれはあれで満足のいくものだった。彼女の体の感触を思い出すと、ぜひともベッドにつきあってほしくなってしまうが、今夜のところはあのキスだけでとりあえず満足だった。

それに明日も会えるのだ。

胸の躍るような期待感はそこから来ているのだ、とジェイスは思った。今夜はキスどまりだったが、また明日会えるのだと思えばいやおうなく気持ちが浮きたつ。これまでのジェイスは明日を思うことなどめったになかったのだが。

〈サーパント〉に着くと、また別の考えが頭に浮かんだ。もし今夜うまく彼女とベッドに行けていたら、自分は明日のデートをどのように考えていただろう？

きっと単なる期待ではすまない、もっと強い感情を抱いていたはずだ。彼の直感がそう告げている。ジェイスは竹でできたテラスの手すりをぎゅっと握りしめた。彼女とベッドをともにした場合の後遺症については、あまり考えたくなかった。エイミー・シャノンのような女に独占欲を抱くようになるなんて、ジェイスにとってはこの世で何より不本意で非現実的な展開だった。

しかし皮肉なことに、俗世から遠く離れた地の果てで暮らしていると、男はときどき非現実的なことを考えてしまうものらしい。

「ちくしょう！」

「どうかしたかい、ボス？」ジェイスがスツールに腰をおろし、足もとの真鍮《しんちゅう》のバーに片足をかけると、バーテンダーが眉をあげて言った。グラスを拭《ふ》きおえ、それを片手で頭上のラックに吊《つ》るしながら、もう一方の手でラム酒の瓶をつかむ。言われる先から、レイはジェイスの飲み物を用意しはじめた。「さっきの彼女に振られた？」

「いや、彼女をビーチに押し倒し、砂の上で情熱的なセックスを楽しんできたよ。映画みたいにね」ジェイスは目の前に置かれたグラスを手に取った。

「それにしちゃ砂まみれになってない」年下の男はにやりと笑った。

「ぼくはもともと清潔なタイプなんでね」ジェイスは言った。「レイ、ダーク・ヘイリーという男を知らないか？」

レイ・マシューズは現役バーテンダーとして頭に叩《たた》きこんだ名前と顔のファイルをめくってから、ゆっくりとかぶりを振った。「心あたりはないな。どうして？」

「さっきの彼女がそいつを捜しているんだ」ジェイスは顔をしかめ、ラム酒を喉に流しこんだ。

「ああ」

「その〝ああ〟はどういう意味だ？」

レイは雇い主の眼光にも威圧されることなく肩をすくめた。長年の経験により、ジェイス・ラシターが危険なときとそうでないときとは見ただけで判別がつくのだ。「〝ああ〟は〝ああ〟さ。どうしてそのヘイリーという人物に興味を持つのか、合点がいったんだよ

——彼女がそいつに興味を持っているからだ」

「〈マリーナ・イン〉のサムもきみも、揃《そろ》って職業を間違えたようだな」ジェイスはつぶやいた。「他人の気持ちを見抜くその驚くべき能力を生かして、二人とも精神分析医になるべきだったたよ」

「ぼくはこの職業でいいんだよ。優秀なバーテンダーは決まってよき心理学者でもあるんだ。学位を持ってる本職ほどには稼げないってだけでね」

「証書を酒のキャビネットの横に貼《は》れるよう学位を取得してきたら、週一ドル給料をあげてやるよ」

「だめだよ、ボス。一ドルぽっちの昇給じゃ、学位証書の偽造を請け負うやつにとても金を払いきれない」

「そうだな。まあ太平洋の忘れられた小島ではせいぜい自分の店を持てるようがんばるしかないだろう。出世にも限りがある」

レイは磨き抜かれたカウンターに両肘をつき、ボスをじっと見つめた。「さっきの客が気になるんだね。どういう風の吹きまわしだい？」

「知るか」ジェイスはグラスを見おろした。「今夜はこれで何杯めだ？」

レイも彼の視線をたどってラム酒のグラスを見た。「数えてなかったよ。いまから数えはじめようか？」

ジェイスは口もとを引きしめた。「いや、いい。自分で気をつけるよ。こいつを飲みすぎるとどういうことになるかは、この島でずいぶん見てきたからな」

「ボスはまだそんな段階ではないよ」

「〝そんな段階〟に至る途中では、みんなそう言ってたんだろうよ」ジェイスは飲みかけの酒に視線を落とした。

「おやおや、さっきの彼女がほんとうに気になってるんだな」レイは低く口笛を吹いた。

「でも、心配いらないよ、ボス。彼女は数日でいなくなる。セントクレアに長期滞在する客はいないんだから。まして、いい客はね。彼女、ぼくの絵をほめてくれたんだよね」

「だからいい客というわけか」ジェイスはくすりと笑った。グラスを押しやって立ちあがる。「さっき話したヘイリーなる人物について何か情報はないか、気にとめておいてくれないか?」

「わかった」レイはうなずき、再びグラスを磨きはじめた。

ジェイスは長いあいだしていなかったことを久しぶりですることにした。午前二時前に寝ることにしたのだ。ちょっとした気分転換だった。


エイミーも午前二時前には横になったが、三時近くまで眠ることはできなかった。気がつくと〈マリーナ・イン〉の古びたシーツのあいだでしきりに寝返りを打っている。窓に取りつけられた旧式のエアコンの耳ざわりな音が暑さ以上に不快に感じられ、エイミーは起きあがってベッドから抜けだした。二百ドルもしたフランス製のネグリジェを優雅にひるがえし、うるさい機械をとめに行く。

それからつかの間あけっぱなしの窓の前にたたずみ、夜のとばりに包まれた港町を見おろした。この時間になると、〈サーパント〉をはじめとする埠頭《ふとう》付近の数軒のバーの明かりぐらいしか活動の証《あかし》は見られなかった。入り江には海軍の船が一艘《そう》浮かび、ときどき男たちのざわめきが波止場のほうから聞こえてくる。

ジェイス・ラシターのような男が、いったいどういういきさつでこの島に住みつくようになったのだろう？　なぜかエイミーはその理由についてあれこれ思いをめぐらしていた。ジェイスの中には、南太平洋の小さな港町にはそぐわない、何か根源的な力がひそんでいる。もっとも、こういうところで生きるにはそのような力が必要不可欠なのかもしれない。エイミーは彼を捨てたという妻についてぼんやり考えた。セントクレア島で死ぬまで結婚生活を送りたいという酔狂な女はこの世に多くはあるまい。ジェイス・ラシターの妻が彼と離婚したのもゆえないことではなかったのだろう。

エイミーは小さなため息をもらし、窓辺から離れてベッドに戻った。彼女にはセントクレア島でほかに心配すべきことがあるのだ。ジェイス・ラシターの過去と未来に思いをはせている場合ではない。

それでもその夜、ようやく眠りについたエイミーが夢に見たのは、あの欲望を底に秘めたトルコブルーの目のきらめきと、支配と説得の両方を試みる彼の唇だった。どういうわけか、夢の中ではその欲望は単なる男の性欲を超えたもののように思われたし、支配と説得はまるで懇願のようで、エイミーにはさっぱりわけがわからなかった。

朝日は南国らしいまばゆさでセントクレア島を照らし、港のうらぶれた暗い一面も、おかげで少しはごまかされていた。ほんとうはここは美しい島なのだ。そう思いながらエイミーは朝の身支度を始めた。でも、ここで一生を過ごしたいなんて誰が思うだろう？　そんなことを望むのは男としての責任を背負いきれない男だけではないか？

エイミーは髪をとかして巻きあげ、頭の上のほうでとめた。ゆったりした白いスラックスにシャツという格好が、今日一日の蒸し暑さに対抗する最良のスタイルだった。黒いサッシュベルトを締め、黒と白のカンバスシューズを履くと、彼女はホテル付属のカフェへと階段をおりていった。

カフェはさまざまな肌の色をした地元民や、ひと握りの観光客で込みあっていた。エイミーは隅のテーブルにつき、コーヒーを注文した。地元の漁師たちが目玉焼きを頬張っているのを見て、自分も食べてみようと決心する。

エイミーの席からもカフェの入り口は見えるけれど、ちょうど運ばれてきた脂っこい目玉焼きとトーストの山をまじまじと見ていたために、ジェイス・ラシターが入ってきたことには気がつかなかった。実のところ、最初にエイミーの注意を促したのは店内に広がった親しげな挨拶《あいさつ》の声だった。顔をあげたときにはジェイスがテーブルのそばまで来ていた。

「おはよう、エイミー」ジェイスはにこやかに言いながら向かいの席に腰かけた。「そんなに驚くことはないだろう？　また会いに来るって言ったじゃないか。今日は泳ぎに行くのもいいんじゃないかと思ってね」

　昨日と同様、カーキのスラックスにカーキのシャツという格好だ。シャツの袖《そで》はまくりあげられ、マホガニー色の体毛でおおわれた筋肉質の腕がむきだしになっている。明るい朝日のもと、シャワーの名残をとどめた赤褐色の髪が濡《ぬ》れて光っていた。トルコブルーの目を生き生きと輝かせ、エイミーの油断のない表情をじっと見つめてくる。ゆうべよりも若く見えるわ、とエイミーは内心とまどいを覚えた。

「せっかくのお誘いだけど、わたしは――」彼女はそう言いかけた。

「よし。それじゃ、きみの朝食がすんだら、島の反対側にあるきれいな入り江に案内しよう。そのトースト、全部食べるのかい？」

「え、いいえ。全部は……」エイミーは目の前に積みあげられたトーストの山を見た。「よかったらどうぞ」いきがかり上、そうすすめる。ほかの言葉は思いつかなかった。「でも、泳ぎに行くのはやめておくわ。この島で会うことになっている相手が午後にでも現れないとも限らないから。ゆうべは何かの事情で到着できなかったのかもしれないわ」

「大丈夫だよ」ジェイスはトーストをかじりながら平然と言った。「よそ者は見逃さないよう、レイに言っておいたから。問題の人物が現れたら、きみはもう到着してるって伝えるように言ってある」そう説明してエイミーの返事を待つ。

エイミーは彼の取りすました顔を見て、うめき声を抑えこんだ。この分ではどんな口実をひねりだしても説き伏せられてしまうだろう。まあいい。ダーク・ヘイリーは日が暮れてから接触してくることになっているのだ。彼が昼間のうちに会おうとする可能性はかなり低いだろう。だったらジェイスの誘いに乗っても構わないのではないか？「わかったわ」エイミーはかすかにほほえんだ。「せっかくだからごいっしょするわ」

ジェイスは彼女が結論を出すまでの表情の変化を面白そうに見守っていた。「心配することはない。ぼくはほんとうに無害な人間なんだから」

エイミーは眉をひそめてしかめっ面を作った。「その自己評価は不正確なんじゃないかという気がして仕方がないんだけど、いったいどうしてかしらね」

「きみが疑《うたぐ》り深いせいじゃないかな」

エイミーはちょっと考えた。「そうね」ようやく言う。「そうかもしれないわ」

「それじゃ、さっさと食事を終えて出発しよう」ジェイスはまたトーストに手を伸ばし、話をさりげなく打ちきった。

二十分後、エイミーは狭い島の道路を疾走する屋根のないジープに乗っていた。道路の片側はハワイにも劣らぬ風光明媚《めいび》な海、反対側は曲がりくねった舗装道に沿って高い椰子《やし》の木が立ち並んでいる。セントクレアは小さな港町を出るとほとんど無人島と変わらず、民家は一軒も見あたらなかった。

　だが、エイミーの好奇の目を絶えず引きつけているのは風景ではなく、隣に座っている男だった。今朝、最初にジェイスを見たときにはゆうべより若く見えると思ったが、いまマホガニー色の髪を風に乱し、物慣れた態度でジープのハンドルに片手をかけている彼は、ゆうべより若いというよりも幸福そうなのだと認識を改める。運転するジェイスの姿は無心で屈託がなく、顔つきもゆうべよりずっと穏やかに見えた。

「まだ誘拐されるんじゃないかと心配してるのかな？」スピードを落としてジープを路肩に寄せながら、ジェイスは彼女をからかうような目で見た。

「心配するべきなの？」

　その言葉ににやりと笑い、エンジンを切ると後部座席のバッグを取る。「かもしれないよ。なにしろぼくは長らく文明社会から遠ざかっているからね」

　エイミーは片方の眉をあげ、ホテルを出る前に用意してきたビーチバッグを手に車から降りた。「もしあなたがよからぬことをしようとしたら、セントクレア島の商業改善協会に訴えてやるわ」

　ジェイスは笑って、ジープのドアを閉めた。「訴える前に、まず島じゅうを探して歩くといい。たとえセントクレアに商業改善協会があって、ぼくの無作法なふるまいを訴えたとしても、結果は〈サーパント〉の評判があがるばかりだと思うな。独特の雰囲気がある場所には人が好んで集まってくるからね」

「あのお店ではわざわざ独特の雰囲気を作りだそうとする必要はないんじゃないかしら」ジェイスが言っていた入り江に向かいながら、エイミーは明るい声で言った。「〈サーパント〉はいまのままでも独特の雰囲気に満ちあふれているわ」

「そうだな。とくに海軍の艦船が停泊しているときはね」ジェイスは快活に言った。「バーの経営も楽ではないよ」

「そう言うわりには、かなりうまくやっているように見えるわよ」エイミーは努めて淡々とした口調を心がけた。

「その言いかたからして、きみはぼくの仕事に大賛成というわけではなさそうだな」

「あなたがどんな仕事をしてようが、わたしには関係ないでしょう?」エイミーは砂浜に敷物を広げながら言いかえした。目線は縞《しま》模様のシートにすえたままだ。

「きみはどういう仕事をしているんだい、エイミー?」ジェイスは過度に何げない口調で訊《き》いた。

「サンフランシスコで二軒ほどブティックをやっているわ」エイミーは慎重に返事をした。

「婦人服の店?」

「ええ」砂浜に波が打ちよせるきれいな入り江に見とれているふりをして答える。運がよければ、しつこく問いただされることはないだろう。たいていの人はこのあたりで尋問を切りあげてくれる。恥ずかしがるのはばかげているけれど、やはり説明はしにくい。

「どういう服だい？」ジェイスはエイミーの顔を見つめ、自分のシャツのボタンをはずしはじめた。「スポーツウェア？」

ほら、来た。エイミーの避けたかった質問が。「ランジェリーよ」エイミーもスラックスのファスナーをおろし、中に着ている白い水着をあらわにしながらつぶやく。

「ランジェリーとは、女性のおしゃれ用下着だね？」ジェイスの声に笑いが含まれているのがわかった。自分の仕事を説明すると、これまでにもよくそういう反応が返ってきたものだった。

「ブランド物のランジェリーよ。フランスやイタリアやニューヨークのデザイナーがデザインしたランジェリー。高価できれいなものばかりだわ」エイミーはシャツのボタンをはずしはじめた。

「ちょっと待った。つまりきみはセクシーな下着を売っているということだろう？」ジェイスはトルコブルーの目に笑いをあふれさせてたたみかけた。「そういう商売をしながら、ぼくの仕事をよく批判できるね」

「バーとブティックは違うわ」エイミーは鼻であしらい、最後の服を脱ぎ捨てると波打ち際に向かってすたすたと歩きだした。

海に入っていく彼女の背後で、ジェイスは楽しげな笑い声を響かせている。彼があんなふうに声をあげて笑うのは珍しいんじゃないかしらとエイミーは思った。深みがあって、心底愉快そうな、耳に心地よい笑い声だ。つられてエイミーも顔をほころばせそうになる。

間もなくジェイスも彼女を追って海に入ってきた。その優雅でしなやかな泳ぎっぷりが引きしまった体形を保つ秘訣《ひけつ》となっているようだ。

エイミーはとくに方向を定めることなく泳いでいたが、追いついてきたジェイスの手がウエストに触れ、その力強い指に導かれて彼と向きあう形をとらされた。

胸まで海水につかり、底に足をつけて、彼女は物問いたげにジェイスを見あげた。ジェイスはシュノーケルと水中マスクをよこして言った。「魚を見に行かないか？　このあたりではきれいな魚が見られるんだ」

それからの時間はエイミーにとって現実から遊離した夢のようなひとときとなった。ジェイスとともに小さな入り江の海中散歩を楽しみ、水面下の美しい世界を堪能《たんのう》した。ときどき砂浜で日光浴をしたり、昼にはジェイスが持ってきたサンドイッチにかぶりついた。

だが、彼が見せてくれたさまざまな水中生物以上に彼女を魅了したのは当のジェイスだった。午後の時間が過ぎていくにつれ、ジェイスはいっそうのんびりとくつろいだ姿を見せた。

そして町に戻るためジープに乗りこんだときには、エイミーは彼が太平洋の島でバーを経営して生計を立てている男だということを忘れそうになっていた。このジェイス・ラシターという男は好感の持てる男――もし彼がサンフランシスコに住んでいたら、喜んでデートしたいような男だった。

「何を考えているんだい？」運転席でギアチェンジをしながらジェイスが問いかけた。

「あなたがこのセントクレアに移住したのはどうしてなのかと考えていたのよ」エイミーは正直に答えた。そしてすぐに黙っていればよかったと後悔した。彼の表情から一瞬にして屈託のない明るさが消え去っていた。

「話せば長くなる。聞いて楽しい話でもないし」

「要するに話したくないってことね？」エイミーはやんわりと言った。

「きみはなんの用でセントクレアに来ているのか、ぼくに話して聞かせたいかい？」ジェイスは言いかえした。「きみが話してくれるんなら、ぼくも話すよ」

「いいえ、結構よ」今度はエイミーのほうがよそよそしい態度に転じた。「わたしの話はちょっと込み入っているの」

「要するにぼくの知ったことじゃないってことだね？」

「ええ」きっぱりと答える。

「それじゃあ、この話はここまでだ」ジェイスは言った。「何か違う話題を見つけたほうがいいな」

「せっかくの一日をめちゃくちゃにしてしまう前に？」エイミーは無理に浮かれた調子で言った。

「そのとおり。今夜も〈サーパント〉に来るかい？」

「ええ、わたしの待っている人物が夜までにわたしを見つけだしてくれなかったらね」

ジェイスは微笑を浮かべた。「じゃあ、いっしょに飲みながら、太平洋の島のちっぽけなバーの経営方法について内輪話を聞かせてあげよう」

エイミーは彼がわざと自分を困らせているのだと思い、返事をしなかった。それに〈サーパント〉での過ごしかたについては、実のところ選択の余地などなさそうだった。なにしろあそこはジェイスの店なのだ。彼が二人で飲むと決めたら、エイミーはつきあうしかあるまい。それにゆうべの客たちの様子からして、経営者にいっしょにいてもらうのはそう悪い考えではないのかもしれない。

「お誘いありがとう」エイミーはすまして言った。

「いまのは誘ったわけではないんだよ」ジェイスがうなるように言った。

「わかってるわ。ちょっととぼけただけよ」

「そのほうが譲歩しやすいから？」彼の鋭いまなざしはどことなく意地悪で、エイミーは自分がこの島に来た理由を明かさなかったために、少し懲らしめられているのだと思った。

「ジェイス、〈サーパント〉ではあなたがご主人さまなんだってことはわたしにもよくわかっているわ」彼女は静かに言った。

ジェイスの口もとに笑みが刻まれ、表情がやわらいだ。「たいした王国ではないけれど、いちおうぼくが支配者だからね」

「その王国を統治するのは楽しい?」エイミーは不意に好奇心をかきたてられた。彼はほんとうにいまの仕事が、いまの生活が気に入っているのだろうか?

「まあ、なんとかやってるよ」それ以上話す気はないらしい。

「でしょうね」エイミーはそう簡単には引きさがらないことにした。言いたいことを言うまでは。「あらゆる男のひそかな願望、ひそかな夢を実現させているんですものね。この暮らしに不満なわけはないわね」

ジェイスは眉を寄せた。「あらゆる男の夢? セントクレアで暮らすことが? 冗談だろう?」

「冗談ではないわ」エイミーは周囲の緑豊かな自然を片手で指し示した。「この楽園であなたはバーを経営し、繁盛させている。南の島での冒険に満ちた生活。泣きわめく子どもや口やかましい女房や日曜日の芝刈りなんかに縛られることもない。あなたと立場を交換してもらえるなら、世の男たちは魂だって売り渡すでしょうよ。ほんとうに申し分のない暮らしだわ。なんのしがらみもなく、責任も負わずにすむ。ただ座ってラム酒を少々、いえ、ラム酒をぐいぐい飲みながら、通りかかる女性観光客がその場限りの遊びのセックスに誘ってくれるのを待っているだけ。これではどんな男だって羨《うらや》むわ」

「人間、誰もが自分のほしいものを手に入れられるとは限らないんだ」ジェイスは険しい口調で吐き捨てるように言った。エイミーの言葉に相当かちんときたらしい。エイミーは自分の勘に従って、その話題からはすぐに離れることにした。それに、彼がこういう無責任な生活の気楽さをまくしたてるのを聞きたいとも思わなかった。

その晩〈サーパント〉を訪れたエイミーは、やはり自分のテーブルにジェイスが同席してくれるのをありがたく思うことになった。今夜は最初から海軍の船の乗組員たちが来ており、店内は粗野な男たちでいっぱいで、女ひとりが落ちついて座っていられるような雰囲気ではなかった。

「なかなか賑《にぎ》やかだろう?」ジェイスが男たちの無遠慮な笑い声に負けないよう声を張りあげた。

「あなた、しょっちゅうこういう夜を過ごしているの?」エイミーはうるさい客たちに蔑《さげす》むような視線を投げかけた。

「こういう夜は経営者にとってはありがたい限りなんだ」ジェイスは答えたが、目には冷笑的な光が宿っている。

「喧嘩《けんか》とか悶着《もんちゃく》が起きる心配はないの?」

「男ってやつはいつまでたってもがきだからね。まあ、喧嘩騒ぎが起きてもなんとかなる」

「よく起きるの?」エイミーは少なからず心配になった。

「いや、そうでもない。〈サーパント〉は有名だから。そういう騒ぎに寛大なところではないって」

「つまりはあなたが喧嘩騒ぎに寛大ではないってことなんでしょう？」

「割れたグラスを補充するのはたいへんだからね」ジェイスは物憂げに言った。「本土から取りよせるのに何カ月もかかってしまう。だから確かに喧嘩は歓迎できないね」

エイミーは好奇心に駆られてさらに探りを入れてみた。「あなたがここを経営するようになってどのくらいたつの？」

「前のオーナーの下でバーテンダーとして働きだしたのが十年ほど前だ。その後オーナーが島暮らしに飽きてアメリカに帰ると言いだし、ぼくがこの店を買いとったんだ」

「オーナーがそういう思いきった決断をくだしたのはいくつのときだったの？」

「六十を過ぎてからだった。ジョージには長いあいだ音信を絶っていた子どもが二人いたんだが、自分に孫がいることを知って家族と会いたくなったんだ」

「長年ほったらかしにされてきた子どもたちはどんなふうに彼を迎えたのかしら」エイミーは皮肉っぽくつぶやいた。

ジェイスはちらっと彼女を見た。「さあ。彼がアメリカに帰ってからは連絡をとりあってないんだ。もしかしたら案外あたたかく迎えられたのかもしれないよ」

「そうね。わたしだったらあたたかく迎えることなんかできないけど」

「まるできみ自身に経験があるような言いかただな」

「わたしの父はわたしが六つのときに、わたしと姉を母に押しつけて出ていったの」エイミーはぶっきらぼうに言った。「家族に対する責任を平気で放りだしていった父親なのよ。もっともわたしの見る限りでは、そういう願望を抱く男は決して少なくないわ」

「たいした決めつけかただな」

「統計を見れば一目瞭然《りょうぜん》よ。子どもを押しつけられ、夫に逃げられた女はこの世にごまんといる。このバーに来ている客の中にも妻子を捨ててきた男が二人や三人はいるんじゃないかしらね」

「ちょっと待ってくれよ、エイミー。妻子を捨てた男たちが南太平洋にやってきたからといって、ぼくを責めるのは筋違いだ」

「あなたを責めてるわけではないわ。ただ、世の男を引きつける無責任で気ままな生活のイメージがこういう島にしみついているってことは、あなたも認めざるを得ないはずよ」

エイミーは熱っぽい調子で話しはじめた。

だが、彼女の演説はグラスの割れる音でさえぎられてしまった。エイミーがぎょっとして音のしたほうを見たときには、ジェイスはもう立ちあがっていた。

「いったい何事?」エイミーは息をひそめてつぶやいた。店内で四人の水兵が殴りあいの喧嘩を始めていた。

「これがぼくたちの言う独特の雰囲気ってやつだ」ジェイスがそっけなく言った。そして歓声をあげ野次を飛ばす見物人たちをかき分けるようにして、そちらに進んでいった。

　エイミーは殴りあいの激しさに唖然《あぜん》とした。男という人種はほんとうに危険で、自分の暴力的な衝動をなかなか抑えきれないらしい。さっきまで店内は笑い声でいっぱいだったのに、いまは拳《こぶし》が肉にめりこむぞっとするような音が続いている。

　エイミーが目をそらすこともできずに見守る中、ジェイスは騒ぎの中心にたどりついた。喧嘩をしている四人はまだ気づいていないようだが、ほかの男たちはみな期待に目を輝かせてジェイスを見ている。

「おい、レイ、こいつらの頭をちょっとばかり冷やしてやってくれ」ジェイスは穏やかに言った。

「了解、ボス」レイがカウンターの下にすっと身を沈めた。

　野次馬たちの期待がまたいちだんと高まった。エイミーはそれを肌で感じとった。まるで誰もが次の展開を予測し、心待ちにしているかのようだ。

　レイが再び立ちあがったときには、その手にゴムホースが握られていた。勢いよく噴きだす水が取っ組みあっている四人に浴びせかけられた。歓声がわきおこり、四人はびっくりしてよろめきながら互いに離れた。

　レイが水をとめると、何が起きたのか彼らが理解するより早く、ジェイスが彼らのあいだに割って入った。

「紳士諸君」ジェイスは平静な口調でやんわりと言った。「この店ではこういう騒ぎは許されないんだ。男として戦う権利を行使したいなら、外でやってくれ。海軍憲兵隊が喜んでレフェリーを務めてくれるだろうよ。さあ、わかったなら出ていってもらおうか」

物柔らかな口調だったが、それでもびしょ濡れの四人ははっとした。軍内の警察組織を呼ぶという警告も効果があったようだ。

だが、四人の水兵がぶつぶつ言いながら戸口に向かったのは、ゴムホースのおかげでもなければいまのやんわりとした警告のおかげでもなかった。ジェイス自身が持つ存在感のおかげだった。彼の自信とパワーはエイミーの目にも明らかだった。その不遜《ふそん》なまでに堂々とした態度で彼はこの場をやすやすと仕切り、四人の荒くれ者を制圧したのだ。残りの客がみなこの結末に満足していることは間違いなかった。期待どおりの展開だったようだ。

だが、騒ぎがおさまってすべて解決したかに見えたそのとき、四人のうちのひとりがやり場のない怒りに顔をゆがめて戸口で振りかえった。ただでさえ傷ついたプライドに、みんなの嘲笑《ちょうしょう》が追い討ちをかけたらしい。

手にナイフを握りしめ、彼はジェイスに向かって突進した。

「利口ぶりやがって、これでも食らえ！」

次に起きたことに、エイミーはショックのあまり身じろぎもできなかった。男がナイフを振りかざしてジェイスに飛びかかっていくあいだ、彼女は根が生えたようにその場に立ちつくしていた。

ジェイスの反応は信じられないほど素早かった。さっと腕をあげ、相手の二の腕をブロックした。ナイフは宙を飛び、バランスを崩した水兵は床の水たまりに足をすべらせてあお向けに引っくりかえった。

彼が頭をあげるより先に、その喉もとに冷たい刃が押しあてられた。ナイフは魔法のようにジェイスの手の中に移動していた。

「ぼくの言ったことが理解できなかったようだな」相手に突きつけている刃と同じくらい冷え冷えとした声でジェイスは言った。「この〈サーパント〉では暴力沙汰《ざた》はお断りなんだよ」

脅されているほうにとっては果てしなく長く感じられるほどの時間、ジェイスはそのままナイフを彼の喉もとに突きつけていた。店内の誰もがぴたっと動きをとめていた。やがてジェイスが体を引き、ナイフをレイに渡した。レイはそれをすぐに手の届くところにそっと置いた。

「そいつを連れて出ていけ」ジェイスがほかの三人に静かに言った。「そして四人とも、もうこの店には近づくな。そうすれば上官に知らせるのは勘弁してやる。今度顔を出したら、上官に釈明させられるはめになるからな。どっちでも、いいほうを選ぶことだ」

四人の水兵がすごすごと出ていったのは当然だった。店内のみんながほっとため息をついた——満足げなため息を。

だが、エイミーはほかのみんなと違って満足感も安堵《あんど》感も抱けなかった。その場に立ちすくんだまま、いまの騒ぎをいかにも手慣れた態度で収拾した男を、恐怖と嫌悪感のあらわなまなざしでじっと見ていた。

ジェイスが男の喉もとにナイフを突きつけた光景はこれから死ぬまで忘れられないだろう。いまみたいな暴力行為をこんなに間近で見たのは初めてであり、おかげで今日の午後入り江に行ったときから感じるようになっていたジェイスへの親しみはものの見事に打ち砕かれてしまった。

ほんの短いあいだとはいえ、この島の現実にどうして目をつぶっていられたのだろう？　こういう土地では、ジェイス・ラシターもただ商売を繁盛させて地域の柱となっているだけでは、人々の尊敬を集めることはできないのだ。必要とあらば自ら暴力性を発揮するのがこういう土地の男なのだ。それも男の夢の一部というわけだ。

だが、これは夢ではない。夢ではなく、あまりに生々しい現実だ。

エイミーはこんな男にかりそめにも心惹《ひ》かれてしまった自分に腹を立て、ようやく麻痺《まひ》していた体を動かせるようになった——その拍子にまたワイングラスを倒してしまったが。

「エイミー！」

ジェイスが顔をしかめたのを見ながら、エイミーは身をひるがえしてテーブルを離れ、いちばん近い出口へと走った。距離が離れていたためにジェイスにはとめようがなかった。彼が駆けだしたときには、エイミーは外に飛びだし、ホテルの部屋というささやかな安全地帯をめざしてひた走っていた。彼女があとにしたバーでは、テーブルの端から赤ワインがしたたり落ちていた。

ジェイスが追ってきているかどうかを振りかえって確かめることもなく、エイミーはまっすぐ〈マリーナ・イン〉へと走りつづけ、ロビーにいたサムの好奇の目に迎えられてようやくスピードを落とした。

「どうかしましたかい？」サムは気遣わしげに言った。

「ええ。いえ、なんでもないわ」エイミーは上の空で答えた。「この島の人たちのトラブルの対処法をたったいまこの目で見てきただけ」階段に向かいながらぼそぼそと言う。

「ああ。〈サーパント〉で何かささいなもめごとがあったんだね？」サムは椅子ごと壁に寄りかかっていたが、宙に浮かしていた椅子の脚をがたんと床におろして身を乗りだした。「そういう言いかたもできるわね。だけど、ああいうことはここでは日常茶飯事なんじゃないかしら」エイミーはすでに階段をのぼりはじめていた。

「いつもジェイスがうまくおさめているんだ」サムが彼女を見送りながら言った。

「ええ、確かに今夜も落ちつき払って対処していたわ」エイミーは二階の廊下を歩きながら、鍵《かぎ》を取りだした。

「エイミー！」階段の下から聞こえてきたのはサムの声ではなかった。ジェイスの声だった。やはりジェイスが追いかけてきたのだ。

どうしてこんなに早く着けたのだろう？　いや、もっと重要なのは、どうやって彼を追い払ったらいいのかということだ。

エイミーは部屋に入ろうとしてはっと立ちどまった。

今夜は暴力の一夜らしい。半分ヒステリーを起こして、そう心につぶやく。彼女の部屋はめちゃくちゃに荒らされていた。

3

ジェイスが階段をあがってきたとき、エイミーはめちゃくちゃに引っかきまわされた部屋の中をまだ茫然《ぼうぜん》と見つめていた。

「これはいったい……」ジェイスが彼女の後ろで立ちどまり、室内の惨状を見てつぶやいた。「今夜はきみにとってほんとうに刺激的な夜になってしまったね」エイミーの肩にさりげなく片手をまわす。まるでそうする権利が彼にあるかのように。

「言わないで。わたしが推理するわ」エイミーは言った。「この島ではこういうトラブルもよくあることなのよね？　島の男たちが観光客相手にちょっといたずらをしたってわけだわ」

ジェイスは室内に思慮深そうなまなざしを向けたままだ。「いいや、現実にはこういうことはめったにない。信じようが信じまいが、この島では都市型の犯罪はきわめて少ないんだ。住民同士がみんな知りあいだからね。きみがここのルーズな社会構造に批判的なのはわかっているけれど、ここではそれなりにうまく機能しているんだ。喧嘩《けんか》以外のトラブルといったら、波止場のほうでたまに窃盗事件が起きるくらいがせいぜいなんだよ」

「それにときどき誰かが誤って喉を掻《か》き切られたりね」

「そう、あくまで誤ってだ」ジェイスは挑発には乗らずにのんびりと言った。「だが、ぼくの店を賭《か》けてもいいが、この部屋を荒らしたやつは地元民でもなければ海軍の船員でさえないはずだ」

エイミーは何も言わず、目の前の光景が意味するものについて考えこんだ。体が震えているのを自覚し、ジェイスの腕の重みを不意にありがたく思う。むろん、こんなことをしたのがこの島の住人であるわけはない。ダーク・ヘイリーが約束をたがえようとしているのだ。

エイミーはジェイスとのあいだに距離を置く必要を感じ、神経質に彼の腕から逃れようとした。なんだか今夜は暴力的な男に取り囲まれてしまったような気がする。

ジェイスは自由を求めようとする彼女のささやかな試みに気づくと、首をねじって言った。「大丈夫だよ、ハニー」なだめるような口調だった。「ぼくがちゃんと処理してあげるから」

「そりゃあ大丈夫でしょうよ。あなたの物事の処理の仕方はさっき見せてもらったわ！」

肩にまわされている腕の重みに男の所有欲を感じ、エイミーは落ちつかなくなっていた。それにトルコブルーの目の輝きも気に入らない。ジェイス・ラシターが自分に対してなんらかの権利を持っているなどと考えているのだとしたら、これほど迷惑なことはない。エイミーはそんな権利を男に与えたことなんかないし、喧嘩騒ぎをナイフでおさめるような南太平洋のバーの経営者に与えるつもりもない。

「ぼくを怖がらないでくれ、エイミー」ジェイスがささやいた。「頼むよ」

「あなたを怖がってるわけじゃないわ」エイミーはごまかした。「ただちょっと不安になってるだけよ。この不安に根拠はないと思う?」ジェイスの懇願にほだされそうになってしまった自分自身がいまいましかった。なぜわたしがジェイス・ラシターに対して優しい気持ちを抱かなければならないの? しかも、そういう気持ちを抱かされるのはこれが初めてではないなんて!

ジェイスは彼女の皮肉たっぷりの問いかけにうなずいた。「根拠はあると思うよ」エイミーから離れて部屋の中に入り、しかめっ面で周囲を見まわす。「どういう根拠か説明しようか?」

「結構よ」エイミーは自分のつっけんどんな言いかたに動揺の大きさが表れているような気がして、はっとした。「だって根拠は明白だわ。わたしは五人の男が殴りあい、ナイフを振りまわすのを目撃させられたうえに、やっと部屋に戻ってきたと思ったら今度はその部屋が荒らされていたのよ。根拠はそれで十分でしょう?」

ジェイスは返事のかわりに肩をすくめ、ベッドのほうに歩いていった。彼が足をとめ、二百ドルもしたフランス製のネグリジェを見おろすと、エイミーはうめき声をかみ殺した。そのネグリジェのほかにも高価なランジェリーが何点か引き出しから放《ほう》りだされていた。

ジェイスは無言でネグリジェの柔らかな生地に手を触れた。シャンパン色のネグリジェに目を奪われて見入っている。

「すてきだ」そうつぶやくと、彼は名残惜しそうに手を引っこめた。「実にすてきだ。しゃれていて柔らかい」

「ありがとう」エイミーはかたい声で言った。「うちの店でいちばん売れてるネグリジェなのよ」

「これなら売れて当然だ。いつかこれを着たきみを見てみたいな」

「妙な期待はしないでちょうだい」

「今夜のきみは怒りっぽいんだね。やつの狙《ねら》いはなんなんだい?」

エイミーは目をしばたたき、急いで守りをかためようとした。「誰のこと? この部屋を荒らした人物? 狙いなんてわたしが知るわけはないでしょう? きっとお金よ。さもなければ宝石類」

ジェイスは吐息をもらした。「エイミー、ぼくの脳も熱帯の太陽ですっかりとろけてしまったわけではないんだよ。そんな言い草が信じられるものか。この島ではこういう犯罪は少ないんだと言っただろう? きみはぼくたちの誰も知らない男と会うためにセントクレアにやってきた。その〝用件〟についてはいっさい口にせず、謎《なぞ》の男を待って二晩、波止場のバーで過ごした。そして二晩めにホテルの部屋が何者かに荒らされた。それで何も心あたりがないなんて、しらばっくれるのもいい加減にしてほしいね」

「あなたに説明する義理はないわ、ジェイス」エイミーは努めて静かに言った。

「そう、義理はないだろう。だったら、かわりにフレッド・クーパーに説明するかい？」

エイミーは彼をにらんだ。「フレッド・クーパーって誰よ？」

「この島の警察官みたいなものだ。実際ニューヨークで警官をやっていたんだが、妻と五人の子を置いてこっちに移住してきたんだ。何か事件が起きると、彼が警察のかわりを務めている」

エイミーは落ちつかなさそうにもじもじした。「そのミスター・クーパーにも説明なんかしたくないわ。だって、なんて言えばいいの？　どうせ誰かのいたずらよ。あるいは、けちな空き巣狙い」

ジェイスは憐《あわ》れむようなまなざしで彼女を見た。まるであまり頭のよくない人間を見るような目つきだ。実際、いまの自分は確かにあまり頭がいいような気はしない、とエイミーは内心しょんぼりした。「どっちかいいほうを選べよ、エイミー」ジェイスは無愛想に言った。「ぼくに事情を打ちあけるか、さもなくばクーパーに話すか」

エイミーはみじめな気持ちでジェイスを見つめた。ジェイスの言葉はただの脅しではなさそうだった。「あなたにそんなことを命令する権利はないわ」無駄な抵抗と知りつつも憤然とした口調で言う。

「誰がぼくをとめられるかな?」ジェイスは面白そうに言った。

「ちょっと、ジェイス。あなたがやりたい放題やることに慣れているからといって、わたしにその手が通用するとは思わないでよね。わたしは脅しなんかに屈しないわ」

ジェイスは彼女の扱いを決めかねているように、長いことそのこわばった顔を見つめていた。それからおもむろに距離を詰め、エイミーの前にたたずんだ。ほとんどなだめるような低い声のままだが、彼の姿勢にはてこでも動かぬ決意がみなぎっている。

「エイミー、きみがなんらかの問題をかかえていることはぼくにもわかっているんだ。ぼくはきみの考える鎧《よろい》きらびやかな騎士とは違うかもしれないが、ここはぼくの島であり、島の地理や住民についてもよく知っている。たとえきみは気に入らなくても、ぼくがいいまのきみにとっていちばん望ましい協力者なんだよ。認めようが認めまいが、それは事実なんだ。そう、ぼくは確かにきみを脅してでも、ぼくの助けを受け入れさせるつもりだ。まんなことをしたやつにきみひとりで立ち向かわせる気はないんだよ」

エイミーは大きく深呼吸した。言葉では説得できないと思いながらも、最後にもう一度試みずにはいられない。「ジェイス、わたしの問題はプライベートなものだから――」

「だったら、もっとプライバシーを守れるところで話しあおう。荷物をまとめてここを出るんだ」

「なんですって？」エイミーは声を張りあげたが、ジェイスは再び室内に入り、床の上の蓋《ふた》があいたスーツケースに手を伸ばした。「ジェイス、わたしはどこにも行かないわよ」

「いいや、行くんだ。ぼくのうちにね。さあ、自分で荷物を詰めるのと、ぼくがやるのとどっちがいい？」ジェイスはすでにシャンパン色のネグリジェを手に取っていた。そのなめらかな生地が、彼の腕をおおっている目の粗いカーキの生地に重なっている。

「ジェイス、やめて！」

エイミーは動転し、声に哀願の響きをこめた。

ジェイスは黙ってネグリジェをスーツケースに入れ、ベッドの上に投げだされている次の衣類を取ろうとした。小さな花の刺繍《ししゅう》が施されたアイボリーのレースのブラだ。その繊細なランジェリーが日焼けした男の手に取られるのを見て、エイミーはたじろいだ。

「わかったわよ、もう」歯ぎしりせんばかりの調子で言い、次の標的にされようとしているアンティークローズのビキニショーツに飛びついた。「自分で詰めるから、外で待ってて！」

ジェイスは満足そうにむっつりとうなずいた。「階下《した》で待っている」

エイミーは新たな不安に襲われてちらりと彼を見た。「この部屋が荒らされたこと、サムには言わないわよね？」

「ああ、事情がすっかりわかるまではね」ジェイスはそう答え、部屋の外に出ていった。

エイミーはベッドにどさっと腰をおろし、ビキニショーツを膝に置いた。まったくなんてことだろう。これからいったいどうしたらいいの？　というより、果たして自分に選択の余地があるのだろうか？　ジェイスは本気なのだ。言われたとおりにしなかったら、地元の警察官役の人物に通報して、洗いざらいしゃべるつもりだ。

だけど、ジェイス・ラシターの家に移ったほうがほんとうにわたしのためになるのだろうか？　そうは思えない。ダーク・ヘイリーと今回のことを取り決めたときには、すべてが単純明快に思われた。それなのに彼が約束をたがえたのはなぜだろう？　わたしはあの仮面と引きかえにタイ・マードックがどうなったか知りたいだけなのだ。わたしにも姉のメリッサにも、そのくらいの権利はあるはずだ。

まったくヘイリーもマードックもいまいましいったらない。それにジェイス・ラシターも。男という人種はほんとうにむかつく。いらだたしげな動きで、エイミーはショーツをスーツケースに投げこんで次の衣類に手を伸ばした。

ジェイスの家には行こう。でも、彼がわたしに事情をしゃべらせるだけでなく、ベッドのお相手を務めさせるつもりなら、そういう考えは捨ててもらわなくては。

数分後、エイミーは最後の荷物を詰めながらふと気がついた。わたしはジェイスに腹を立ててはいるけれど、彼を怖がってはいない。少なくとも人間性の面では。もしほんとうに怖がっていたら、どんなに無理強いされても彼の家に行く気には絶対なれないだろう。

彼をうまくあしらえさえすれば、この状況はなんとか打開できるかもしれない。それに彼の言うことももっともなのだろう。ジェイス・ラシターなら多少は力になってくれるかもしれない。エイミーはスーツケースを持って部屋を出た。と、そのとき揺れがちな心にまた別の考えが浮かんだ。

もうダーク・ヘイリーのことは信用できないのだ。実はヘイリーは危険な男なのかもしれない。ひょっとしたら今回の取り引きにこうしてのこのこ出てきたのは無謀だったのかもしれない。だとしたら、ナイフを振りかざす水兵の扱いかたを心得た男に守ってもらえるのは歓迎すべきことなのだろう。

その考えに意を強くしてゆっくりと階段をおりていくと、ジェイスが階下で辛抱強く待っていた。彼はエイミーの手からスーツケースを取り、サムにうなずくような挨拶《あいさつ》をして玄関に向かった。サムはしたり顔でにやりと笑っただけで、また雑誌の最新号に目を落とした。

「サムがどう思ったか想像がつくわ」エイミーはジェイスと並んで歩きながら低い声でぼやいた。

「サムのことは心配いらないよ。四十年もここで暮らして、あらゆることを見てきた男だからね」

「そうなの?」エイミーの口調が辛辣《しんらつ》になった。「それは大いなる慰めだわ。彼、〈マリーナ・イン〉からあなたの家に引っぱられていった女をいったい何人見てきたの?」

ジェイスは意外にもいたずらっぽく、にっと笑った。「その質問は諸刃《もろは》の剣だな。〝奥さんにもう暴力をふるわなくなったか?〟と訊《き》くようなものだ」

「あなた、やってたの?」

「やってたって、何を? 別れた妻に暴力をふるってたかって? どっちだと思う?」

エイミーはジェイスから目をそらしてわが身を抱きしめた。「暴力はふるわなかったんじゃないかと思うわ」

「それはほめ言葉と解釈していいのかな?」

「どうにでも好きなように解釈してちょうだい」

「きみの想像どおり、暴力はふるわなかったよ。とはいえ、どれほど挑発されても女を殴れない男だというわけではないんだからね」ジェイスはゆっくりと言いそえた。

「それは脅し?」

「どうにでも好きなように解釈していいよ」

自分が言った言葉をそのまま投げかえされ、エイミーは内心ひるんだ。「ねえ、ひとつはっきりさせておきましょう、ジェイス。わたしが今夜あなたの家に行くのは、あなたがほかの選択肢を与えてくれなかったからだわ。わたしは自分がセントクレアに来るに至っすべてを誰にも知られたくないのに、あなたはフレッド・クーパーなる人物に知らせてすべてを公にすると脅した。だから、仕方なくあなたに話して聞かせるのよ。あなたの家に行く理由はそれだけであって、あなたとベッドをともにするつもりはありませんからね。セントクレアを訪れる女性は年々少なくなっているんでしょうけど、セックスの相手を探しているなら次のブームを待つことね。いいわね？」

「きみはとびきりうるさいがみがみ女になる素質があるな」ジェイスは言った。「誰か強い男が早いところ手綱を締めないと、いまに手がつけられなくなりそうだ」

「いまのわたしはそんな女性差別丸出しの冗談につきあう気分じゃないわ。わたしの出した条件を了解するのかしないのか、さっさと答えてちょうだい」

「自分で決めた条件なら了解しやすいんだけどね」

「真面目《まじめ》に答えてよ！」

「肩の力を抜けよ、エイミー。うちに来ればきみの身は安全だ」ジェイスはにわかに真剣な口調になった。「それにぼくも、きみの部屋を荒らしたやつがまた戻ってきてきみと直接対決するんじゃないかと、眠れぬ夜を悶々《もんもん》と過ごさないですむ」

　エイミーはごくりと唾《つば》をのみこんだ。「ええ、その可能性があることにはわたしも気づいていたわ」

「賢明だ」ジェイスは言った。「自分の知っている悪魔のほうが、知らない悪魔よりはまだましだと言うだろう?」

「わたしはあなたのことだってろくに知らないわ」

「だが、きみがこの島で会うことになっているやつよりも、ぼくのほうが信頼できるんじゃないかい? ぼくのことをどう思っているにせよ、ダーク・ヘイリーについてはほとんどわかってないんだろう? だいたいそいつとは、どういういきさつでつきあうことになったんだ?」

「別につきあってるわけじゃないわ。少なくとも個人的にはね。彼とは……ある取り引きをする約束なのよ」エイミーは慎重に言葉を選んで言った。「でも、まだ会ったこともないの。一、二度連絡をとっただけで」

「もってまわった言いかたをしないで、その〝取り引き〟について端的に言ってくれよ。今夜きみの知られざる訪問者が捜しまわっていったのはなんなんだい?」

「仮面よ。アフリカから送られてきた木彫りの仮面」エイミーは投げやりに言った。

ジェイスは横目で彼女を見た。「大きさはどのくらい?」

「それほど大きなものではないわ。わたしのバッグにちょうどおさまるくらい。今夜もバッグに入れて、持ち歩いていたの。犯人が部屋の中をあさっているあいだもね」エイミーはちょっとした満足感を覚えながら言葉をついだ。「サンフランシスコを発《た》ってからは常に自分の目の届くところに置いているわ。取り引きの材料はその仮面だけなのよ」

「その仮面がどうしてそれほど重要なんだい？」ジェイスは淡々と尋ねた。

「正直な話、わたしにもわからないの。ああいうものを専門に扱っているサンフランシスコの業者に鑑定してもらったら、コレクターにとってはそれなりに価値のあるものだけど、それほど貴重な品ではないそうだわ。わたしにわかるのは、ヘイリーがそれをすごくほしがっているということだけなの」

「きみはどこでその仮面を手に入れた？」

エイミーはつかの間、目をとじた。「わたしの姉の元夫が、息子が生まれて間もないころに姉に送ってきたのよ」

「その元夫はどうなったんだい？」

「それをダーク・ヘイリーから教えてもらいたいのよ」

ジェイスがその話を反芻《はんすう》しているあいだ、沈黙が続いた。やがて彼は言った。「その元夫の名前は？」

エイミーは彼のやんわりとした口調が気になった。だが、教えてやっても害はあるまい。どうせここまでしゃべったのだ。「タイ・マードックよ」

「よし、それじゃ肝心な点を教えてくれ。きみにとってお姉さんの元夫はどういう存在だったんだ？　なぜお姉さんではなくきみが彼の消息を確かめに来たんだ？」

「そういうプライベートな事情はこの問題には無関係だわ」エイミーは傲然《ごうぜん》と顎をあげた。

「無関係なもんか」ジェイスは彼女の冷淡な返答にひるんだ気配さえ見せない。「必ず関係があるはずだ」そう言いながら、〈サーパント〉の明かりが水面に映っているあたりから二ブロックほど離れた、舗装のはがれかかった通りに入っていく。

「どこに行くの？」エイミーは行く手の暗がりに目をこらして言った。セントクレア島には街灯などというしゃれたものはない。彼女に見えるのはひっそりとたたずむ築年数不明の民家数軒だけだ。熱帯地方では何もかもが急速に古色を帯び、よく使いこまれた感じになってしまうのだ、とエイミーは思った。人間も含めて何もかもが。

「言っただろう？　ぼくのうちに行くんだよ。心配することはない。椰子《やし》の木立の中にきみを引きずりこんで襲いかかったりはしないから」

「その言葉を百パーセント信じられればいいんだけど」エイミーは腹立たしげに言った。

「全面的に信じてくれて構わないよ。きみを抱くなら、かたい地面でちくちくする椰子の葉をシーツがわりにするよりも、寝心地のいいベッドを使いたいからね。ぼくももう昔みたいに若くはないんだ」

「あなたのいやらしい冗談にはつきあいきれないわ。人をからかうのもいい加減にして、ジェイス。今夜はただでさえ参っているんだから」

ジェイスは急に立ちどまった――あまり急だったため、自分は目先の窮地から逃れようとしてもっと大きな窮地にはまりこんでしまったのではないかと一心に考えていたエイミーは、彼に衝突してしまった。

「ああ、もう！」慌てて彼のシャツの袖《そで》をつかみ、そのシャツのせいで声をくぐもらせて言う。不意をつかれたというのに、ジェイスは彼女に衝突されても身動きひとつしなかった。びくともせずに立っているジェイスから離れ、エイミーはそそくさと体勢を立て直した。

「そのかわいらしいどじさ加減からすると、いざとなったらぼくが無理に誘わなくてもきみ自らぼくのベッドに倒れこんできそうだね」ジェイスは足もとにスーツケースを置き、エイミーの顔にごつい指の先を触れた。島の夜の圧倒的な暗闇《くらやみ》の中ではジェイスの顔はほとんど見えないけれど、エイミーは彼の存在をまざまざと意識し、息が苦しくなってきた。

「別にきみをからかっているわけじゃないんだ」生真面目で優しい言いかただ。「冗談を言ってるわけでもない。きみがほしいんだよ、エイミー。遅かれ早かれ、ぼくはきみをベッドに連れていく」

「あなた……わたしのこと、あらゆる面で違ってると言ってたじゃないの」エイミーは必死の思いで言った。「それはそのとおりだったわ。そのうえタイプと違うのはお互いさまなのよ。わたしにとってのあなたも、あらゆる面で違っている」

「わかってるよ」ジェイスは残念そうに言った。「だが、すべてはこの島にやってきたきみのせいなんだ。毒蛇《サーパント》に出くわす覚悟ができるまでは楽園に入りこむべきではなかったんだよ」彼が顔から手をおろすと、その感触がなくなったことにエイミーは妙な寂しさを感じた。「行こう、エイミー。うちはもうすぐそこだ」

〝うち〟というのは港を見晴らす二階建ての田舎ふうの家だった。二十世紀初頭に建てられたものだと、ジェイスが明かりをつけながら説明した。最初は引退した元船長が住んでいたのだが、第二次大戦中には米軍に士官の宿舎として徴用されたそうだ。戦後は持ち主が次々とかわり、ジェイスが買ったのは八年前だという。

「すてきな家だわ」

ジェイスは彼女が硬材の床や梁《はり》の見える高い天井、床から天井まで伸びているアーチ型のフランス窓を見まわすのを見ていた。「驚いているみたいだね」穏やかな口調がかえって怪しい。「どういうところに住んでると思っていたんだい？〈サーパント〉の二階だとか？」

「ええ、まあね。あるいは〈サーパント〉に近い小さな家か。だって一日のほとんどの時間をあの店で過ごしているみたいだから、家のことにはあまり構わないんじゃないかと思ったのよ」

ジェイスは酒瓶の並んだキャビネットに近づき、ラム酒のボトルを取りあげた。「きみは男についていろいろ推理をめぐらす傾向があるんだね」

壁にかかっているタパ布を見ていたエイミーはぱっと振りかえり、ジェイスをにらみつけた。「それってどういう意味？」

ジェイスは酒をつぎながら頬をゆるめた。「たいした意味はないよ。今夜は話しあわなければならないことがたくさんあるんだ。そっちを先に片づけよう。さあ、話を始めてくれ、エイミー」

エイミーの反発心がみるみるしぼんでいった。この居心地よく安全な家の中では、警戒を解いて気のめいる話を聞いてもらうことにもまったく抵抗がなかった。ジェイスは協力と慰めを与えようとしてくれているのであり、そのどちらもいまのエイミーには必要なものなのだ。

もしかしたらわが家から遠く離れているせいかもしれない。あるいは非常に不愉快な経験をした直後だからかもしれない。あるいは自分がひとりでダーク・ヘイリーと会おうとしたのはむちゃだったと気づきはじめているからかもしれない。理由はどうあれ、エイミーはクッションつきの小枝細工の椅子に腰かけ、セントクレアに来た事情について語りはじめていた。

「タイ・マードックとは二年ちょっと前に知りあったの」彼女は切りだした。

「そんなことだろうと思った」ジェイスは重苦しい声でさえぎった。「きみがお姉さんのかわりに来たって聞いたときにね。きみと彼はつきあっていたんだな」

「話の続きを聞きたいなら黙っててよ」

「彼を愛していたのかい?」ジェイスは彼女の向かいの椅子に腰かけて冷ややかに尋ねた。

「まあね」エイミーはしぶしぶ答えた。

「まあね、だって?」ジェイスが声を荒らげた。「それはいったい、どういう返事なんだ?」

「つまり、女が全面的には信用できない男を愛するくらいには愛していたってことよ」エイミーは自分でも驚くほど正直に答えていた。そしてまったくそのとおりだったのだと思い至った。

ジェイスは辛抱強く言った。「詳しく話してくれ。何もかも」

エイミーは肩の片方をわずかにあげた。「タイ・マードックは魅力的で、颯爽《さっそう》として、目立つ男だったわ。どこかの政府機関で謎《なぞ》めいた仕事をしていて、洗練されたおしゃれなジェームズ・ボンドという感じだった。自分の仕事についてはほとんどしゃべらず、それがまた効果的だったのよ。女はみんな胸をときめかせたわ。なにしろ生きた本物の諜報《ちょうほう》部員なんだから。わたしと出会ったときにはサンフランシスコに駐在していたの。彼がわたしのどこに惹《ひ》かれたのかはわからない。わたしにとって、彼は面白くて魅力的なエスコート役だったわ。でも、友人の家で初めて会ったその晩から、彼が信頼に足る男性でないってことはわかっていたの」

「どうして?」

どう説明すればいいのだろう？　警戒心はもう捨てようにも捨てられない自分の一部になっているなんて。「わたしはもともと男の人をあまり信用しないたちなんでしょう。男の人って、自分のほしいものを自分でわかってないような気がするの。ともかく、タイ・マードックにはいつも刺激を求めているような、落ちつきのなさが感じられたわ。魅力的でいっしょにいるとわくわくしたけれど、ひとりの女と長くつきあえるタイプではないって直感的にわかったのよ。それで結局は彼とのつきあいに意味を見いだせなくなってしまったの。このままつきあっても傷つくだけだと思ったわ。それに、彼はわたしが与えたくないものまで求めるようになっていたし」

「つまり、きみは彼とのセックスを拒んだんだね？」眉をあげ、ジェイスはゆっくり言った。

エイミーは彼の顔をじっと見つめた。「わたしが距離を置こうとしているのを察知すると、タイは狩猟本能を刺激されてしまったらしいわ。ほしいものがいつも手に入るとは限らないのにね。気がついたら彼は突然、結婚を口にするようになっていたの。でも、結婚なんてばかげている。彼みたいな男は結婚には向かないんだから。わたし、そう言って断ったのよ」

「彼氏はさぞ喜んだだろうよ」ジェイスがうなるように言った。

エイミーはそのときのことを思い出して身をすくめた。「彼はわたしの言葉を、その、侮辱と受けとったわ。実のところ、怒り狂ったの。最後に喧嘩したときには、彼はお酒を飲んでいた。おまえをベッドに引きずりこんで妊娠させてやる、そうなったときに結婚を拒めるものなら拒んでみろ、と言ったわ。わたしは信頼できない人とベッドをともにするつもりはないし、あなたの子どもなんて絶対にほしくないって言いかえしてやった」ため息まじりに続ける。「わたしもすごく頭にきていたの。脅されるのは好きじゃないのよ」

ジェイスは思案顔で彼女を見つめた。「あんたの子どもなんか産むものかって言ったのかい？　それで目のまわりにあざを作らずにすんだのなら運がよかったんだ。実際問題、いろいろ考えるとそいつが脅しを実行に移さなかったのは幸運だったと言うべきだな」

「あら、実行に移そうとはしたのよ」エイミーは身震いしたいのをこらえ、かたい声で言った。

ジェイスははた目にもわかるほど強くグラスを握りしめた。「レイプされたのかい？」

「いいえ、幸いにも、ちょうど友だちが訪ねてきたおかげでレイプは免れたわ。あのときほど他人の訪問をありがたく思ったことはなかった。タイは激怒したまま帰っていき、わたしはもうそれでおしまいだと思ったの。ところがあるとき気づいたら、彼はわたしの姉とつきあいはじめていた。そしてその二カ月後、姉は妊娠したわ」

ジェイスは低くうめいた。「お姉さんを使ってきみに復讐《ふくしゅう》しようとしたわけか」

「ええ。しかもまずいことに、姉は本気で彼を愛していたの。最初からずっとね。彼はそれを知っていたのよ。それでわたしに振られると、傷ついたプライドを癒《いや》すため、姉のもとに走ったんだわ」

「そしてお姉さんは彼の子どもを産んでもいいと思うほどに彼を愛してしまったわけか」

エイミーは胸を締めつけられる思いでうなずいた。「驚いたことに最初のうちは二人とも幸せそうだったわ。メリッサは美人で優しいの。彼女を愛さずにいるほうが難しいくらい。タイを落ちついた男に変えられる女がいるとしたら、メリッサがそうだわ。タイとメリッサが結婚したときには、なんとかうまくいってほしいと祈るような思いだった」

「だが、うまくはいかなかったんだね？」

「臨月が近づくにつれて、二人の関係はぴりぴりと張りつめたものになって、糸みたいにナイフで切れそうなくらいだったとメリッサが言っていたわ。わたし、そのころはあまり姉たちに会っていなかったの。事態が悪化しているのを知って、姉の不幸な姿なんか見たくないと思ったのよ。妊娠八カ月めには、タイはほかの女とつきあっていたわ。それは格別驚くようなことでもなかったけど。わたしとつきあっていた短いあいだにも、彼は別の女と二股をかけていたから。そういう理由もあって、タイという男が信用できなかったのよ。やがてある晩メリッサから電話がかかってきたわ。陣痛が始まったのにタイがいないと、助けを求めてきたの。結局わたしが病院に連れていったわ。男の子か女の子かわかるまで待っていたのもわたしだったし、そのあとお花を持っていったのもわたし、二日後の退院のときに車で迎えに行ったのもわたしだった。タイはその週末、愛人とカーメルに行っていたの。それがわかったときにはメリッサがかわいそうで、タイを絞め殺してやりたくなったわ」エイミーは目にきらめく涙をまばたきして散らし、ジェイスに見られないよう暗い港のほうに顔を向けた。

「続きを聞かせてくれ」ジェイスがそっと言った。

「そのあとは早かったわ。タイがメリッサに離婚を求めたの。自分は父親役には向いてない、別れるのがきみのためなんだと言って。海外赴任に志願して、その後間もなく離婚の手続きをしたわ。それからしばらくはわずかな養育費と、たまにおもちゃみたいなつまらない品物を送ってきていた。問題の仮面はそういう品物のひとつだったの。姉はそれらのものを、父親から息子への贈り物だからと大事に取っておいたわ。ところが数カ月前、タイからの連絡がとだえてしまい、こちらからも連絡できなくなってしまったの。メリッサはきっと死んだのだと考えたわ。彼の仕事は危険を伴うものだから、ほんとうに死んでしまったのかもしれない。でも、姉は息子のために彼がどうなったのかをきちんと確かめたいって言いだしたの。ダーク・ヘイリーから仮面を譲ってほしいと持ちかけられたときには、わたしもこれをきっかけにタイが消息を絶った真相を明らかにできるかもしれないと思ったのよ」

ジェイスは眉を寄せた。「ヘイリーは前触れもなく突然連絡してきたのかい?」

「ええ。自分はタイの古い友人であり、タイから仮面をもらう約束になっていたと電報を打ってきたのよ。わたしとメリッサはいろいろ話しあった末、ひょっとしたらその仮面にはわたしたちが思っていた以上の価値があるのかもしれないと考え、その点をきっちり確かめようと決めたの。もし価値あるものなら、クレイグの将来のために大事に取っておくべきだから」

「クレイグというのがメリッサの子どもなんだね？」

　エイミーはうなずいた。

「ともあれ、ダーク・ヘイリーならタイの身に何があったのか教えてくれるんじゃないかと思ったの。その件については、政府はまったくあてにならないのよ。タイの消息を教えてくれるどころか、彼が職員だったことも認めようとしないんだから」

「それできみとメリッサは、その仮面を餌《えさ》にヘイリーからタイ・マードックに関する情報を引きだそうと考えたわけか」ジェイスはあきれたように首を振った。「ばかな姉妹だ」

「アダムにもそう言われたわ」エイミーはつぶやいた。

「アダムとは？」ジェイスがすかさず尋ねた。

「アダム・トレンバックはメリッサに恋をしているすばらしい男性なの。責任感が強くて、誠実で」エイミーは笑顔になって説明した。「それにメリッサを守ろうと一生懸命だわ。元亭主に何があったか確かめるために南太平洋になんか行かせられないって言うのよ」

「当然だな」ジェイスは思い入れたっぷりに言った。「それできみがかわりに来ることになったわけだ」

「あの仮面の何がそんなに重要なのか、誰かが突きとめなくてはならないんだもの。ひょっとしたらものすごい価値があるのかもしれないわ。だとしたら、クレイグのためにそれを守ってあげなくちゃ。それに、いつかクレイグが父親のことを聞きたがったら、メリッサはきちんと答えてやりたいのよ」

「それでこのセントクレアにその答えを見つけに来たわけだ」ジェイスはエイミーの知性を疑うようなまなざしになった。「そのヘイリーという人物について、本人がマードックの古い友だちだと称していること以外、何かわかっていることがあるのかい？」

「ないわ」エイミーは仕方なく認めた。「電報を受けとったメリッサが仮面のことについて話しあいたいと返事を出したら、今週ここで会おうとまた電報が来たのよ」

「彼がセントクレアを選んだのは、ここなら攻撃を受ける恐れはないと思ったからかもしれないな。この島の政治機構はあまり整ってはいないからね。彼が仮面をほしがる背景に何かよからぬたくらみがあるなら、セントクレア島は彼にとってはかなり安全な待ちあわせ場所になる。ハワイと異なり、こっそり上陸してこっそり出ていくことも可能だ」

「彼のほうはここなら安全なのかもしれないけど、わたしにとっては逆に危険だわ」エイミーは身震いをこらえてつぶやいた。

「もう大丈夫さ」ジェイスが立ちあがった。「いまではきみとやつはほとんど互角だ」

「あなたがわたしの味方についたから？」

「どうしたんだい、エイミー？　酒びたりの自堕落なバー経営者が味方についてもたいした助けにはならないんじゃないかと心配してるのかい？」ジェイスは嘲《あざけ》るように言った。

「そういう言いかたはやめて。そんなせりふを口にしたって、あなたの危険な雰囲気が薄れるわけではないんですからね。地元の人たちがあなたをどう見ているかはもうわたしにもわかったし、今夜はあなたが四人の水夫を叩《たた》きだすところも目撃させられたわ。この〝男の世界〟であなたが一目も二目も置かれているのは、酒びたりになっているからではないのよ」

「自堕落っていう点についてはどうなんだい？」ジェイスは愉快そうに言った。

「自堕落っていうのは確かにあなたにぴったりの言葉ね」エイミーは甘ったるい口調で言った。「さあ、わたしの部屋はどこ？　もうとっくに寝る時間だわ」

「ひとりで寝るのかい？」

「もちろんよ」エイミーはスーツケースを手に取った。「わたしに協力する見返りにベッドをあたためてもらえるなんて考えないでちょうだい。あなたがこんなごたごたに首を突っこんだのは、わたしが助けてほしいと頼んだからではないんですからね」

「いままで男に助けを求めたことはないのかい、エイミー・シャノン？」

「ないわ」エイミーは誇らしげに答えた。「一度もね」

ジェイスはまだ何か言いたそうにちょっと口ごもった。それから微笑を浮かべて言った。

「きみの部屋は階段をあがって二つめだよ」

エイミーはバッグとスーツケースを持って、二階の聖域に急いだ。

4

一時間後、エイミーはついに眠ろうとする努力を放棄し、上掛けをはねのけた。裸足《はだし》の足を硬材の床にそっとおろし、足首にフランス製のネグリジェをまとわりつかせながら、あけっぱなしのフランス窓に近づいていく。

二階の二番めの部屋は清潔で、竹や柳を使った家具が置かれたしゃれた部屋だったが、妙にがらんとした雰囲気があった。まるで長いあいだ誰も使っていなかったような感じだった。

それも当然だ、とエイミーは海に目をやりながら心につぶやく。ジェイスの家に招かれた女性観光客たちは、むろん主《あるじ》とともに主寝室で寝るのだろうから。

その腹立たしいイメージを払いのけ、エイミーは窓のガラス戸の枠を軽くつかんだ。下では海軍の船がゆったりと波に揺られ、数人の男がまだ暗闇《くらやみ》の中を行き来している。だが、この家からそこまではかなりの距離があった。ジェイスの家は〈サーパント〉と違い、埠《ふ》頭《とう》からかなり離れている。たとえ短い時間でも、わずらわしい仕事から逃れてほっとできる場所がほしかったのだろうか？　ひょっとしてジェイスは孤独だったのか？　自分を捨てた妻がいまでも恋しいのだろうか？

いや、古典的な男の夢を地でいくこの島での暮らしには、ジェイスも満足しているに違いない。エイミーは自分にきっぱり言い聞かせた。ああいう男をロマンティックに美化してはいけない。

でも、自分は彼を信用している。これは信じがたいことだ。わたしとしたことが、いったいどうなってしまったのだろう？　彼の協力を受け入れるといちおう同意し、こうして彼の家に泊まっている。ジェイス・ラシターの何がわたしをこんなにも無警戒にしてしまうのだろう？　こんなの、まったくわたしらしくない。

落ちつかなくなって、エイミーはベランダに出た。海を渡ってくる夜風がネグリジェの生地をふわりと揺らし、ジェイスの日焼けした手がその生地にかかっていたさまを思い出させた。あれは官能的な光景だった。官能的で刺激的。頭に焼きついたまま消えそうにない。それが不穏で危険な感覚を彼女の胸にかきたてる。放置しておいてはまずいような感覚を。

ベランダは家全体をぐるりと取り巻いていた。エイミーは明かりのついている部屋はないかと奥のほうに目をやった。すべてが闇に沈んでいた。ジェイスはもう寝たの？　それとも階下でまだラム酒を飲んでいる？　彼の寝室はどこだろう？

手すりに両肘をつき、スパイス色の髪を肩にこぼれさせてエイミーは身を乗りだした。

「きみはセントクレアに来るべきではなかったんだよ、エイミー。きみは間違ったときに、間違った場所に来てしまったんだ」

闇の中から聞こえてきたジェイスの声に、エイミーは身をこわばらせた。それから自分の運命を直視するような気分でおもむろに振りかえり、隣の部屋の戸口にたたずむ彼の姿を見た。すぐ隣だ。ああ！　彼が隣の部屋を使っているとは気がつかなかった。

二人は長いこと暗がりの中でじっと見つめあった。エイミーは二人のあいだの空気が重く緊張をはらむのを感じ、荒らされたホテルの部屋を見たとき以上に危険な状況に直面していることを自覚して、動くこともできずに凝然と立ちつくした。

「きみは間違ったときに、間違った場所に来てしまったんだよ」ジェイスはかすれ声で繰りかえしながらゆっくりと近づいてきた。まだカーキのシャツを着たままの格好だ。胸もとをあけ、袖《そで》をまくりあげている。マホガニー色の髪は薄闇の中では漆黒に見えるが、明るいトルコブルーの目には男の決意が光となってきらめいている。体のあらゆるラインがかたく、力強い。

「そうなの、ジェイス？」二歩手前で立ちどまった彼にエイミーは問いかけた。「ほんとうに間違っているの？」

ジェイスは彼女の横に来ると、ラム酒を飲みながら手すりに寄りかかった。それからグラスを手すりの上に置いてうなずき、エイミーの顔を見つめたまま言った。「きみにとってはね」

「でも、あなたにとっては間違っていないわけ?」エイミーは緊迫した雰囲気が爆発する瞬間を待って、小さく背筋を震わせた。きびすを返して自分の部屋に戻り、戸を閉めればすむことなのに、なぜ身動きできないのだろう?

「こういう土地の男は間違いの正しかたを学んでいるんだ。たとえ、ひと晩限りのことでもね。ましてぼくがきみを求めてしまうように、どうしようもなくほしい女がいるときには」

エイミーは彼の輝く目から目をそらすことができなかった。罠《わな》にかかり、知るのも恐ろしいような不可思議な力で催眠術をかけられてしまったような気分だ。「あなたは……」言葉を切り、神経質に唇を湿らせる。「ほんとうにそれほどわたしがほしいの? 女なら誰でもいいんじゃ……」

その問いは途中でとぎれてしまった。不安に駆られてひょいと右手を動かした拍子に、手先がラム酒のグラスに触れてしまったのだ。

ジェイスが無造作に片手を伸ばし、空中でさっとグラスを受けとめた。中身はほんの数滴こぼれただけだった。グラスを再び手すりの上に置くと、奇妙な笑みを口もとにたたえ、エイミーのせつなそうな顔を見つめる。

「そう、ほんとうにきみがほしくてたまらないんだ。誰でもいいわけではない。今夜はきみでなくては……。きみを動揺させてしまったかな？」ジェイスは自分が受けとめたグラスにちらりと目をやった。

「ええ、あなたのせいでひどく動揺させられているわ」エイミーは声をかすれさせて答えた。

「それじゃあ、おあいこだ。ぼくの気持ちもめちゃくちゃにかき乱されているんだからね」ジェイスはそう言うと、狂おしい欲望を隠しきれずにエイミーの唇を奪った。ゆうべのキスには誘惑の意図があった。エイミーを試し、味わい、じらすような雰囲気があった。キスで彼女の心をとろかし、家に連れこもうとしていたのだ。

今夜のエイミーはすでに彼の家に来ており、もう罠にかかって逃げられない。ジェイスは自分が誘いこんだ獲物をこれから存分に料理するつもりなのだ。ベランダで彼の声を聞いた瞬間から、エイミーはそれを体の奥深い芯《しん》のところで察知していた。だが、その時点で逃げられなかったように、いまもまったく抗《あらが》えない。

「エイミー……」ジェイスが一瞬、唇を離して名前を呼び、それから彼女の体を手すりに押しつけるようにしてのしかかった。

再びキスをされると、エイミーは目がまわりだした。ウエストの後ろにあたっている手すりの感触をおぼろに意識しながら、彼の体の重みと感触に情熱を燃えあがらせて息を詰める。

ジェイスは彼女の歯のあいだに舌をすべりこませ、同様に左脚を彼女の脚のあいだに割りこませて開かせた。シャンパン色のシルクのネグリジェが夜風にあおられ、カーキのスラックスのまわりで軽やかに舞いあがる。

「ジェイス、ねえ、お願い」エイミーは息を切らしてささやいた。「わたし、こんなことって……。ああ、ジェイス」

ジェイスはざらついた手のひらで彼女の顔をはさみ、頬から喉もとにかけて焼けつくような熱いキスの雨を降らせた。「静かに、スイートハート。もう遅すぎるんだ。たぶんきみが〈サーパント〉に入ってきた瞬間から、もう遅すぎたんだよ」

エイミーはその言葉に動かしがたい真実を感じ、小さく身震いした。前もって定められていたかのような、どうにもならないこの展開に、抵抗することさえ考えつかない。ジェイスが解き放った情熱の渦に巻きこまれ、現実を見失っている。

彼女の顔をはさんでいた大きな手が下に移動し、肩の丸みをなぞった。ジェイスは全身を駆けめぐる熱い欲望におののいていた。エイミーは彼が間違いなく自分を求めている証《あかし》を感じとり、体の奥を激しくうずかせた。

「ぼくを抱きしめてくれ」エイミーの耳の下の感じやすい部分に唇を押しあて、ジェイスがうめくように言った。「頼むよ、エイミー。今夜きみがどうしてもほしいんだ」

エイミーはため息をもらし、彼の言葉に従った。なかば抗議するように彼の胸にあてていた手を、マホガニー色の豊かな髪に差し入れる。この男をどうして拒めるだろう？　彼はエイミーから理屈では説明のつけようがない、女としての鮮烈な反応を引きだしてしまうのだ。彼女はもう、まともに頭を働かせることさえできなかった。ただ切実で果てしない五感の欲求に従う以外、何もできなかった。ジェイス・ラシターにすっかりその身を投げだしたかった。

ジェイスは彼女が完全に屈したのを全身で感じとった。そして勝利の雄たけびをあげたくなったが、言葉は喉にからんだしゃがれ声にしかならなかった。「エイミー、エイミー、きみがほしい」両手で彼女の胸のふくらみを包みこみ、なめらかなシルクの手ざわりに陶然となる。その生地の下に小さなかたいつぼみを探りあてると、喜びがいっそう胸に押しよせた。彼女もぼくがほしいのだ。

ジェイスが繊細なネグリジェの身ごろを軽く引っぱると、エイミーは彼が肩のストラップをおろせるように両腕をさげた。ジェイスは頭をもたげ、彼女の顔を見つめながらエレガントなネグリジェをウエストまでおろした。エイミーはうっとりと目をとじて頭をのけぞらせた。彼女もまたジェイスと同様、すっかり魔法にかかっていた。

ぼくが彼女をここまで導いたのだ――ジェイスは得意な気分になった。彼女はこんなことは望んでいなかった。ぼくに身を任せるつもりはなかった。だが、ぼくに本能を呼びさまされ、いま、こうしてぼくのものになろうとしている。

ジェイスは震える指で、彼女の小さいが形のいいバストに触れた。

「ああ、ジェイス、体がうずくわ」彼の喉もとに顔をうずめるようにしてエイミーはささやいた。

「ぼくだって」ジェイスは声をうわずらせた。「ああ、なんてすてきな肌ざわりだ。シャツを脱がせてくれ、スイートハート。きみをじかに感じたい」

エイミーは身を震わせながらカーキのシャツのボタンに指をかけた。その指のぎこちない動きにジェイスが低く笑い声を響かせる。もう彼女はひとりで立っていることすらできなかった。そうと気づくとジェイスはいっそう燃えた。エイミーは彼に寄りかからずには立っていられないのだ。彼が支えていなければ倒れてしまいそうだ。

「気を楽にして」ボタンに手こずっているエイミーに、歌うようにささやきかける。「すべてをぼくに任せてくれ」

そうして最後のボタンをはじき飛ばしてシャツを脱ぎ、ベランダの床に落とすと、ジェイスはゆっくりとエイミーを抱きよせた。バストの先端が胸毛に触れるとエイミーは目を見開いた。ジェイスはそのグレーグリーンの底知れぬ深い色に見入った。

「嵐《あらし》のときの海みたいだ。男が溺《おぼ》れたくなってしまうような目だ」

そうつぶやいて彼女の柔らかな体を抱きすくめる。わずかに残っていた自制心も吹き飛んでしまいそうな気がした。エイミーがすべてを彼にゆだねているさまは極上のラム酒よりもジェイスを酔わせ、かつてないほど舞いあがらせて、攻撃的なまでの支配欲とこのうえない優しさの両方を胸にかきたてた。ひとりの女をこれほど強く、これほど完璧《かんぺき》に自分のものにしたいと思ったことはなかった。

「今夜はどうしてもきみがほしいんだ、エイミー」自分の燃えさかる情熱をなぜか彼女にわからせたかった。「きみがほしくて血がわきたっているんだ。きみを抱けなかったら気が狂ってしまいそうだよ」

エイミーの返答がかろうじて聞こえた。「ええ、わかってるわ、ジェイス」

それ以上は待てず、ジェイスは彼女を両手に抱きあげた。シャンパン色のネグリジェが彼の腕から流れ落ちた。上半身裸で彼に抱きあげられたエイミーはローマ人に征服されたサビーニ人のようだ。

「ああ、まるで征服者の気分だよ」ジェイスはそうつぶやき、ベランダから自分の部屋に彼女を運んだ。ベッドにそっと横たえられると、エイミーは長いまつげの奥から彼を見あげた。濡《ぬ》れた唇はうっすらと開かれ、乳房は彼の愛撫《あいぶ》を待っている。ジェイスはエイミーの顔に欲望を見てとり、彼女がかくも完璧に身を投げだしていることが信じられない思いで一度だけ首を振った。

彼女に目を釘《くぎ》づけにしたまま、ゆっくりとベッドの端に腰をおろす。「ぼくはこれからきみを抱くんだよ」なんとかそうささやく。「わかっているのかい？　今夜、きみはぼくのものになるんだ」

「なぜそんなに何度も念を押すの？」エイミーはそっと言うと彼の胸に手を伸ばし、小さく渦を巻いた胸毛に触れた。「そんなことはわたしにもわかっているわ」そう言いながら見せた笑顔はたとえようもなく蠱惑《こわく》的だ。

「たぶん逃げるチャンスをあげようとしているんだろう」ジェイスは言った。

「もう逃げたくても逃げられないわ」エイミーは答えた。

「それに、もし逃げようとしても、逃がしてはあげられない」ジェイスはため息をつき、エイミーの胸からなだらかな曲線を描いている腹部へと手を這《は》わせた。そしてネグリジェに手をかけ、腰のほうへと引きおろして脱がせる。

それから長いあいだ、彼は魅入られたようにエイミーの体を見つめ、その体に表れている欲情の兆候にわれを忘れた。エイミーがしどけなく脚を動かすと、ジェイスは片手を伸ばして腿のあいだの茂みに指先をもぐりこませた。彼女にさわっているだけで、体じゅうの血が激しく騒いだ。これで体を重ねたら、ぼくはほんとうに爆発してしまうかもしれないと頭の隅でぼんやり考える。自制心がこれほどすり切れそうになったことはいまだかつて一度もなかった。

やにわに立ちあがり、ジェイスはスラックスを脱ぎはじめた。スラックスと下着から、もどかしげに脚を抜いて顔をあげると、エイミーが目を丸くして彼の体を見ていた。

「あなた、とてもきれいだわ」畏敬《いけい》の念に打たれたように彼女はつぶやいた。

「いいや、きれいなのはきみのほうだ」ジェイスはベッドに横たわり、彼女を抱きよせた。

「柔らかく、あたたかく、女らしい。ああ、エイミー……」

　エイミーの腿に手を這わせてシルクのようになめらかな肌をいつくしみながら、膝で脚を開かせる。そして熱くうるおったところに触れた瞬間、ほんとうに頭がおかしくなるかと思った。

「ハニー、きみのためにいま少し我慢すべきだということはわかっているが、もう待てそうにないよ」エイミーの胸に顔をうずめ、愛撫を続けながら声を振りしぼるように言う。

「きみがほしくてたまらないんだ」

「ああ、ジェイス、こんな気持ちは初めてよ」エイミーは彼の首に両手をからみつけた。

「待つことなんかないわ。わたしもあなたがいますぐほしいの」

　ついにこらえきれなくなり、ジェイスは彼女にそっとおおいかぶさった。エイミーは待ちかねたように彼の背中に両手をまわし、腰を浮かしてせきたてた。ジェイスが求められている喜びに心をはずませながら、腰を沈めて体を結びあわせると、その衝撃に彼女は息をのんだ。ジェイスは唇に情熱的なキスをし、より深く彼自身を埋めこんだ。

　そうして自分が求めてやまなかったものの中で、夢見心地で動きはじめた。エイミーの反応のひとつひとつに、彼はいっそう危険な罠にはまっていくような気がした。頭の遠い片隅では、自分が彼女を束縛したがるようになることを予感している。その同じ片隅で、束縛するなんて不可能だと小さな声がささやいた。

だが、エイミーに対する思いは理性のささやきが束になってもかなわないほど強く激しかった。たとえ望みはなくても、自分はその不可能なことに挑戦せずにはいられないだろう。彼女を独占しようと試みずにはいられないだろう。

いまエイミーの喉の奥から甘美なあえぎがもれ、二人は目のくらむような高みにのぼりつめようとしていた。背中に爪を立てられ、ジェイスは低くうめいた。片手でエイミーのヒップを引きよせながら、何度も何度も腰を打ちつける。予想どおり、爆発の瞬間がたちまち間近に迫ってきた。

「エイミー、エイミー」世にも甘美な震えが伝わってくると、ジェイスはしゃがれ声で呼びかけた。エイミーも体の奥を痙攣《けいれん》させてジェイスの名を口走り、ジェイスは初めて知る男としての誇らしさで胸がいっぱいになった。

最後のひと突きで、ジェイスの世界は粉々に砕け、光る破片となってぱあっとあたりに飛び散った。

彼が頭をもたげるだけの気力を奮い起こしたときには、かなりの時間がたっていた。エイミーはジェイスの下で目をつぶり、くつろいだ表情で眠りこんでいた。ジェイスは満ちたりた優しい気分で笑みをこぼし、彼女の横に寝ころんだ。

自分はそんなにエイミーを消耗させてしまったのだろうか？　だとしても、おあいこだ。ジェイスもすっかり消耗させられている。これほどやすらかな気分に満たされたのは、ずいぶん久しぶりのことだ。睡魔に引きこまれながら、ジェイスは心につぶやいた。朝になったら、ぼくの下で寝入ってしまったことをからかってやろう。そしてそのあと、もう一度彼女を抱くのだ。そのときにはゆっくりと時間をかけて官能の喜びを追求しよう。いったん彼女を自分のものにしてしまったからには、次からはもっと余裕をもって楽しめるだろう。


先に目覚めたのはエイミーのほうだった。室内に差しこんできた南国の朝日で深い濃密な眠りから覚め、彼女は胸にジェイスの腕の重みを感じながらしばらく静かに横たわっていた。足首にも彼の足首がのっかっており、まるで夜中に逃げられまいとからみついていたかのようだ。

夜中。エイミーはゆうべの情熱を思い出し、長々と息をついた。と、不意に現実がよみがえってきた。

「ああ、どうしよう」その言葉はかすかなつぶやきにしかならなかったが、頭の中では悲鳴となって響き渡っていた。わたしったら、なんてことをしてしまったのだろう。きっとゆうべは頭がおかしくなっていたに違いない。

　頭がおかしくなっていた。そう、この熱帯の夜の暑さに、ちょっと気が変になっていたのだ。ろくに知りもしない男、セントクレア島を離れてしまえば二度と会うことのない男に身を任せてしまうなんて。

　こういう情事において女が負わなければならない精神的なリスクなど――それに肉体的なリスクも――男にはどうでもいいのだ。女の身を守るのは女自身の責任だ。

　なのにゆうべのエイミーは身を守ることなど考えもしなかった。いったい全体どうしたというのだろう？　いつもの慎重で用心深く、警戒心の強い自分はどこに行ってしまったの？　彼女の性体験はカレッジを卒業して間もないころのささやかな経験に限られているけれど、当時だって自分では情熱の嵐に翻弄《ほんろう》されているつもりだったにもかかわらず、避妊の措置を忘れないくらいの冷静さは保っていた。そのとき以来ずっと男性の影はなく、もう妊娠の心配をする必要も久しくなかったのだ。

　二十八年間、注意深い人生を送ってきたのに、ここにきて気が変になってしまったとは。それもろくろく知らない男に理性的な判断力もふだんの慎重さもはぎとられてしまったなんて。

「ああ、もう」エイミーは動揺してつぶやいた。無意識に腹部に手をあてる。ひょっとしたら、もう妊娠してしまったかもしれない。いったいどうしたらいいのだろう？　ジェイスの腕や脚の拘束からそろそろと逃れ、エイミーはベッドの端にと少しずつ体をずらしていった。それから起きあがって床に足をおろし、ネグリジェを捜してきょろきょろ周囲を見まわした。

「どうしたんだい？」ジェイスの物憂げな声はいかにも満足そうだった。彼の手のひらがウエストにかかると、エイミーはぎょっとしてはじかれたように立ちあがった。

「エイミー？」

エイミーには彼の顔が見られなかったが、それでも必死にネグリジェを捜しまわる自分を彼が不思議そうに見ているのはわかった。裸で室内をうろつきまわる自分がにわかに愚かしく感じられてくる。

「エイミー、いったいどうしたんだ？　ベッドに戻っておいでよ」ジェイスはなだめるように言った。「きみと話がしたいんだ」

「話はあとにして」エイミーは皺《しわ》くちゃになったネグリジェを見つけ、そそくさと頭からかぶった。「朝食をとりながら聞くわ」

そしてあけ放たれているガラス戸の外に飛びだし、ベランダを経由して自分の部屋に逃げこんだ。ああ、ほんとうにわたしったらばかみたい。頭もうまく働かない。脳が自己嫌悪とパニックの前兆でぐちゃぐちゃになっている。

「エイミー、気を落ちつけて、何があったのか話してごらん」

スーツケースから引っぱりだしたばかりのシャツを胸もとで抱きしめて振りかえると、ベランダに出る戸口にジェイスが裸で立っていた。彼はエイミーの様子がおかしい理由を突きとめるまではてこでも動かないといった強硬な態度で、彼女をじっと見つめていた。

「別になんでもないの」エイミーは努めて平静な口調を心がけた。「ただ単に……服を着たいだけ。支度ができたら階下《した》におりていくわ」

「ハニー」ジェイスは穏やかに言いながらゆっくりと近づいてきた。「きみは狼《おおかみ》に出くわした兎《うさぎ》みたいな目でぼくを見ている」エイミーがとっさにあとずさりすると、彼は足をとめた。「ゆうべみたいな一夜を過ごしたんだから、もうぼくがただの男だってことはわかったはずだよ」優しく言葉をつぐ。

「ええ、あなたが男だということはよくわかったわ」エイミーは泣きそうな声で言った。

「それがそもそも問題なのよ」

「どういう意味だい?」ジェイスの口調がちょっと冷ややかになった。

エイミーは深呼吸して気をしずめた。「いいの、気にしないで。わたしのせいだってことはわかっているんだから。そう、いつだって女のせいなのよね? わたしにひとつだけ言い訳できることがあるとしたら、それはゆうべの自分はどうかしてたってことだけ」エイミーは大きな目に動揺の色を浮かべて続けた。「正直なところ、ゆうべはどうしちゃったのか自分でもわからないの。あんなことは……いままで一度も……」シャツを握りしめた手にますます力をこめる。ああ、もっとクールにならなくては。「でも、心配しないで。わたしは大丈夫だから」

ジェイスは片方の眉をあげた。「ほんとうに？」

「ええ、もちろんほんとうよ」

「なんだか一生懸命、自分にそう言い聞かせているように聞こえるな」

「どう聞こえようが、あなたは何も心配しなくていいのよ」エイミーはいらだたしげに言いかえした。

ジェイスは何か物思う様子でエイミーを見つめてから彼女に近づき、エイミーのもつれた髪をそっと指ですいた。「どういうことなのか説明してくれるかい？　それとも、あたるまで質問を繰りかえす？　言っておくけど、その種のゲームをやるときのぼくはあまり辛抱強くはないんだよ」

エイミーは体をかたくした。「あなたには関係ないと言ったでしょう？」

「冗談じゃない。ぼくにも大いに関係しているはずだ！」ジェイスはいきなりエイミーの手首をつかんだ。エイミーは身をすくめ、その拍子にシャツが手から床に落ちた。「少なくとも、今回はワインやラム酒が入ったグラスでなかっただけましだな」ジェイスはエイミーが不器用に取り落としたシャツを見おろしながらベッドの端に腰かけ、彼女を膝に座らせた。「さあ、正直に話してもらうよ、エイミー・シャノン。いまのぼくには説明を求めて家じゅうきみを追いかけまわすよりほかに、やりたいことがたくさんあるんだ」

エイミーは彼のむきだしの腿の上で身をこわばらせたが、全身の神経が彼の体を強く意識してかすかに震えていた。信じられない、と心の中でつぶやく。ゆうべの情熱がどういう結果をもたらすかを思って周章狼狽《ろうばい》していたのに、ジェイスの膝に抱かれただけでまたゆうべと同じリスクをおかしたくなっている。

「放して、ジェイス」エイミーは強いてきっぱりと言った。

「きみがなぜヒステリックに逃げまわっているのか説明しないうちは放さないよ。ぼくとのセックスはそんなにひどかったかい？　ぼくの不器用な奮闘ぶりにまた身をゆだねるはめになるのが心配なのかい？」ジェイスはトルコブルーの目に面白がっているような光をまたたかせながら、親指で彼女の頬を撫《な》でた。

「あなたの……あなたの寝室でのテクニックには、不器用なところなんかまったくなかったわ。わかっているくせに」エイミーはかたい声で言った。「不器用なのは、むしろわたしのほうよ。不器用でどじなわたしのことだから、たった一度ベッドをともにしただけでも妊娠してしまったかもしれないわ」

頬を撫でていた指の動きがとまり、ジェイスが彼女の顔をひたと見つめた。「きみが首を切られた鳥みたいに慌てふためいていたのは、そのせいだったのか？　ぼくに妊娠させられたんじゃないかと思ったから？」

「わたしの態度に関する表現には異論があるけど、でも、そう、今朝のわたしが不安に襲われているのはそのせいよ」エイミーは歯がみするように言った。「でも、さっきも言ったように、あなたには関係のないことだわ。ゆうべのわたしはどうかしていたの。いままでいつでも慎重だったのに。男性とあんなふうに……距離を縮めることなんか長いことなかったから、それで……」

「エイミー」シェリー酒のように深い味わいに富んだジェイスの声が、いままで聞いたことがないくらいの険しさを帯びて発せられた。「きみは妊娠なんかしてないよ」

エイミーはけなげにほほえもうとした。「ええ、そうかもしれない。なんでもないことで大騒ぎしているだけなのかもしれないってことは自覚しているの。でも、いまから三週間ほどたたないとはっきりしたことはわからないし、それまで待つのが女にとっては耐えがたいことなのよ。それにわたしって、ときどきとんでもないどじを踏むものだから」エイミーはみじめな気分で締めくくった。

「ぼくの言葉に嘘《うそ》はない」ジェイスは重々しく言った。「きみは妊娠なんかしていないんだよ」

「プラス思考も結構だけれど」エイミーはむっとして、そっけなく言いかえした。

「プラス思考で言ってるんじゃない！　本音を言えば、きみを妊娠させるためならぼくは魂を売り渡したっていいくらいなんだ！」

エイミーはびっくりして表情を凍りつかせた。「どういうこと？」

「ゆうべぼくがきみを身ごもらせたんだとしたら、ぼくにとってそれ以上喜ばしいことはないってことだよ」

「よくもそんな男のエゴをむきだしにした身勝手なことが言えるわね！」エイミーはかっとなった。「よくもまあ、ぬけぬけと。わたしをサンフランシスコに送りかえし、あなたの子どもをひとりで育てさせようだなんて。もう二度と会わないのを承知のうえで！ いままでいったい何人の女性によけいなお土産を押しつけてセントクレアから送りだしてきたの？ あちこちに自分の子どもがいるのを自慢に思っているわけ？ ベッドの柱に印を刻みつけて、そういう子どもの数を記録しているの？」

ジェイスの体に突如、暴力的な力がみなぎったことで、エイミーは初めて自分が言いすぎたことに気がついた。だが、もう逃げるには遅すぎた。力強い指を喉もとに突きつけられ、エイミーは身じろぎもできなくなった。

「ほんとうにぼくをそんな男だと思っているのか？」ジェイスは低い声で厳しく問いただす。

エイミーは目をとじ、彼の胸に寄りかかった。「いいえ、もちろんそんなふうには思ってないわ。ごめんなさい、ジェイス。今朝のわたしはいらいらしているのよ。あなたは基本的には責任感の強い男性だと思うわ。ただゆうべは二人とも……勢いに流されてしまったんだわ」

ジェイスは彼女の体を軽く揺すった。「黙って話を聞くんだ、エイミー。これからこの十年間、誰にも言わずにすんでいたことを言おうとしてるんだから。エイミー、きみが妊娠してないことをぼくが断言できるのは、十年以上も前にぼくは父親になれないと医師に宣告されたからなんだよ」

「なんですって?」エイミーは彼の肩にもたせかけていた頭をさっとあげ、トルコブルーの目を凝視した。

「医学的な説明を聞きたいかい?　乏精子症というんだとさ。なぜわかったのかって?　妻もぼくも子どもがほしかったのになかなかできず、二人で検査を受けたんだ。そうしたら悪いのはぼくのほうだと判明した。妻がぼくを捨てたのはそのせいなんだよ、エイミー。ぼくは彼女に子どもを産ませてやれなかったんだ。彼女は養子を取るよりも、彼女自身の子がほしかった。だから、ほかの男と結婚するためにぼくと離婚したんだよ」

「まあ、ジェイス」ジェイスの顔をおおった暗い翳《かげ》を、エイミーはなんとかぬぐい去ってやりたくなった。「ちっとも知らなかったわ……」

「そうだろうとも」ジェイスは吐き捨てるように言った。「ぼくも世界じゅうに触れまわっているわけじゃないからね。男が自慢したいようなことでもないし」

エイミーは彼の膝の上で肩の力を抜いた。本能がジェイスをいたわってやるよう、せっついていた。「いままで妊娠したんじゃないかとうろたえる女性観光客をなだめるはめになったことはなかったの？」優しい口調で問いかける。

「いままでの相手とはそんな話になったことはないんだ。前に言ったとおり、彼女たちはきみとはタイプが違うんだよ。みんな、ささやかな冒険を楽しもうと準備万端整えてくるんだ。そういう女性を相手に、そんな準備は不要だとわざわざ言うこともないだろう？」

「ジェイス」エイミーはふと思いついて言った。「あなたがこのセントクレアで暮らすようになったのはそういうわけだったの？　奥さんと別れてから旅に出たってこと？」

ジェイスの口もとがこわばった。「結婚して子どもを産みたいという女性にぼくが与えてやれるものが少ないってことは、きみも認めざるを得ないはずだ。セーラと別れたとき、ぼくはまだ二十代なかばだった。家族の面倒をみることで人生を充実させるのが不可能なら冒険で充実させてやろうと考えつき、ぼくは仕事を辞めて世界を旅してまわりはじめたんだ。そうしてセントクレアに流れつくと、もう無目的に旅を続ける気にはならなくなった。人生はあっという間に色あせてしまうからね――少なくともぼくにとってはそうだった。だからここで仕事につき、あとは自然にここで暮らすことになったんだ。アメリカに帰る理由もなかったしね。いまではもう帰れないような気さえしている」

エイミーは彼の裸の胸の中で顔をあげた。「わたし、ほっとしてないふりはできないわ、ジェイス」小さな声で言う。「子どもだけはほしくなかったから。母や姉のほかにも、夫に捨てられてひとりで子育てしなければならなかった女性をたくさん見てきたのよ。母は二人の娘もろともまとめて面倒みてくれるという男性を見つけられず、とうとう再婚できなかったわ。わたしはいつもそのことを申し訳なく思っていた。わたしたち姉妹を育てていたころの母は、まだ三十代でとても魅力的だったのよ。子どもさえいなければ、父と別れたあとも別の男性と幸せになっていたはずだわ。わたしは人生の早い段階で、母のようには決してなるまいと心に誓ったの。自分ひとりで子どもを育てなければならないような生きかたは絶対にしないとね。男の人はたとえ子どもをほしがったとしても、それさえ単なるマッチョな夢にすぎなかったりするのよ。現実に子どもができると、その責任の重さから逃れたくなってしまうんだわ」

「エイミー、そんなふうに決めつけるのは間違ってるよ」ジェイスが穏やかに言いかけた。

「ええ、わかってるわ。どんな原則にも例外はある。世の中には実際すばらしい父親もいるんでしょうよ。でも、わたし自身はあまり見たことがない。姉に対するタイ・マードックの仕打ちひとつ取ってもそうだわ。わたしのブティックで働いている従業員も、半数以上が夫と離婚してひとりで子どもを育てている。誤解しないでね。母や姉やそういう女性たちのことはほんとうに立派だと思ってるの。みんな、よくがんばっている。彼女たちの芯の強さは賞賛に値するわ。ただ、わたしは彼女たちみたいになる気はないの」

「だからゆうべまでは、子どもができそうな危険はおかしたことがなかったというわけだね」ジェイスは淡々と言った。

エイミーは彼の肩に頭をもたせかけ、目をとじて笑った。「生まれたときから不器用だった人間がその種の失敗だけはしたことがないなんて、すごくラッキーだったのかもしれないわね」

ジェイスの手に力がこもり、エイミーは何を考えているのかと気になった。「確かにきみの見かたからすればラッキーだったということになるんだろうな。だが、ぼくがきみと同じようにほっとしているとは思わないでくれよ、ハニー。さっき言ったことはぼくの本音なんだ。もしゆうべきみを妊娠させた可能性が少しでもあると思えたら、ほんとうに最高の気分だっただろうよ。だが、残念ながらこんな話じたいが不毛なんだ」

「そんな！」エイミーは彼の言葉にいらだって声をとがらせた。「わたしにとっては少しも不毛ではなかったわ。いまの話が聞けただけで大違いよ」

「つまりはこれで心置きなくぼくとベッドに行けるってことかな？」ジェイスはさらりと言ってのけた。

エイミーの喉から頬まで血がのぼった。「ジェイス、それについてはちょっと話しあわなくてはならないわ。そのことは……また別問題なのよ。ゆうべのわたしたちはあまりに性急だったわ。いいえ、あなたが性急だったんだわ」独善的にそう訂正する。「知りあったばかりで、あんなことをすべきではなかったのよ。いったいどうしてああなってしまったのか、自分でも理解に苦しんじゃう。だけど、わたしはアバンチュールを楽しむためにこの島に来たわけではないのよ」

「きみはひとつ重大な事実を見落としている」ジェイスはエイミーを膝からおろして立ちあがった。

「何を見落としてるって言うの？」エイミーは眉をひそめて彼を見あげた。

「このセントクレアできみは理想的な恋人を見つけたんだ――きみを妊娠させる恐れのない男をね！　その恋人をきみはせいぜい利用すべきだと思うね」

ジェイスはそう言うと、裸足のまま大股で部屋を出ていった。エイミーは唖然《あぜん》としてその後ろ姿を見つめた。

5

「そろそろ問題の仮面をぼくに見せてくれてもいいんじゃないかい?」三十分後、コーヒーを飲みながらジェイスが言った。

湯気の立つ黒い液体にミルクを入れてかきまぜていたエイミーは、顔をあげて彼を見た。ミルクは缶入りだったが、それでもあっただけましだった。ジェイスのキッチンは悲しくなるほど何もなかった。食料品といったら缶詰めばかりだし、それもほとんどがかなり古いもののように見受けられた。ラベルが熱帯地方の容赦のない湿気ではがれ、なんの缶詰めだかわからなくなっているものもあった。生鮮食品は卵とパンだけで、そのパンにはかびが生えかかっていた。ジェイスは言葉少なにわび、食事はたいてい昨日の朝に彼女と会ったカフェでとるのだと説明した。あのカフェで出されたものを考えると、ジェイスの食生活はろくなものではなさそうだが、エイミーはそれを口に出すほど愚かではなかった。ジェイスの機嫌は今朝の寝室でのやりとり以来、いいとも悪いとも判断できなかった。

「見せるほどのものではないんだけど」エイミーは答えた。「見たいんなら見せてもいいわ。鑑定してくれた業者は、仮面は比較的最近のもので、その種の工芸品としてとくに出来のいいものではないと言ってたわ」

「だが、ヘイリーという男はその仮面をやけにほしがっているんだろう?」

エイミーはマグを両手で握りしめてうなずいた。「あれがクレイグにとって父親の唯一の形見になるかもしれないという事情がなかったら、あの仮面はきっとごみ箱行きになっていたわ」

「きみのお姉さんが取っておいたのは感傷的な理由から?」

エイミーは唇をゆがめた。「理由なんか知らないわ。タイ・マードックみたいな男に女は感傷的な気持ちを抱くべきではないのよ。でも、クレイグにはいつかは父親のことを話してやらなければならない。メリッサはクレイグに、パパは遠いところで死んでしまったけれど、その直前にこの仮面をあなたあてに送ってきたのだと言うつもりなの。父親に対していいイメージを持たせてやりたいのよ。パパはロマンティックな冒険家で、息子を心から愛し、仕事が終わったらすぐに帰ってくるつもりでいたのだと思わせたいわけ。そういう夢物語をつむぐのに、例の仮面はうってつけの小道具だとメリッサは考えているの」

「きみはその考えに反対なんだね」

「ええ。だってタイ・マードックみたいな男を美化してなんの意味があるの? アダム・トレンバックがクレイグのよき父親になってくれるのに。でも、確かにいずれクレイグも実の父親のことを知りたがるでしょうからね。そのときにメリッサはきちんと答えてやりたいのよ」

「そのアダム・トレンバックのことはきみも好きみたいだね」

「ええ、アダムのことは大好きよ。彼は男の中でも稀少《きしょう》種だわ。少年からちゃんとしたおとなの男性に成長している。世間にはそうでない男があふれているわ」

「きみは男に不信感を持ってるんだな」

「わたしが男を信用しない理由についてはもう話したでしょう？　男は自分の夢にとらわれ、夢を追いかけて、女に苦労をかけがちなのよ。わが子に対して無責任な男がいかに多いかは、米軍の船がアジアの海からアメリカに帰る際にあっさり捨てられてしまう子どもたちの数を見ればわかるはずだわ」

「エイミー」ジェイスは慎重な口ぶりで言った。「ぼくもそういった無責任な行為を認める気はない。だが有史以来、男はずっと戦地に子どもを残しつづけてきたんだ。いいことではないが、それが現実なんだよ」

エイミーは長々とため息をついた。「こんな議論は無意味だわ。来て。仮面を見せるから」立ちあがり、階段に向かう。

「待てよ、エイミー」ジェイスがすかさず手首をつかんで引きとめた。「どういう状況であれ、そんな無責任な行為を擁護するつもりはないが、少数の例をすべての男にあてはめるのは間違っているぞ」

「少数！　むしろ大多数と言うべきだわ！」

「きみが言ったとおり、確かに無意味な議論なのかもしれないな」ジェイスはつぶやいた。「なぜぼくが男全体の弁護をしなければならないんだ？　どのみち、ぼくには無縁の問題なのに！」

　その声に含まれたやり場のないいらだちと抑えた怒りに、エイミーの心がわずかに軟化した。「すべての男性をひとまとめにして非難するのが間違ってるってことはわたしにもわかっているのよ、ジェイス。ただ控えめな言いかたをしても、アメリカでは家庭というもののありかたがちょっと揺らぎはじめているってこと。むろん例外もあることは承知のうえよ。現にアダム・トレンバックのような男性もいるんだし」

「だが、きみはお母さんやお姉さんを見ているうちに、現代社会における家族の役割というものが変わりつつあると考えるようになったんだね？　ひょっとしたらこの十年間、文明社会から遠ざかっていたために、ぼくはアメリカの現実をいろいろ見落としてきたのかもしれないな」ジェイスはなだめるような笑顔を見せて言った。

　エイミーは無言で彼を見つめた。南太平洋の島で人生を浪費することが文明社会に生きることと並べて論じられる問題だとは思えなかったけれど、もうそんな議論にはうんざりだった。「いま仮面を取ってくるわ」彼女は急いで階段をあがっていった。

その仮面はどちらかというと醜悪なものだった。なんの木ともわからない木材を彫って作ったもので、大きさはちょうどジェイスの片手にのるくらいだった。もとはけばけばしく彩色されていたようだが、いまではだいぶ塗料がはがれ落ちている。不気味な笑顔は人間の顔を風刺的に模したものだが、何か悪魔的なものを表しているのかもしれない。

「あまり気持ちのいい作品ではないな」ジェイスがしげしげと見ながら、そっけない口調で言った。

「ええ。なぜヘイリーがあんなにほしがっているのか想像もつかないわ。でも、きっとその秘密を探りだしてやるつもりよ」

「まず最初にすべきはこれを隠すことだよ」ジェイスは古い木の仮面を軽く宙に放《ほう》ると、また手で受けとめた。

「隠す？」

「バッグに入れて持ち歩くのはどうかと思うんだ。ヘイリーがまた捜しに来ても、見つからないようなところに隠すのがいちばんだよ」

それもそうだ。「どこに隠すの？」エイミーは興味をそそられた。

ジェイスは少し考えてから、家の奥へと廊下を歩きだした。「いい隠し場所がある。この家を建てた老船長は面白い趣向の書斎を作ったんだ」

「どういうものなの？」エイミーは彼のあとを追って尋ねた。

「隠し扉のある本棚だ。いま見せてあげよう」ジェイスが案内した部屋には驚くほど多くの本が揃《そろ》えられていた。ジェイスは麻の敷物の上を歩いていき、どっしりした書棚の棚板を引っぱった。蔵書の詰まった二つの棚が左右に開き、内側のからっぽの棚が出てくるのを見てエイミーは目を丸くした。

「頭のいい船長ね！」彼女は言った。「まさかそんなところが開くとは思いもよらなかったわ。船長はそのスペースに何を入れていたのかしら」

「ビクトリア朝時代の実に興味深い官能小説のコレクションさ」ジェイスがからの棚に仮面を置き、本の詰まった棚をとじながら言った。

「官能小説！　冗談でしょう？」その朝初めて、エイミーのグレーグリーンの目が楽しげに輝いた。

「この島は孤立しているんだよ、エイミー。お気づきではないかもしれないがね」ジェイスは言った。「こういう孤島に暮らす男はときとして自分の想像力を駆使しなくてはならないんだ。なんだったらサムに訊《き》いてみるといい」

エイミーはサムが読んでいたいかがわしい雑誌を思い出し、にっと笑った。「訊くまでもないわ。で、あなたはその本をどうしたの？」

「むろん読んだださ」ジェイスはのんびりと言った。「読んでからレイにやった。レイはそれを水兵たちに売って、かなり儲《もう》けたようだ」

「男の妄想っていうのはしょうがないわね」エイミーはうなるように言った。

「女は妄想の世界に遊ぶことなどないって言うのかい？」ジェイスの口調が挑戦的なものになった。

エイミーは顎をあげ、ドアのほうに歩きだした。「そんな議論を吹っかけようとしても無駄よ」

「臆病者《おくびょうもの》」ジェイスは後ろからやんわりと嘲《あざけ》った。

それを無視してエイミーは言った。「今日、あなたは何をする予定なの？」意図的に話題を変え、キッチンに戻っていく。彼の日常について自分が何も知らないことを、いま改めて再認識した。

「昼食のあと〈サーパント〉に行って、レイと店のチェックをする。書類仕事もあるしね。きみもいっしょに来るといい」

「いいえ、結構よ」エイミーは間髪を入れずに言った。「夜はまたヘイリーが現れるのを待ってあの店で過ごさなければならないんだから、昼間はどこか違うところに行くわ」

「わかってないようだな、エイミー。ぼくは誘っているわけではないんだ。きみひとりでそこらをうろつかせたくない。ヘイリーが何をたくらんでいるのかわからない限り、気を抜いては危険だよ。今日一日、きみはぼくのそばにいるんだ」エイミーがむっとした顔で自分に向き直ったのを見て、ジェイスはなだめるようにつけ加えた。「〈サーパント〉の仕事はなるべく早く終わらせるから、また泳ぎにでも行こう」

　エイミーは気力を奮いたたせた。この男と対決するには気力が必要だった。「わかってないのはあなたのほうだわ。わたしの……問題に関心を持ってくれる気持ちはありがたいけど、これはわたしの問題なんだからわたし自身が処理するわ。一日じゅう束縛されるなんてまっぴら。危険なことなど何もないと思うけど、それでも十分注意はするわ。あなたが仕事をしているあいだに、わたしは買い物に行きます」

「買い物！　セントクレアで？　それは気の毒だったね。〈ニーマン・マーカス〉はまだこの島には出店してないんだよ。観光客向けには埠頭《ふとう》のそばのハリーの店がわずかな品を扱っているが、それをのぞけば買い物なんてできるような店はないんだ」

「食べ物を売る店はあるでしょう？」エイミーは目をあわせることなくぶっきらぼうに言った。

　ジェイスは一瞬たじろいだ。「食べ物を売る店？　そりゃあ食料品店ならないことはないが。しかし食料品店なんかで何をしようというんだい？」とまどいを隠しきれずにエイミーを見つめる。

「そんなに知りたいなら教えてあげるけど、わたしは夕食のための買い出しに行きたいのよ」

「夕食！　きみが夕食を作るつもりなのか？」

「あなた、島の太陽にあたりすぎないよう気をつけたほうがいいわ。さっきからわたしの言うことをいちいち繰りかえしてばかりいる」エイミーは冷ややかに言った。

「エイミー」ジェイスはわざとらしいほど忍耐強い口調で言った。「なぜ夕食の買い出しになんか行きたがるんだい？　食事ならカフェでできるじゃないか。言っただろう？　ぼくはたいていあそこで食べるんだ」

「ええ、それはこのキッチンを見れば一目瞭然《りょうぜん》だわ」エイミーの忍耐力はすり切れそうだった。「あなたが最後にちゃんとした食事をとったのはいつのことなの、ジェイス・ラシター？　最後にバランスのとれた手作りの家庭料理を食べたのは？」

ジェイスはまじまじと彼女を見た。「家庭料理？」

「ええ、そうよ！　家庭のキッチンで作った料理。ちゃんと素材から料理した食事。揚げ物用の機械以外の調理器具で作った食事よ」

「さあね」エイミーを見つめるジェイスの目にはなんともはかりがたい表情がたたえられていた。「たぶんもう十年か十五年は食べてないな」

「それはひどすぎるわ、ジェイス」エイミーは心底ぞっとした。

ジェイスは肩をすくめた。「料理は嫌いなんだ」

「わたしは嫌いじゃないわ」エイミーはきっぱりと言った。「それにあのカフェで出すものにはもう飽き飽きしてるの。だからわたしが買い物に行って、料理を作る。それで決まりよ」

ジェイスが不意ににっこりと、魅力的な笑みを浮かべた。「まるで怒れる主婦だな」

「それを言うなら怒れる旅行者だわ」エイミーは言いかえした。

「セントクレアにやってくる数少ない旅行者を怒らせてしまうなんて、ぼくはいったい何さまのつもりなんだろうね」ジェイスはもってまわった言いかたをした。「きみがそんなに望むんなら、よし、午後には食料品店に買い出しに行かせてあげよう。港のメインストリートからそれない限り、危ないことはないはずだ。セントクレアでただ一軒の食料品店はうちのバーから一ブロック半のところにあるんだ。ぼくが店で仕事しているあいだに買い物してくるといい。だが、それ以上遠くには行くなよ」

「ジェイス、あなたにはわたしに命令をくだす権利なんかないのよ」

ジェイスの顔を輝かせていた愉快そうな光がまたたく間に薄れ、冷たい決意の色に変わった。「レディ、きみはぼくの島にいて、ぼくの家に泊まり、ゆうべはぼくのベッドで寝たんだ。それらの事実がぼくに必要な権利は与えてくれたはずだ。これ以上いまみたいな口答えをしたら、きみのかわいいお尻を腫《は》れあがるまで引っぱたくというような、ほんとうに男尊女卑むきだしのお仕置をするかもしれないよ」腰に両手をあて、脅しつけるように一歩詰めよる。「わかったね?」

「わかったわよ」エイミーは投げやりに答え、別に脅しに屈したわけではないと自分に言い訳した。ただジェイスの挑発に乗って自分をおとしめるのはやめただけなのだ、と。

「それに、あなたがかってはマナーを心得ていたのだとしても、そのマナーも南太平洋の孤島で暮らすうちにすっかり蒸発してしまったのだということもよくわかったわ」エイミーはそう言いざま向きを変え、キッチンからつかつかと出ていった。

「ぼくが文明社会と縁が切れていることはきみに言われるまでもないよ」ジェイスは廊下を遠ざかっていくエイミーに向かってつぶやいた。彼女に聞こえたかどうかはわからなかった。

二時間後、彼はエイミーが埠頭の先の食料品店に無事到着し、缶詰めの棚の向こうに姿を消すのを名残惜しげに見送ってから、〈サーパント〉へと来た道を戻りはじめた。

「権利か」長い脚を無駄なく動かして歩きながら、少しばかり険しい口調でつぶやく。彼女はゆうべぼくに多大な権利を与えてしまったことに気づいてないのだろうか?

〈サーパント〉に戻る途中、ジェイスはフレッド・クーパーの事務所の前で足をとめた。エイミーが好むと好まざるとにかかわらず、やはりクーパーには話をしておくべきだと思ったのだ。だが、あいにくドアには見慣れた札がかかっていた。〈釣りに行っています〉

――いつものことだ。ジェイスは吐息をもらした。明日には帰ってくるだろうか? また明朝、来てみよう。ひょっとしてクーパーならダーク・ヘイリーのことを何か知っているかもしれない。

　水平線を眺めながら、ジェイスは再び歩きだした。表情をゆるめることなく、エイミーとの夜を思いかえす。彼女ほどすべてを完全にゆだね、ジェイスを夢中にさせた女はいなかった。ああ、まったくすばらしい一夜だった。ジェイスは最初から肉体的な欲望ばかりでなく、長らく眠っていた保護本能までかきたてられていた。そうしてゆうべ、ついにエイミーを征服したのだから、彼にはもう多少の権利があるはずだ。

　できるものなら彼女の愛情を得て、子どもを産ませたい。エイミーのような女を束縛するにはそれが早道なのだ。だが、彼女を身ごもらせるのは肉体的に不可能であり、それこそ単なる夢でしかない。その夢にぼくがこうも執着しているのを知ったら、彼女は怒るだろうか？　男の夢や妄想をあまり評価してはいないようだからな。

　まあ、彼女が心配する必要はない。二年間もセーラとともに子どもを作ろうとがんばって、結局だめだったのだ。しまいにセーラはジェイスを憎み、不毛とわかっている行為に身を捧《ささ》げることをいやがるようになった。離婚は双方にとって救いだったのだ。ジェイスは口もとをこわばらせて〈サーパント〉に入り、カウンターに近づいていった。

「どういうわけか、今日のボスはもっと上機嫌なんじゃないかと思っていたよ」レイがカウンターの中からのんびりと言った。

「そうかい？」ジェイスは牽制《けんせい》するような調子で応じ、スツールに腰かけた。「だとしたら、従業員が雇い主のプライバシーを詮索《せんさく》しようとするのは間違いだというい証拠だな。

ゆうべのレシートを見せてくれ」

「ありゃ！　あの女性観光客に関する軽口に耳を貸す気はないってことかな？」

ジェイスは年下の男をじろりと見た。「その話はそこまでだ。いまではもうプライベートな話題になったんだ」

レイはこらえきれずににやりと笑った。「なんとでも言うがいいさ。ゆうべ彼女がボスの家に連れていかれたことは大半の島民が知ってるんだからね」

ジェイスはあきらめの気持ちをこめて短く悪態をついた。セントクレア島は狭すぎるし、ジェイスは有名すぎるのだ。どんなささいな動向も隠しきれるものではない。もっともジェイスにとっては、別にどうでもいいことだ。エイミーが自分のものになったのを誰に知られようが構わない。むしろゴシップの種にされることへの嫌悪感の底に、エイミーはもはや手出し無用の女だとみんなに知らしめた満足感がひそんでいる。だがエイミーは自分との関係がみんなにばれたとわかったら、いい顔はしないだろう。

「今朝はどこにミス・シャノンを置いてきたんだい？　ベッドに縛りつけてきたとか？」

レイがグラスを拭《ふ》きながらくだけた口調で言った。この時間、バーはほとんど無人に近い。奥のほうで男がひとり、ビールを飲んでいるだけだ。

「それ以上ひやかしたら絞め殺してやるぞ」ジェイスはうなるように言ったが、心の中ではほんとうにエイミーをベッドに縛りつけておく方法はないものかと考えた。「彼女はいまマギーの店にいるんだ」

「マギーの店！　そんなところで何をしてるんだい？」

「食料品の買い出しさ」ジェイスはすまして答えた。

「食料品なんか買って、いったいどうしようって言うのさ」レイはびっくりして言った。

「今夜ぼくのために食事を作るんだよ。決まってるだろう？」すました口ぶりを露骨に満足げな言いかたに変えてみて、ジェイスは初めてその現実を正面からまともに受けとめた。

レイは低く口笛を吹いた。「ボスは幸運だな。どんな善行を積んだらそういう幸運をつかめるんだろうね」カウンターに肘をついて身を乗りだす。「ねえボス、先週ぼくがレジから借りた五ドルを返すから、彼女にもうひとり分、食卓に席を作ってくれるよう説得してくれないかな。もう長いことハンクのところの脂っこいフライドポテトとハンバーガーしか食べてないんだよ。手料理の味なんかすっかり忘れているんだ！」

「きみがぼくの立場だったら、そんなに太っ腹になれるかい、レイ？」

「いや」レイは即座に答えた。「ぼくだったらエイミーもエイミーの作った料理もひとり占めするね」

「わかってもらえてよかったよ」ジェイスはよどみなく言った。「かわりにこうしよう。次にこの店に入ってきた女性客にはきみが声をかけて構わない」

「はん！　それはありがたいことで。〈サーパント〉に来る女に家庭的なタイプがいないことはボスだって百も承知のくせに。ここに来る女はみんな『カサブランカ』のハンフリー・ボガート役を探しているんだ。彼女たちが求めているのはときめきと冒険なのさ。男の家に行って料理を作ってくれる女なんか来やしない！」

ジェイスはレイがよこしたレシートの箱を持って立ちあがった。「家庭的な女を探しているなら、こんなところにいたってしょうがないよ。さっさとカンザスシティに帰ったほうがいい」

「そこまで必死に探しているわけではないよ。絵を描《か》くにはこっちの光のほうがいい」

ジェイスは苦笑を浮かべ、立ち去りかけて躊躇《ちゅうちょ》した。「ゆうべぼくが帰ってから、誰か見慣れない人物が来なかったか？」

「エイミーを待っていそうな人物だね？　来なかったよ。いつもの水兵や港湾労働者だけだった。みんなしこたま飲み、たっぷり金を遣って船に戻っていったよ」

「そうか。それじゃ用があったら、ぼくは事務室にいるから」

ジェイスは事務室として使われている店の奥の部屋で、大きなテーブルの前に腰をおろした。そこからだと手すりごしに波止場のほぼ全景が見渡せる。エイミーが食料品の袋をかかえて家路についたら、すぐにわかるというわけだ。それを思い、ジェイスは口もとをかすかにほころばせた。そしていつもよりやる気になってレシートの束をチェックしはじめた。

彼が店の売り上げを検討しているころ、エイミーはセントクレア版スーパーマーケットにある冷蔵ケースの中の奇妙な野菜の数々を検討していた。どれも鮮度はよさそうだが、ほとんどが正体不明だった。エイミーは難しい顔でそれらをじっと眺めていたので、店のオーナーが近づいてきたことには話しかけられるまで気づかなかった。背後から声をかけてきたのは花模様のワンピースを着た大柄な女性だった。

「何かお探しかしら?」その年輩の女性は陽気に言った。テキサスなまりとこの島の歌うようななまりがまじりあっているのが不思議と耳に心地よい。

エイミーはほっとしてほほえんだ。「サラダにする野菜を探しているんです。だけど、どれも知らない野菜ばかりで」

ジェイスが言っていたマギー本人とおぼしき女性は満面に笑みを浮かべた。年齢は六十代だろう。後ろで引っつめにしたつややかな黒い髪にはグレーがかなりまじっている。きれいな小麦色の肌に、豊かなユーモア感覚をうかがわせる大きくて知的な目。若いときにはさぞきれいだったろう。いまでもきりっとした魅力がある。

「サラダね。じゃあ、これは必要だわ」彼女はケースの中からレタスのような野菜を取った。「それにこの地もののラディッシュもね。世界でいちばんおいしいラディッシュだと夫がよく言ってたわ」

「それがラディッシュなんですか?」エイミーはころころした白い物体を疑わしそうに見

た。

「ええ、そうよ。それから、ええと、このペパーもどう？」彼女はピーマンに似た野菜をエイミーのかごに入れた。「心配いらないわ。ここの野菜は全部わたしの友だちが作ったものなの。裏庭の菜園で作ってて、自分たちでは食べきれないくらい収穫があると、うちに入れてくれるのよ。品質は保証するわ」明るく続ける。「さてと、ほかに何か入り用のものは？」

「ええと、生の魚はあるかしら？」エイミーは彼女のアドバイスに感謝しながら、ためらいがちに言った。

「生の魚ならいつだってあるわ。こっちのカウンターに来て、ご自分で選んで。今朝友だちが持ってきた、いきのいいものばかりよ」

「頭がついたままだわ！」切り身ではない魚が氷の上に並んでいるのを見て、エイミーは困惑したように声を張りあげた。

「もちろん頭はついてるわ。だからいきがいいってわかるのよ。見て、この澄んだ目。新鮮そのものだわ。さあ、好きなのを選んで。食べるのは何人なの？」

「ええと、わたしともうひとり」エイミーはさりげなく言った。

「ああ、そうよね！」マギーは満足そうに言った。「あなたはジェイスの恋人なのよね？ゆうべ彼が自宅に連れて帰った……。今夜の食事はあなたが作るの？」

エイミーは度肝を抜かれて彼女を見つめた。「わたしは彼の恋人なんかじゃありません。どうしてそんなふうに思われるのか、さっぱりわからない。それに食事を作る件についても考え直したくなってきたわ」

「そんなにうろたえないで、エイミー」マギーは優しくなだめた。「エイミーというのがあなたの名前なのよね？　そうでしょう？　だと思ったわ。今朝そう聞いたの。ねえ、その野菜をちょっと冷蔵ケースに戻して、いっしょにビールでも飲まない？　ひと息入れたいし、あなたも少し疲れているみたいよ」エイミーの手からかごを取って冷蔵ケースに入れると、そばのロッカーをあけ、ビールの六缶パックを意気揚々と取りだす。

エイミーはその缶ビールを見て気持ちを動かされた。「それはありがたいわ。暑くなってきたしね」

「セントクレアはいつも暑いのよ」マギーは缶のタブをあけ、先にエイミーに差しだした。自分もあけてごくごくと飲んでから、満足そうにため息をつく。「船のコックと交換したの。魚と缶ビールをね。彼は士官たちの会食用に鮮魚がほしかったのよ」

「港に停泊している海軍の船のコック？」エイミーはビールを飲みながら尋ねた。

「ええ。うちはセントクレアの港に着くさまざまな船とのあいだに補給線を引いてあるのよ。やりかたは夫が教えてくれたの」

「ご主人も軍に所属してらしたの？」

「ええ。第二次大戦中に一年ほどここにいたわ。戦争が終わるとまたやってきて、そのまま居つき、わたしとこの店をやりはじめたの。二年前に亡くなったけど、いまでも彼が恋しいわ」

「ご主人がこちらに駐留しているときに知りあったのね？」エイミーはまたビールを飲んだ。この暑さのおかげで、とてもおいしく感じられる。

「ええ。ひと目惚《ぼ》れだったわ。わたしの両親は、戦争が終わっても戻ってくるはずはないと言っていた。故郷のテキサスに帰って、同じような育ちかたをした女性と結婚するだろうって。でも、わたしは危険をおかすだけの価値がある男だと思ったの。彼を愛していたのよ」

「でも、わたしは……ご両親が心配なさったのも無理はないと思うわ」エイミーは思いきって言った。「二度と会えないかもしれない人と恋をするのは確かに危険よ」

「女ならそういうことはお手のものだわ」マギーは言った。

「そういうことって、危険をおかすこと？」

「ええ。危険をおかした結果、うまくいくときもあれば失敗するときもある。でも、人類は危険をおかし、勝つことによって繁栄してきたんだわ」

「そうかしら」

「わたしの考えでは、この世に愛情と笑いがいっぱいの家庭ほど文明化の推進力となるものはないわ。男に任せておいたら、家庭なんてこの世から消えてしまうでしょうよ。男は家庭の作りかたなんてろくにわかっちゃいないの。女が教えてあげなければね」

「だけど、自分の捕まえた男が教育不可能な場合にはどうしようもないわ」エイミーはそっけなく言った。

「だから、女は勝つときもあれば負けるときもあるのよ」マギーはビールを飲みほし、次の缶に手を伸ばした。その缶をあけて飲みながら、思慮深そうなまなざしでエイミーを見る。

「でも、もし危険をおかしたあげく、思惑どおりにいかなかったら？　子どもだけ押しつけられて相手に逃げられてしまったらどうするの？」

「それでもたいていの女は自分でなんとかできるのよ。わたしたち女はいつだって危険をおかしてきたんだから。仮に男にも子どもを産む能力が授けられているとして、そんな危険をおかそうとする男がこの世にひとりでもいると思う？　いいえ、絶対いないわ！」

その考えかたは斬新《ざんしん》で、エイミーにはたいした見識だと思われた。「そうかもしれないわね。そんなふうには考えたことがなかったけど」またビールを口に運ぶ。

「わたしのスティーブが戦後に再びやってきたときには、二歳になった息子が彼を待っていたのよ」マギーはくすくすと笑った。

「まあ」

「その二年のあいだには不安を感じたこともあったけれど、それでも後悔はしなかった。危険をおかすだけの価値はあったのよ。恋をしていたから。女が最初に確かなこととしてわかるのはその部分だけだわ」

「自分が恋をしているってこと？」

「ええ、そうよ。ところで、魚はどんなふうに料理するつもりなの？」

「揚げる以外ならどうにでも」エイミーはカフェのメニューが揚げ物ばかりであることを思い出して顔をしかめた。「たいていの魚は煮るといいのよね。どう思います？」

「あなたが料理するんならどんな方法でもジェイスのためにはいいと思うわ。ちょっとした家庭料理にちょっとした家庭的愛情。ジェイスはこの島に着いたときからずっとそれを必要としていたのよ。あなたならその二つを与えてあげられそう」

エイミーの頬が熱くなった。「わたしとジェイスの関係をそんなに大袈裟《おおげさ》にとらえられては困ってしまうわ」なんとか礼儀正しく言う。

マギーは得意そうな笑いを目にきらめかせて立ちあがった。「わたし、自分の同志はちゃんと見分けられるのよ、ハニー！　さあ、こっちにいらっしゃい。魚をおいしく食べるためのハーブを見繕ってあげるわ」

「なんだかイメージはあまりよくないけど」エイミーは自分が買おうとしている魚のよく光る目を思い浮かべながらつぶやいた。

二十分後、防湿紙に包まれた魚や袋いっぱいの野菜を手に、エイミーはマギーの店を出た。袋はぱんぱんにふくらんで、両手でかかえて歩かなければならなかった。風変わりなレタスやラディッシュの葉や紙に包まれた魚の頭が袋の口から顔の前に突きでて、彼女の視界をさえぎっていた。

前方から足早に歩いてくるブロンドのひょろっとした男の姿がよく見えなかったのも、それが原因だった。男はすれ違いざまに丸めた紙くずを、すでにいっぱいになっている袋の中にさっと落としこんでいった。

「ちょっと、わたしは歩くごみ箱ではないのよ！」エイミーはむっとして言った。だが、男は振りかえって謝ることもせずに、そのまま行ってしまった。「なんてやつなの」腹を立ててつぶやくと、エイミーも再び〈サーパント〉への道を歩きだした。こういう離れ小島の住人のマナーはほんとうにひどいものだ。が、サンフランシスコの通りをタクシーの前を横切って渡るときの怖さを思い出し、マナーが悪いのは全世界的な現象だと考え直す。

間もなく彼女は〈サーパント〉の入り口に通じる階段をあがっていった。頭上でゆったりとまわる扇風機が多少は温度を下げてくれているようで、エイミーはほっとした。入り口に着くが早いか、かかえていた食料品の袋が取りあげられる。

「ありがとう」エイミーはにこにこしているレイに向かって言った。「マギーの店で買った魚は五キロはあるに違いないわ！」

レイは袋の中をのぞきこんだ。「いまからよだれが出そうだよ。この魚、どんなふうに料理して、何といっしょに出すのか教えてくれないかい？　今夜その料理を想像しながら悶々《もんもん》としたいんだ」

エイミーは眉をひそめ、それからぷっと噴きだした。「参ったわね。わたしが今夜の食事を作るってこと、もう島じゅうの人が知ってるみたい」

「羨《うらや》ましいんだよ、みんな。ただただ純粋に羨ましいんだ」レイはそう言いながら袋をカウンターに置いた。

「ねえ、この魚は三人で食べてもまだあまりそうなくらいだわ」エイミーはレイも夕食に呼んでやる気になって、気軽に切りだした。

「いや、そんなにはない」ジェイスが奥の事務室から出てきて、にべもなく言った。「ちょうど二人分しかないし、たとえ三人分あったとしてもレイは夜はここで仕事だ」

「それじゃあ仕方ないわね」エイミーはかわいそうなレイにわびるようなまなざしを投げかけた。そのとき壁の新しい絵が目にとまった。「新しい絵ね、レイ。きれいだわ」心をこめて言う。「南国の夢って感じね」

「夢のように見えるかもしれないけど、実在する場所なんだ」レイが嬉《うれ》しそうに言った。「島の反対側に洞窟《どうくつ》みたいな小さな峡谷があるんだよ。そのうちジェイスが案内してくれると思うよ」抜け目なくつけ加える。

「ああ、そのうちにな」ジェイスは言った。それからふと眉根を寄せ、上体を近づけてエイミーをじっと見た。「酒を飲んできたな！」

エイミーはむっとした。「それが法律に反することだとは知らなかったわ」

「誰にビールをおごられたんだ？」ジェイスは言い、レイはエイミーに気の毒そうにほほえみかけてカウンターの向こうに戻った。

「撃たないで、自供するから」エイミーは皮肉たっぷりに言った。「あなたのお友だちのマギーが男というものの臆病さ加減について話しながら、ビールをひと缶わたしの喉に流しこんだのよ。たったのひと缶だけよ。見て。ちゃんとまっすぐ歩けるわ」木の床の上をわざとらしくまっすぐに歩いてから、再びジェイスに向き直る。「それに言っておきますけどね、ミスター・ラシター、わたしにはそういうことをいちいちあなたに説明する義理なんかないのよ」

ジェイスは彼女の挑戦的な表情を見て、反駁《はんばく》の言葉をのみこんだ。「夕食は何時からの予定かな？」丁重な態度で尋ねる。

言うべきことを言ってすっきりしたエイミーは、カウンターに近づいて食料品の袋を手に取った。「あなたには五時ごろ帰宅していただきたいわ」

ジェイスはきょとんとした。「夕食が五時？」

「いいえ、五時というのはあなたに魚の頭を切り落としてもらう時間よ。いきがよかろうが悪かろうが、頭がついたままの魚を料理するのは忍びないわ。あの小さな丸い目があんまり恨めしげで！」エイミーはそう言うと出入り口に向かった。

「待てよ、エイミー。どこに行くんだ？」

「この食料品をしまいに行くのよ！」

「ぼくもすぐに帰るよ」ジェイスが急いで言った。「そうしたら、泳ぎに行くか何かしよう」

　エイミーは返事をしなかった。すでにジェイスの家をめざして通りを足早に歩きだしていた。ジェイスは片手を竹のドアフレームにかけ、彼女が家に通じる小道を曲がるまで見送った。すらりとして、しなやか。ジェイスはゆうべエイミーにおおいかぶさったときの感触を思い出した。意志が強くて、知的で、とても女らしい。しかも彼女はぼくを必要としている。

　それともぼくのほうが彼女を必要としているのか？

だとしたら困ったことだ。ほしくても手に入らないものをこれ以上増やしたくはない。そういうものがあまり多くなると、男はおかしくなってしまう。

「ボスは彼女のとりこになりかかっているんだよ」レイが背後からどこか同情的な口調で言った。

「わかってるよ」

「わざわざトラブルを招きよせるようなものだ」

「わかってるんだよ、うるさいな！」ジェイスは歯を食いしばった。「ここはもう任せたぞ、レイ。ぼくは帰る」振り向きもせずに階段をおりていく。

レイは運命のいたずらに首を振った。ジェイス・ラシターのような男にとって、エイミーみたいな女はラム酒よりもずっと危険だ。彼女がいつものような、土産がわりにアバンチュールを楽しむだけの女ならよかったのに。そういう女ならジェイスはなんの問題もなく相手ができるのに。今夜の手料理は彼にとってものすごく高くついてしまいかねなかった。

ジェイスの家のキッチンでは、エイミーが食料品をなるべく早く冷蔵庫にしまおうと袋から出していた。高温多湿のこの島では、生ものはあっという間にいたんでしまう。紙に包まれた長い魚を出したとき、通りすがりの男が無礼にも袋に投げこんでいった皺《しわ》くちゃの紙くずがころがり落ちた。

エイミーはそれをごみ箱に捨てようとして、走り書きの文字に気づいた。不気味な胸騒ぎに見舞われ、彼女はのろのろと紙を広げた。文面は短く簡潔で、エイミーあてであることは疑問の余地がなかった。

埠頭の北端、五十三番に仮面を持ってこい。
ひとりで来なかったら取り引きは中止。
明日の夜明けに。

D・H

エイミーの手がわなわなと震え、紙を落としそうになった。顔をこわばらせて紙を持ち直し、なんとか頭を働かせようとする。ダーク・ヘイリーが接触してきたのだ。エイミーはこれを待っていたのだ。さあ、どうする？

頭が混乱し、考えがまとまらない。はっきりしているのは、この手紙をどこかに隠したほうがいいということだけだ。もしジェイスに見られたら、彼はどうすべきかを全部自分で決めようとするだろう。主導権を自らの手に握ろうとすることは、いままでの彼の態度を振りかえればあまりに明白だ。

そうなったら何もかもが台なしになってしまうかもしれない。

エイミーは急いで自分用の寝室に走り、手紙をスーツケースの片隅のイタリア製ビキニショーツの下に押しこんだ。これでひと安心だ。次にどうすべきかを落ちついて考えられる。そう思いながらスーツケースの蓋《ふた》を閉めたとき、ジェイスが帰ってきた音がした。

「エイミー？」

「寝室よ。いま行くわ」そのあと〝まったく、もう〟と心の中でつぶやいたのは、麻の敷物のへりにつまずいてころびそうになったからだった。これからはいつも以上に気をつけなくてはならない。突如として緊張を強いられるはめになってしまったのだ。神経が張りつめてきたせいで、へまをする可能性が急上昇している。エイミーは何度か深呼吸を繰りかえしてから廊下を戻っていった。落ちつきが取りもどせたと自分に確認したうえで角を曲がり、キッチンの中に入っていく。

だが、ジェイスが向けてきたまなざしは彼女を立ちどまらせるのに十分だった。ほんの数秒のことだったが、彼女を射抜いたトルコブルーの目には痛いほどの渇きが色濃くにじんでいた。

彼のこういう無防備な一面のほうが、スーツケースに隠してきたなぐり書きの手紙よりもずっと自分を動揺させるという現実に、エイミーは津波に襲われたようなめまいを覚えた。この地の果ての小島で、わたしはいったいどうなってしまったのだろう?

6

「ジェイス」数時間後、エイミーはジェイスがスープをたっぷり含んだ魚をおいしそうに味わうのを見ながら、厳しい口調で言った。「わたしがゆうべどこで寝たのか、島の誰もが知っているみたいなんだけど」

「セントクレアでは過去のことは秘密にできても、現在のことは隠しきれないのさ。この魚、ほんとうにうまいよ、エイミー。ワインで煮たのかい？」

「あなたがゆうべのことを吹聴《ふいちょう》してまわったということ？」エイミーはきっとなって問いつめた。

「どう思う？」ジェイスはまたサラダを皿に取った――これでもう三回めだ。

「あなたが……そこまで子どもじみているとは思いたくないわ」エイミーはいらだたしげに言った。昼間あの手紙を受けとってから、彼女の気持ちは少し不安定になっていた。当然だ、とエイミーは思う。事態が動きだし、もう手に負えなくなろうとしているのだ。

「男はみんな、気持ちは子どもなんだよ」ジェイスはにっと笑ったが、エイミーの顔が青ざめたことに気づくと、そのからかうような表情は即座に消えた。「そんな目で見るなよ、ハニー。ただの冗談だよ。むろん、ゆうべのことは誰にも話してない。ほんとうだ。ただセントクレアは狭いってだけさ」

エイミーはちっとも慰められなかった。「ジェイス、こういう状況はとても居心地が悪いわ。ゆうべのあなたはわたしを助けてくれようとしただけなんでしょうけど――」

「ゆうべのぼくがきみのためだけを考えていたわけでもないことは、きみにもわかっているはずだ」ジェイスは彼女をじっと見つめてつっけんどんにさえぎった。「いったいどうしたんだ、エイミー？　今夜のきみはぴりぴりしている。あと何分かしたら、またぼくが倒れかかったワイングラスを受けとめるはめになるんじゃないかい？」

「冗談なんか言ってる場合じゃないわ！」

「わかってる。すまなかったよ、ハニー。いったい何がどうしたのか話してくれ。ヘイリーとの約束が気にかかっているのかい？　結局会えずに手ぶらで帰ることになるんじゃないかと心配なのかな？」

エイミーはスーツケースの中の皺《しわ》だらけの紙を思い、いらだちをこらえてワイングラスに手を伸ばした。「それもあるかもしれないわ」

ジェイスは得心したというようにうなずいた。「彼が現れるのをいつまで待つつもりなんだい？」さりげなさを装って問いかける。

「わからないわ」ああ、なぜジェイスに隠していることを後ろめたく思わなくてはならないの？　ダーク・ヘイリーの件はもっぱらわたし自身の問題だ。わたしはそのためにセントクレアに来たのだ。ジェイスとの関係はあくまで二次的なものにすぎない。そうでしょう？　ジェイスにはなんの義理もないし、説明する筋合いさえないのだ。

「一週間？　それとも二週間？」

「わからないって言ってるでしょ！　だいたい、なぜそんなことを訊《き》くの？　わたしがいつまで待つかがそんなに重要なの？」

ジェイスは彼女を見つめた。「残念ながら重要だね」

「残念ながらってどういう意味？　別の女性旅行者がもうじき到着することになっているの？　あと数日でわたしは邪魔になるってわけ？」エイミーは苦々しい口調で言った。

「ゆうべのことできみはほんとうに動揺してるんだね」ジェイスは不思議そうな顔をした。

「ええ、そうよ！」それだけはほんとうだ。ゆうべのことを思い出すたび心が波立ってしまう。「わたしはセックスするためにセントクレアに来たわけじゃないんだから」

ジェイスは皿の上の料理を見おろした。「それはわかってる。だけど、ぼくに家庭料理を食べさせるために来たわけでもないだろう？」

「ええ」エイミーはため息まじりに答えた。

ジェイスは顔をあげ、おずおずとほほえんだ。「エイミー、こんなうまい料理を食べたのはいつ以来だか、もう思い出せないくらいだよ。今夜きみを襲ったりしないと約束したら、ぼくを叱《しか》り飛ばすのはやめて気持ちよく料理を堪能《たんのう》させてくれるかい？」

エイミーはその言葉にあんぐり口をあけた。やがて、どこからともなく笑いがこみあげてきた。グレーグリーンの目をきらめかせ、表情豊かな口もとをほころばせる。「いざとなると、男はセックスより食べ物を選ぶのね！　なんだか侮辱されたような気分だわ」

「難しい選択だったよ」ジェイスはにんまり笑いかえした。

「まったく！」

だが、それで雰囲気はぐっと明るくなった。例の問題をかかえていても、一時的にせよ気まずくなる一方だった空気に歯止めがかかり、エイミーはほっとした。わたしもジェイスに料理を堪能してほしいのだ、と思い至る。彼が自分の手料理を喜んで食べるのを見ていると、妙に気持ちが満たされた。食事がすむと、ジェイスは世にも貴重な宝物をもらったかのように心をこめて礼を言った。

「アメリカからのお土産だと思ってくれればいいわ」エイミーは彼と食器を洗いながらそっけなく言った。

ジェイスは苦笑した。「ああ、そうしよう」

エイミーはかすかに眉をひそめ、最後の皿をすすいだ。「何もこういうのを十年に一度の経験にする必要はないのよ、ジェイス。あなたもアメリカに帰ってくれれば、こんな食事、いくらでもできるはずだわ」

　ジェイスはちょっと口ごもってから静かに言った。「アメリカには帰らないと、とうの昔に決めたんだ。さあ、〈サーパント〉に行こうか。早く行かないと、レイがどうしたのかと気をもむ」

「それじゃあ、彼にデザートのココナツクリーム・パイを持っていってあげましょう」

「それであいつは永遠にきみの奴隷だな」ジェイスがぼやくように言った。

「そうなったら助かるわ」エイミーは陽気に言いかえし、アメリカには帰らないと言いきったジェイスの決意のほどについては考えまいとした。だいたいなぜそんなことをわたしが気にしなくてはならないのだろう?

「きみにはもう奴隷は必要ないよ」ジェイスは彼女の顔を両手ではさんだ。「ぼくがいるんだから」

「あなたは全然、奴隷らしくないわ」エイミーはじっと立ちつくしたままささやいた。常に二人のあいだで火花を散らしている互いの体に対する意識がいっそう高まり、エイミーはそれになんとか抗《あらが》おうとした。

「努力するよ」ジェイスはかすれ声でささやくと、唇にゆっくりと唇を重ねあわせた。

「あなた……今夜は襲わないって言ったわ」エイミーはまつげを伏せ、そのまつげごしに彼の生真面目《きまじめ》な表情を見つめた。正直なところ、わたしは今夜、彼に何を望んでいるのだろう？

「男は腹がへっているとむちゃな約束をしてしまうものなんだ」ジェイスは彼女の鼻先に軽くキスをした。「エイミー……？」

「もう出たほうがいいと思うわ、ジェイス」エイミーはなんとかそう言った。今夜〈サーパント〉に行っても意味はないこと、昼間ダーク・ヘイリーが接触してきたことは、ジェイスには言えなかった。いまは〈サーパント〉が一種の避難所のように思われた。あの店にいる限りは、今夜をどう過ごすか決断するのを先延ばしにできる。

ジェイスはしぶしぶ彼女を放した。「わかったよ、ハニー。それじゃあ出かけよう。あのパイを持っていったら、レイはビクトリア朝時代の官能小説の山を積みあげられたときよりも興奮するだろうよ」

結局その晩はエイミーが予期したとおりに過ぎていった。あのブロンドのひょろっとした男が入ってくるのではないかと絶えず目を配っていたけれど、彼らしき男が〈サーパント〉に現れることはついになかった。彼はなぜこっそり会おうとするのだろう？ あの仮面にはいったいどんな秘密が隠されているのだろう？ そして明日の明け方にわたしはどうしたらいいのだろう？

いいや、明け方を迎えるはるか以前に、もうひとつ直面しなければならない問題がある。

「もう帰ろう、ハニー」十二時をまわって間もなく、ジェイスがエイミーの手を取って言った。帰宅して、別にもめることもなく恋人とベッドをともにできると思っている男の期待感が、そのくつろいだ顔からうかがわれる。「時間も遅いし、今夜はもうヘイリーは現れないだろうから」

まだラム酒の残っているグラスが押しやられたのを見て、エイミーはジェイスがゆうべほどアルコールを摂取していないことに気がついた。心の片隅で、彼女はその自発的な節酒を大いに評価した。ジェイス・ラシターがセントクレア島の暑気とラム酒の犠牲となって身を持ちくずすのを見たくはなかった。でも、彼が、人にせよ物にせよ何かの犠牲になるなんて、ありえないんじゃないかしら。エイミーはそう心につぶやきながら腰をあげた。ジェイスにはわたしが心配してあげる必要など何もなさそうだ。

「ジェイス」意を決し、エイミーは切りだした。「今日一日考えたんだけど、今夜はもう〈マリーナ・イン〉に戻っても大丈夫だと思うの。あの部屋を荒らした人物がまたやってくるとは考えにくいわ。きっと酔っ払った漁師がお金めあてで忍びこんだのよ」

「しーっ、エイミー」ジェイスは彼女の肩を抱きよせ、あやすように言った。

「ちょっとジェイス、〝しーっ〟じゃないわよ。わたしはもうあなたの家に泊めてもらう理由はないってことを説明しようとしてるのよ」エイミーは罠《わな》にかかったような気がして、いままでおさまっていた不安がまた頭をもたげだすのを感じた。

「きみがほしいんだよ、エイミー」ジェイスはあのシェリー酒のような声を彼女の中にそそぎこみ、立ちどまって両肩をつかんだ。彼女を見おろす荒削りな顔は真剣そのものだ。バーからもれてくるほの暗い明かりの中で、エイミーは鮮やかなトルコブルーの目に欲望が燃えているのを見た。「どうしてもきみが必要なんだ」ジェイスはささやいた。「頼むから、だめだなんて言わないでくれ」

「必要だというだけでは不十分なのよ」エイミーは自分自身もいやおうなく彼を求めてしまうのを感じつつ、なんとか説得しようとした。「ゆうべはあっという間にああいうことになってしまって、何も考えられなかったけど」

「でも、今日は一日考える時間があっただろう？　さっき言ったことはほんとうなんだ。きみを無理やりベッドに引きずりこむつもりはない。きみがほしくてたまらないけれど、無理強いしたくはないんだよ」

「ああ、ジェイス」エイミーは嘘《うそ》偽りのない彼の欲望を感じ、打ちひしがれたようにうめいた。「恋人同士の関係はただ肉体的に惹《ひ》かれあうだけではだめなのよ」

「ぼくたちが肉体以上のつながりを求めても、お互い苦しむだけなんじゃないかい？」ジェイスは暗い顔で言った。「ぼくときみは別々の世界に暮らしているんだ。欲望に基づいた関係にとどめておくのがいちばんいいんだよ」

　その無情な言葉にエイミーはぞっとした。そこに含まれている残酷な真実にたじろぎ、思わずあとずさりしながら、何か合理的で気のきいたせりふをやみくもに探す。「ええ、そうね、あなたの言うとおりだわ。でも、わたしは相手が誰であろうがそういう関係を結びたいとは思わないのよ」向きを変え、ジェイスの家に続く小道に入っていく。「スーツケースを取ってきて、今夜は〈マリーナ・イン〉に泊まるわ」

「だめだよ、エイミー！」背後で言葉がしぼりだされ、すぐにジェイスが追いついてきてエイミーの手首をつかんだ。彼が口を開く前になんとか気をしずめようとするのが、エイミーにもわかった。「わかったよ、エイミー。ぼくの負けだ。きみが進んでぼくのベッドに来てくれるなら何を投げだしても惜しくはないが、もう無理は言わない。ただ〈マリーナ・イン〉に戻るのだけはやめてくれ。きみがあそこに戻ったら、ぼくがどんなに落ちつかなくなるかわかってほしいんだ。ぼくがきみを求め、抱きたがっているという現実は受け入れられなくても、きみをひとりで宿に泊まらせたら心配で眠れなくなるということだけは理解してくれ」

わたしに拒絶できるのは彼の欲望だけだ、とエイミーは思った。ベッドをともにすることは拒否できても、それよりささいな頼みまではねつける気力はなかった。「わかったわ、ジェイス。今夜も泊めていただくわ」

一時間後、エイミーはひとりベッドに横たわり、外の椰子《やし》の葉ずれの音に耳を傾けながら、自分がはまりこんでしまった流砂の深さを痛感していた。

いったいなぜジェイスのためにちゃんとした食事を作るなどと言いはったのだろう？

あと二日や三日、カフェの脂っこい食べ物でもエイミーは十分我慢できたのに、ジェイスにまともな食事をさせようと躍起になってしまったなんて、ゆうべやすやすと彼に抱かれてしまったことと同じくらい奇妙なことだ。その行動のやけに本能的で女らしいところが、いまエイミーを根っこの部分から激しく動揺させていた。

だが、彼に抱かれたのも食事を作ったのも、どんどんふくれあがっていく不可解な感情がほんの一部、行動に表れたにすぎず、その感情じたいがきわめて危険なものなのだ。エイミーは何度も寝返りを打ったあげくにとうとう起きあがり、裸足《はだし》でフランス窓のガラス戸に近づいていった。今夜はベランダに出るつもりはない。ジェイスがまだ起きているかもしれず、エイミーが出てきたことに気づいたら彼もきっと出てくるだろう。そして彼が出てきたらどうなるかは火を見るより明らかだ。

海から吹いてくる風がワイン色のネグリジェを軽くなびかせた。その風の匂《にお》いをエイミーはいい匂いだと思った。この楽園のそういうところは非常に魅力的だが、そこには危険もひそんでいる。あまりに魅力的なために、人は活気や覇気をなくしてしまうのだ。ジェイスのような男でも、この退廃的な魅力にいつまでも抗いきれはしないだろう。

エイミーは男と女に関するマギーの哲学に思いをはせた。もし十年前に誰か女性がジェイスを家庭的な男にするべく教育していたら、いったいどうなっていただろう？　彼の別れた奥さんは、ジェイスのような男とならば子どもがいなくても幸せな家庭生活を送れるとは思わなかったのだろうか？

　こんなことをぐずぐず考えるなんてばかげている。それはエイミーにもわかっていた。ジェイスは自分の将来のことなど心配してはいないのだ。彼は現在に生き、ここセントクレアで手に入るものだけで満足して、それ以上は求めない。

　今夜わたしを抱きたいと言った彼は、そうすることによってわたしを自分と同じような立場に引きずりこむはめになるのがわかっていないのだろうか？　もしいまから彼の部屋に入っていったら、わたしは恋人同士としてつきあっていくことは不可能だとすでに明言した男に愛を捧《ささ》げ、自ら地獄を招くことになるのだ。

　間違ったときに間違った場所に来た。そして間違った人とかかわった……。

　だが、その間違った相手に彼の求めるものを与えたいという衝動は抑えきれないほど強かった。エイミーはまなじりを決し——比喩《ひゆ》的な意味でも、文字どおりの意味でも——ベランダに足を踏みだした。明日の朝には、どうしてそんなことをしでかしたのか自分で自分がわからなくなっているだろう。

　彼の部屋の開いたガラス戸のところで立ちどまり、エイミーは中の人影を見きわめようと目をこらした。ジェイスの腰から下をおおっているシーツが、彼女を手招きするように闇《やみ》の中で白く浮きあがって見えた。その上の日焼けしたたくましい上半身を見ながら、エイミーは足音を忍ばせて室内に入った。もう寝入ってしまったのだろうか？　近づいていってもジェイスは微動だにしない。

「ジェイス?」ほとんど声にならないささやき声で呼びかけながら、エイミーはゆっくりと足を進めていった。ジェイスは相変わらず動かない。不遜《ふそん》なまでにくつろいだ姿勢で、顔を向こう側に向け、うつ伏せに寝ている。エイミーは手を伸ばしてマホガニー色の豊かな髪に触れたくなった。

そっとベッドの端に腰をおろす。自分が来たことをどのように知らせたらいいのかわからない。むきだしの肩に、おずおずと指先を触れてみる。

「もう来るころだと思ったよ」ジェイスがくぐもったかすれ声で言った。「頭がおかしくなりそうだった」そして眠ってなどいなかったことを示す素早い動きでぱっと横向きになり、エイミーのウエストに片腕をからみつけて引きよせた。脚で脚を押さえるようにおおいかぶさり、驚くエイミーの口にキスをする。

「ああ、ジェイス、あなたって傲慢《ごうまん》で貪欲《どんよく》な男だわ。わたしはこんなところにいるべきじゃないのよ」エイミーは彼の首に両手をまわし、胸のいただきを彼の指にとらえられて息をはずませながらささやいた。

「わかってる、わかってるよ。だが、いまさら放せなんて言わないでくれ。きみをこの手に抱いたら、もう放すことなどできないんだから」ジェイスは舌を差し入れてエイミーの次の言葉をさえぎった。彼女の味に飢えているかのように荒々しく舌を動かす。

ジェイスの重みを受けとめたエイミーは、ネグリジェのなめらかな生地が彼のたくましい脚に勝手にからみついていったような気がした。柔らかな肌に押しつけられたかたい体の感触に、胸が激しくとどろいている。ジェイスが彼女の口の中に、それから耳に、熱く吹きこんだ声は狂おしい欲望にうわずっていた。

エイミーは今夜の彼がその欲望をなんとかコントロールしようとしているのをぼんやりと感じとった。ジェイスは今宵《こよい》、ゆっくりと時間をかけて楽しもうとしていた。そのために意志の力を酷使しているらしいことがエイミーの心をときめかせた。どうやら彼女自身も少し傲慢かつ貪欲になっているようだ。ジェイスを魅了し、圧倒し、夢中にさせてやりたい。自分にそういう女ならではの力が備わっているとわかったのは、理屈抜きで嬉《うれ》しいことだ。ジェイスが彼女との熱狂的なセックスで与えてくれた最大の贈り物のひとつが、その力の感覚だった。

力強くセクシーな手をエイミーの体に這《は》わせ、ジェイスは美しいネグリジェを注意深く脱がせた。そして肘をついて頭をもたげ、じっと彼女を見おろした。エイミーはわずかに体をそらし、しなやかな髪を彼の腕の上に広げていた。ジェイスの胸に手をあて、その感触にひたっている。

ジェイスは闇の中で目を輝かせ、体を起こして彼女の脚のあいだにひざまずいた。

「ジェイス？」

「きみの体を隅々まで知りたいんだよ、スイートハート」そうささやくとやおら身をかがめ、エイミーの腹部に熱いキスをしはじめる。エイミーは欲望をあおられて、ため息をもらした。ジェイスの唇が肌を小さくついばみながらじらすようにじわじわと腿のほうに移動すると、情熱の高まりに気が狂いそうになる。時間が流れをとめ、夜が燃えあがった。

ジェイスの指が敏感な芯《しん》をとらえ、ついでその指が唇にかわると、エイミーは苦しげに彼の名を呼んだ。「ジェイス、ああ、ジェイス！」

情熱の炎が急に制御不能となり、ジェイスの下で身をよじる。エイミーはやみくもに彼の肩をつかんで引きあげ、彼をその体の内側に迎え入れようとした。ジェイスはしぶしぶ最終段階に移ることにしたが、エイミーは重くかたい感触で彼の体ももう十分すぎるほど準備が整っているのを知った。

それでもジェイスは急ぐことなく、少しずつ少しずつ彼女を満たしていった。エイミーがじれて腰を浮かそうとすると、片手をヒップにやって動かないよう押さえつける。

「今夜はきみの思いどおりにはさせないよ」嘲《あざけ》るような、挑発的な口調だ。

「あなたは野獣だわ」エイミーは彼の日焼けした肩に爪を立ててささやいた。

「だが、野獣も最後には美女に飼いならされてしまうんだ」

熱くうるおったところでジェイスをいっぱいに受けとめ、エイミーは昨日と同様、衝撃的なまでの歓喜に打ち震えた。ああ、彼とのセックスはいつまでもこんなにすばらしいのかしら？　いや〝いつまでも〟なんてありえない。わたしは永久にジェイスと愛しあえるわけではないのだ。そこまで考え、エイミーは慌ててその考えを押しのけてジェイスにしがみついた。

ジェイスが官能的なリズムで動きだすと、未来に関するいかなる思いもまたたく間に消えうせた。エイミーは四肢を彼の体にからみつけ、われを忘れて愛の行為に没頭した。

「エイミー、ぼくのエイミー。ああ、きみに溺《おぼ》れてしまいそうだ」

最高潮に高まった情熱の波が迫ってくると、エイミーはそのあまりの激しさに息を詰まらせた。ジェイスもまた喜びをきわめようとして、彼女を強く抱きしめた。そしていっそう動きを速め、エイミーに続いて絶頂を迎えた。

そのあとかなりの時間がたってから、ジェイスはトルコブルーの目に満足の光をたたえて言った。「きみがなぜ今夜この部屋に来たのかは訊かないよ、エイミー。だが、来てくれてありがとう。今夜はどうしてもきみがほしかったんだ」

エイミーはうとうとまどろみはじめたジェイスの腕の中で、身じろぎもせずに横たわっていた。二人の考えはことごとく正しかった。エイミーは彼の部屋に来るべきではなかったのだ。いや、この島に来たことじたいが間違いだったのだろう。おかげで恋してはいけない相手に恋してしまった。ジェイス・ラシターは家族に対する責任も文明社会も、エイミーが大事に思っているものをすべて捨ててきた男なのだ。

時間がのろのろと過ぎていることは天井の陰影が物語っていた。光と影が天井に形作る模様はゆっくりと着実に変化していった。エイミーはかたわらで熟睡している男を意識しながらも、ときどき浅い眠りに誘われた。

夜明けの訪れを告げるおぼろな暁光で空が白みはじめると、エイミーはようやくスーツケースの中の手紙を思い出した。

いまから自分がセントクレアにやってきた本来の目的を果たしに行かねばならないのだ。ジェイスは巻きこまずに。

彼を起こさないよう気をつけながら、エイミーは悲しみに似た感情を抱いてそっとベッドから抜けだした。ベランダに出る前にもう一度振りかえり、情熱的に愛してくれた男の寝姿に目をやる。もうじきジェイスともさよならだ。目的を果たしたら、この島にとどまる理由はなくなってしまう。ジェイスとのことはセントクレア島の思い出になってしまうのだ。それを思うと胸が痛くなった。

この部屋に来たときに着ていたネグリジェを手に、エイミーはベランダを経由して自分の寝室に戻った。そこでジーンズとボートネックのTシャツを着て、身支度を整える。それから大きなバッグを持ってジェイスの家を出た。

セントクレア島の夜明けは涼しくて気持ちがよかった。昼間ほどには湿度も高くない。この時間帯は海も穏やかで、波止場を歩きまわっている人もほとんどいなかった。海軍の船は夜のあいだに出航してしまったらしい。

エイミーは肩に革のバッグをかけ、埠頭《ふとう》沿いに歩いていった。五十三番桟橋に向かう彼女に目をとめる者はいなかった。五十三番には何かの貯蔵庫らしき小さくて古い木造の建物があった。ブロンドのひょろっとした男の姿を求め、エイミーはあたりに不安そうな目を走らせた。いま初めてゆうべの甘美な記憶を頭から追いやれたのは、緊張しているせいだった。ダーク・ヘイリーについては、タイ・マードックの友人だという以外に何もわかってないし、それだって本人がそう自称しているにすぎないのだ。だが、あの短い電文に書かれていたことを、疑う理由は何もなかった。

でも、こんなふうにこっそり会おうとするのはなぜなのだろう？　なぜひとりで来いと指示してきたのか？　仮面を置いてきたのは正解だった。まずはダーク・ヘイリーにほんとうのことをしゃべらせ、それからあの仮面を渡すべきか否かを判断するつもりだった。

と、突然古い建物の陰から男が音もなく現れ、エイミーをぎくりとさせた。つかの間、二人は値踏みするような目で互いを観察しあった。エイミーは胸をどきどきさせて、ブロンドの髪や冷たいグレーの目、長身でひょろっとした体つきを眺めた。男はジーンズに古びた革のフライト・ジャケットを着ている。その服装がなぜかエイミーの注意を喚起した。今朝は涼しいけれど、革のジャケットが必要なほどではない。彼は、グレーの目の冷ややかさがなければ子どもっぽさの残るハンサムな顔だちと言えるかもしれない。不機嫌そうにひん曲げられた口も、微笑したときにはちょっと安っぽい魅力をかもしだし、それがどこかタイ・マードックを思い出させた。

「エイミー・シャノンだね？」かすかに南部なまりを感じさせる物憂げな口調だ。グレーの目がエイミーの肩にかかっている大きなバッグにさまよう。

「ええ。あなたはダーク・ヘイリーね？」エイミーはあとずさりしたいのをなんとかこらえた。落ちつきを失わず、自信を持って冷静に対処しなければならない。ここに来たのは取り引きのためなのだ。

「そのとおり。仮面は持ってきたかい？」

「その前にちょっと話がしたいわ」エイミーはきっぱりと言ったが、バッグにかけた手に思わず力をこめていた。ダーク・ヘイリーはその仕草を見て、一度だけうなずいた。「仮面はもともとタイの息子のものだわ。だからなぜあなたがそんなにほしがるのか、そしてタイはいまどこにいるのか、話を聞かせてほしいのよ」

ダーク・ヘイリーは古い建物の壁に寄りかかり、冷え冷えとした目でエイミーを見つめた。「タイの女房が来なかったのはなぜなんだい？」

「それはたいした問題じゃないわ。彼女のかわりにわたしが来たでしょう？」

相手はまたうなずいた。「おたくのことはバーで噂《うわさ》を耳にしたよ。だいぶお盛んらしいな。島に来てたったの一日で地元の男と仲よくなったとはね。しかも有力者を選んで。ラシターはセントクレア島では侮りがたい男とみなされているようだ。いちおうはね」ヘイリーは乾いた笑いを声に含ませて続けた。「小さな池の中の大魚ってわけだ。ここらで有力者になるのはそう難しいことでもないんだろうよ。多少の金を持ってて、ちょっとばかり危険なやつだと評判になりさえすればいいんだ。俺《おれ》もじきにそういう地域の柱になるつもりだが、この島はやめておいたほうがよさそうだな。セントクレアはラシターと俺が共存できるほど広くはない。まあいいさ。ほかにも島はたくさんある」

エイミーは彼の顔を見つめながら、純然たる恐怖に慄然《りつぜん》とした。いまの侮蔑《ぶべつ》的発言は無視してそっと問いかける。「例の仮面があればそういう立場が買えるってことなの、ミスター・ヘイリー？」

「そのとおりだよ、ミス・シャノン」ヘイリーはわざとらしく丁寧な口調で返事をした。「あの仮面で俺はそういう立場を買うんだ。それに新しい名前、新しいパスポート、その他、新生活に欠かせないものをね。残念ながら、あれをタイの息子のところに持って帰らせるわけにはいかないんだよ」

「あの仮面のどこがそんなに特別なの？」エイミーはバッグのストラップを指が白くなるほどきつく握りしめた。ああ、わたしったらなんてことをしてしまったのだろう？　ジェイスが知ったら激怒するに違いない。ばかげたことだが、いまいちばん頭を占めているのがその問題だった。

人気《ひとけ》のない桟橋でたったひとりで対峙《たいじ》している相手は、予想よりはるかに危険な男だったのだ。いったいどういうつもりなのかとジェイスが責める声がいまから聞こえてくるようだ。幸いにも仮面は持ってこなかった。あの仮面はこの不穏な状況から脱するための切り札になってくれるだろう。

「俺がなぜあれをほしがるのかは知らないほうがいいんじゃないかな」ヘイリーがのんびりと言った。「おたくにとっては、知って嬉しいようなことでもないからね」

「いいえ、知りたいわ、仮面のこともタイのことも」エイミーはなんとか口調をクールに保ち、自信満々に聞こえるよう尊大な態度で言った。

「マードックは死んだよ」ヘイリーは無造作に言った。

エイミーは深く息をついた。「ほんとうに？」

ヘイリーはぞっとするほど不気味な笑みを浮かべた。「間違いない」

不意にひらめき、エイミーは彼を見すえた。「あなたが殺したの？」

ヘイリーが壁にもたせかけていた上体をさりげなく起こすと、エイミーは思わず一歩さがった。真の恐怖が全身を駆けめぐった。「いや、俺が殺したわけじゃない。だが、やつが死んだのをとりわけ残念だとも思ってないよ。あいつにはちょっと問題があったからね」

「問題とは？」

「質問ばかりだな、ミス・シャノン」

「タイ・マードックの身に何があったか知りたいのよ」

「やつは死んだと言っただろう？　証拠がほしいのかい？」ヘイリーが片手をフライト・ジャケットの内側に入れた。エイミーはとっさに身をすくめた。だが、彼が出したのはアメリカ合衆国のパスポートだった。ヘイリーは片方の眉をあげて、それを差しだした。

エイミーは震える手で受けとり、中を開いた。タイ・マードックのパスポートだった。冷笑を浮かべたハンサムな顔、偽りの魅力があふれる見慣れた黒っぽい目。ついにおとなになれなかった少年の顔がそこにあった。子どもっぽいゲームをいつまでも続けたがった男の子の顔。そういうゲームのせいでタイは命を落としたのだろう。ダーク・ヘイリーがタイのパスポートを持っている理由はそれ以外に考えられない。

写真を見つめても、エイミーの胸に特別な感情がわきあがってくることはなかった。ただ、カリフォルニアで父親を待っている幼い甥《おい》っ子が不憫《ふびん》だった。やはり姉の考えは正しい。クレイグには父親はいつか帰ってくるつもりでいたけれど、異国での冒険で不慮の死を遂げたと言うのがいちばんいいのだ。ひょっとしたら、ほんとうにそのとおりなのかもしれないし。

エイミーはおもむろに顔をあげ、パスポートをヘイリーに返そうとした。

「おたくが持ってて構わないよ」ヘイリーは言った。「俺はマードックが死んだという証拠として取っておいただけなんでね。まさか生首を袋に入れて持ち運ぶわけにもいかないだろう?」

「ずいぶんと冷酷な言い草ね、ミスター・ヘイリー」エイミーはよそよそしい声音で言った。

「俺はどんな危機にあっても生き残るタイプなのさ。マードックと違ってね。さあ、そろそろ仮面を渡してもらおうか」

ヘイリーはエイミーが肩にかけているバッグに手を伸ばしたが、エイミーはまたあとずさりし、勇気を奮って言った。「あいにくここには持ってきてないわ」

「なんだと?」ヘイリーは声を荒らげた。「どこにあるんだ?」

「隠してあるのよ。さっきも言ったとおり、あの仮面はわたしの甥が父親の形見として受けとるべきものだわ。あれをどうするかはほんとうの価値を突きとめてから決めるわ」

「最初から俺に渡すつもりはなかったんだな?」ヘイリーは察しのいいところを見せてさらに言いつのった。「この嘘つき女め! 取り引きに応じたのは、仮面の価値がどれほどのものなのかを俺に問いただすためだったんだろう!」

「もし……あなたに正当な権利があると証明できたら、そのときは気持ちよく渡してあげるわ」エイミーはびくびくしつつも言った。「でも、そんな証拠がない限り、あれはクレイグがもらうべきものだわ」

そのとき、ヘイリーの手の中にどこからともなく拳銃《けんじゅう》が現れた。さっきまで手ぶらだったのに、気がついたらリボルバーの銃口がエイミーに向けられている。

エイミーは愕然《がくぜん》とし、一瞬根が生えたようにその場に立ちつくした。そして次の瞬間、身をひるがえしてやみくもに逃げだそうとした。銃弾の前にはいくら逃げても無駄だと脳が警告していたが、ほかにどうすることもできなかった。仮面を手にするまではヘイリーも殺しはしないだろう。

しかしエイミーは建物の端までたどりつくことさえできなかった。ヘイリーが追いついて彼女の口を片手でふさぎ、冷たい銃口をこめかみに突きつけた。

「俺が嘘つき女のたくらみに引っかかって、ほしいものをあきらめると思うか？」歯がみするように続ける。「あの仮面は俺のものだ。おまえのくだらんゲームにつきあうつもりはない！　その船に乗れ」

エイミーは懸命に抵抗したが、ヘイリーは造作なく彼女を引きずっていき、桟橋に係留されている大きなクルーザーの中に投げ飛ばすように乗り移らせた。一瞬、彼の手が離れた隙《すき》に叫び声をあげようと口を開きかけたけれど、すぐに銃を突きつけられる。

「殺しはしないよ、少なくともいまはまだな」ヘイリーは言った。「だが、ちょっとでも騒いだら、この銃を棍棒《こんぼう》がわりにして黙らせてやるからな。気絶したくなかったら、おとなしくしてろ」

ヘイリーはエイミーに目を釘《くぎ》づけにしたまま、もやいを解いた。そして彼女を船室の中に押しこめ、ドアを閉めて外から施錠した。エンジンがかけられ、比較的安全なセントクレアから船が離れても、エイミーにはなすすべがなかった。

7

船室で縮こまるエイミーを乗せ、ダーク・ヘイリーは大型クルーザーをセントクレア島の反対側に進めていった。エイミーは窓の外を流れていく海岸線を見つめながら、これからどうなるのかとぼんやり考えた。家具のまばらな船室をざっと探しまわったけれど、役に立ちそうなものは何もなかった。キッチンナイフひとつないのだ。次はどうしよう？

セントクレア島はたったひとつの町からはずれてしまえばもう無人島も同然だから、ヘイリーが小さな入り江で錨《いかり》をおろしたときには驚きもせず、エイミーは人の気配のまったくない岸に目をやった。ヘイリーが船室のドアをあけると、彼女は不安を隠してにらみつけた。

「ここから先はちょっとたいへんだぞ」ヘイリーはそう言って左手に銃を持ちかえ、エイミーの腕をつかんだ。「来い」

「わたしを殺してもなんにもならないわよ」エイミーは船室からデッキに引きずりだされ、不意に口の乾きを覚えた。「あの仮面はわたしを通じてしか手に入れられないんですからね」平静を保ち、駆け引きを続けなければならない。そこにしか彼女の希望はないのだ。

「確かに俺《おれ》はおまえを通じて仮面を手に入れるつもりだが、その方法はおまえが考えているようなものではないんだよ。おまえはせいぜい祈るがいい。おまえとのセックスにラシターが感動してくれているようにな」

「どういう意味?」エイミーは新たな恐怖に胸を震わせ、やっとの思いで言った。船体のわきの小さなはしごのほうへとヘイリーに引っぱられ、足をもつれさせてよろよろ歩く。

「おまえは仮面を手に入れるための切り札だが、おまえに仮面を取ってこさせる気はないんだよ。仮面のありかはラシターも知ってるんだろう?」エイミーが思わず顔をこわばらせたのを見て、ヘイリーは満足そうに言葉をついだ。「やっぱりな。それならラシターが新しいセックスフレンドのことを仮面との交換に応じるほど大事に思っているかどうか、もうすぐわかるわけだ。やつが仮面の価値を知らないのはおまえにとって救いだな。もし知っていたら、おまえのその体をもう二度と抱けなくなるのがわかっていても、仮面を手放しはしないだろうからな。あの仮面さえあれば、女なんか好きなだけ買えるんだ。さあ来い。ぐずぐずしないで、そのボートに移れ」

　エイミーはクルーザーが曳航《えいこう》してきた小さな手こぎボートの中にあやうくころげ落ちそうになった。自分をここまで不器用だと感じたのは生まれて初めてだった。もし緊張のあまりボートを転覆させてしまったら、ヘイリーはどうするだろう?　それともわざと引っくりかえしてみようか？

だが、その穴だらけの計画はすぐに断念させられた。

「両手を後ろにまわせ」ヘイリーがだみ声で言い、手こぎボートに積んであったロープで彼女の手首を縛りあげたのだ。これでわざとボートを転覆させるという考えは捨てざるを得なくなった。両手を縛られた状態でそんなことをしたらエイミー自身が溺《おぼ》れてしまうだろう。たとえ岸までたどりつけたとしても、そのときにはヘイリーもいっしょだ。

ヘイリーはむっつりと黙りこんで、岸までボートをこいだ。そしてエイミーをボートから浅い水の中に無理やり降りさせた。エイミーは銀色の砂浜に向かって歩きだしたが、水の中ではサンダルが重く邪魔だった。

「俺が戻ってくるまで逃げられないようにしておかないとな」ヘイリーはそう言いながら、エイミーを椰子《やし》の木のほうに押しやった。足首を縛り、さらにその木の幹に彼女を縛りつける。「逃げようなんて考えるなよ。ラシターがどう出るかは見ものだぞ。例の仮面にはおまえよりずっと価値があるんだと気がつくほど利口な男かな？　まあ、おまえはそうでないことを祈っているんだな」

エイミーはダーク・ヘイリーがボートでクルーザーに戻っていくのを当惑して見送った。ヘイリーはクルーザーに乗り移ると、エンジンをかけ、再び町をめざして遠ざかっていった。エイミーは椰子の幹にぐったりと寄りかかり、なんとか頭を働かせようとした。

わたしはジェイス・ラシターをどこまで知っているのだろう？　ジェイスはヘイリーが突きつける条件にどう反応するだろう？　いまやわたしの運命は三日前に知りあったばかりの男の手に握られているのだ。文明社会やそこでの行動規範と何年も前に決別した男の手に。

ヘイリーが接触してきたら、ジェイスも仮面に途方もない価値があることを確信するはずだ。そして仮面を自分のものにしようとする？

太陽はあっという間に空をのぼり、日中の暑さが早くも忍びよっていた。エイミーはいましめを解こうとしていたずらにエネルギーを浪費した末に、ダーク・ヘイリーはプロの手並みで縛りあげていったのだとあきらめた。タイ・マードックはあんな男とどうしてかかわりあいになったのだろう？　タイが冒険と刺激的な生活を求めていたことは容易に想像がつくが、まさか無法者に身を落とそうとはいままで想像したこともなかった。だが、ヘイリーが法とは無縁の世界で生きていることはもはや疑問の余地がない。あの男とほんとうに友だち同士だったのだとしたら、タイは刺激を求めるあまりに堕落し、そのあげく殺されてしまったのだろう。

エイミーは甥《おい》と姉の顔を思い浮かべた。メリッサは息子が大きくなって父親のことを知りたがったときのため、おとぎ話をでっちあげようとしている。そしていまは、エイミーが姉に聞かせる話をでっちあげる気になっていた。もしこの窮地から生きて脱出できたとしても、タイ・マードックに関する真実を細大もらさず話してやる気になれるだろうか？姉の愛した男が国家を裏切る謀反人になっていたなんて、わざわざ知らせて何になるのだろう？

もし生きて脱出できたとしても。

エイミーは気をしずめようと深呼吸した。ヘイリーは殺人などなんとも思ってないようだ。タイの死を告げたときにも平然としていた――むしろ問題が片づいてほっとしているみたいだった。あの仮面がどうしてそんなに貴重なのだろう？

彼女が縛りつけられている椰子の木は、小さなビーチに散在する木立のうちの一本だった。その木立から海までは、ごつごつした奇怪な形の溶岩のかたまりが伸び、ときどきそこかしこで水を噴きあげている。きっと天然の洞窟《どうくつ》やトンネルが水面下で口をあけているのだろう。波が打ちよせると水がその中に流れこみ、岩の表面から噴きだしてくるのだ。

遠くから船のエンジン音が聞こえてきて、恐怖の念がまた改めて胸に押しよせた。ヘイリーが戻ってきたのだ。ジェイスと対決したのだろうか？　わたしの運命はどうなるのだろう？

ヘイリーが入り江で再び錨をおろすと、エイミーは全身の神経を緊張させて待った。ヘイリーはまたボートに移り、こちらのほうへとこぎはじめた。すでにフライト・ジャケットは脱いでおり、そのせいでいやでも拳銃《けんじゅう》が目に入る。

「結果を知りたいだろう?」エイミーのいましめをほどいてボートのほうに引ったて、ヘイリーは嘲《あざけ》るように言った。「俺もだよ。じきにラシターがおまえをどの程度大事に思っているかがわかる。あるいはあの仮面のことをどの程度知っているかがな!」

「あなた、何をしてきたの?」エイミーはヘイリーにこづかれて再びボートに乗りながら尋ねた。

「港湾労働者のひとりにメッセージを託してきたのさ」

「どんなメッセージ?」

「俺が預かっているあいつのものを、あいつが預かっている俺のものと交換したいというメッセージだよ。この入り江への来かたと、ひとりで来なかったら俺の手元にあるものをぶっこわすってことも書きそえてやった」

彼がいざとなったら自分を殺すつもりでいるのを知らされ、エイミーは深く息を吸いこんだ。「あなた、タイとよくそういうことをやってきたの?」

「タイとは手を切るまでは楽しくやっていたよ。二人でがんがん儲《もう》け、がんがん使った」

「タイは……妻子のことを口にしたことはなかった?」いったいなぜそんなことを訊《き》いたのかは自分でもわからなかった。

「一度だけ話に出たな。例の仮面をアメリカに送って保管する方法について、やつがしゃべったときのことだ。あの仮面で自分の年金基金を作るんだと言っていたよ」ヘイリーはクルーザーのはしごをエイミーに先にあがらせた。

「彼、いずれは帰るつもりだったのね?」エイミーはメリッサのために念を押して確かめた。

「さあな。タイは予測のつかないことをやらかすやつだったからな」ヘイリーは投げやりに答えた。「そのデッキチェアーに腰かけろ。ラシターが来たときに、おまえの姿がよく見えるようにしておくんだ。やつにむちゃなことをされては困るんでな——この船を沈めようとして船体に銃弾を撃ちこむとかな。おまえが乗っているのが見えれば、ちっとは慎重になるだろう」

ジェイスは来るだろうか? エイミーは水平線のほうに目を向け、入り江の入り口を眺めた。きっと来る、と唐突に確信した。ジェイスは必ず来てくれる。それが一点の曇りもなく確信できた。どういうわけかエイミーは最初から彼を信頼していた。マギーが言ったとおり、女はほんとうに危険をおかす生き物だ。知りあったばかりの相手を本能的に信頼するなどという恐ろしい芸当ができるのは、女ならではだ。エイミーはその事実にあきれて首を振った。人類が滅亡せずに存続しているのは奇跡に等しい。人類の半分が残りの半分にかくも思いきった賭《かけ》をしているのだから。それとも、だからこそ人類は滅亡しなかったのかもしれない。

いまへイリーはむっつりと黙りこんで何事か考えこんでいる。自分のためにコーヒーを用意したが、まだ後ろ手に縛られたまま腰かけているエイミーの分はない。太陽が容赦なく照りつけ、エイミーのTシャツは汗まみれになってきた。海面の照りかえしは強烈で、すさまじいばかりの暑さだ。このままではやけどしてしまう。もっとも生きて帰れなかったら、やけどしようがしまいが同じことだ。エイミーは暗い気分で胸につぶやいた。

ジェイスはいまごろどこにいるのだろう？

ヘイリーの緊張が高まるのがひしひしと感じられ、エイミー自身の緊張も高まっていく。銃を持った男と二人でいるのも怖いけれど、もっと怖いのは銃を持っていらいらしている男といっしょにいることだ。ヘイリーが自分みたいに緊張すると不器用になってしまうたちではありませんように。エイミーは心の底からそう祈った。

やがて、まだ視界に船が現れる前からモーターボートの低いエンジン音が聞こえてきた。ヘイリーはすぐに聞きつけ、船室の陰からエイミーの横にやってきて、穏やかな湾内にゆっくりと船が入ってくるのを見つめた。操縦しているのはジェイスで、ほかに乗っている人間はいなかった。その点に疑問の余地はなかった。ジェイスの船に人が隠れられるような船室はないのだ。

「ばかが真っ正直に、のこのこおでましになったぜ」ヘイリーはほっとしたようにつぶやいた。エイミーは、ひょっとしたらジェイスは来ないのではないかとヘイリーが不安を抱いていたことにいま初めて気がついた。ダーク・ヘイリーがジェイスの立場だったら、女の命よりも仮面を取るに違いない。ジェイスもそうなのではないかとヘイリーは心配していたのだろう。ジェイスはあなたとは違う、と言ってやりたかった。

間もなくモーターボートのエンジンが切られたが、エイミーたちが乗っているクルーザーとはまだちょっと距離があった。

ジェイスのことは、いついかなる場合でも信じられる。彼を愛しているのだ。

「エイミー、大丈夫か?」ジェイスが声を張りあげた。

エイミーが座っているところからは、彼の不気味なくらい無表情な顔しか見えない。

「答えてやれ」ヘイリーが銃で彼女の肩をこづいた。

「ええ、ジェイス。大丈夫よ」その声は自分の耳にもかぼそく聞こえたが、ジェイスは聞きとってくれたようだ。

「仮面を持ってきたか?」ヘイリーがどなった。

船の右側に立っていたジェイスが、初めて右腕を高くあげた。その手にはロープが握られ、先端に仮面がぶらさがっていた。仮面には重そうな金属製のおもりが結びつけられている。仮面は水面とすれすれのところでぶらぶら揺れていた。

「持ってはきたが、見てのとおり、ぼくがロープを放したら仮面は海に落ちる。このあたりの水深はかなりのものだ。ロープが手から離れたら、海底に沈んだ仮面を捜すのにダイビングの装備と相当な時間が必要になるだろう。エイミーに怪我《けが》をさせたり、こちらに銃を向けたりしたら、すぐにロープを放すからな」

ヘイリーは短く悪態をついた。「取り引きしようぜ、ラシター。女は返してやる。俺がほしいのは仮面だけなんだ」

「仮面は渡してやるよ」ジェイスは請けあった。「ただしエイミーに何かあったら、その瞬間、仮面は海中に沈む」

「もっとボートを近づけろ。俺がそっちに乗り移って仮面を受けとる」ヘイリーが急いで言った。

ジェイスは冷笑を浮かべた。「見くびってもらっては困るな、ヘイリー。仮面を受けとったら、ぼくとエイミーを撃つつもりだろう？　証人を生かしておいて安穏としていられるタイプとは思えないからな」

「おまえは条件をつけられる立場にはないんだぞ、ラシター！　仮面をよこさなかったらこの女の命はない。おまえもわかっているはずだ」

「ああ、わかっている。それに、いまのおまえにとってこの仮面ほど大事なものはないってこともわかっているんだ。こっちには別の案がある」ジェイスは冷静な態度でヘイリーの返答を待った。

「よし、聞こう」

「エイミーを海に入らせ、浜まで泳がせろ。彼女が無事に泳ぎついたら、この船をそちらに寄せて仮面を渡す。それならそっちの気に入らない展開になっても、まだぼくを撃てるだろう？」

「武器は持ってないだろうな？」

「持ってない」

「証明してみせろ」

ジェイスは仮面を吊《つ》るしたロープを離すことなく、ゆっくりとシャツを脱いだ。そうしてきれいにフィットしたカーキのスラックスだけの格好になると、上半身裸の体をヘイリーのほうに向けた。スラックスにも銃を隠していないのは明らかだった。

ヘイリーが考えこむような表情になったので、エイミーは彼の気を散らすのが怖くて身動きひとつせずに座っていた。「よし、それでいこう、ラシター」

エイミーははじかれたように立ちあがった。「だめよ、ジェイス！　あなた殺されちゃうわ！」

ヘイリーが彼女の腕をつかんで乱暴に引っぱった。「黙れ！」

「エイミー、彼の言うとおりにしろ。海に入って岸まで泳ぐんだ」ジェイスがすかさず叫んだ。

「でも……」

「エイミー」ジェイスの声が突然、バーで喧嘩《けんか》をとめに入ったときのような威厳のこもったものになった。「海に入って岸まで泳げと言っているんだ。ぐずぐず言わずに従え！」

エイミーは黙りこみ、目を見開いてジェイスを見た。ジェイスは彼が決めた作戦に従うよう命令している。彼は愚かな人間ではない。きっと彼なりの考えがあるはずだ。

ヘイリーがエイミーの手首を縛っているロープを荒っぽい手つきでほどいた。そして自由の身になった彼女を突き飛ばすように押しやった。「行け。さっさと海に飛びこむんだ。これ以上待たされるのはまっぴらだ。早く岸まで泳げ」

もう一度だけすがりつくような目でジェイスの厳しい顔を見てから、エイミーは脚を船体から出し、海の中に飛びおりた。灼熱《しゃくねつ》の太陽にあぶられていた身に冷たい水は気持ちがよかったが、エイミーはほっとする間もなく泳ぎだした。頭の中は、自分のせいでジェイスがこんな危険な目にあっているのだという自責の念でいっぱいだった。ダーク・ヘイリーという未知の人物を自分ひとりで扱えると思ったなんて、あまりに浅はかだった。

数分後、足が砂地の底につき、エイミーは濡《ぬ》れた服を体に張りつけて、歩いて陸にあがった。

ずぶ濡れのまま海を振りかえり、ジェイスのいるほうを見たとたん、彼が手を振って右手の椰子の木立の中に移動するよう合図した。わたしを射程範囲の外に行かせたいのだとエイミーは気づいた。だけどジェイスはどうなるの？

きっと何か思惑があるに違いない。そう心に繰りかえしながら、エイミーは木立の中へ小走りに逃げこんだ。ジェイスがむざむざ仮面を渡して撃たれるはずはない。

エイミーが木立という遮蔽物《しゃへい》の陰に入りこんだとき、突然銃声がとどろいた。エイミーはぎょっとして二艘《そう》の船のほうをうかがい見た。「まさか！　ジェイス！」ジェイスの姿はどこにもなかった。

ダーク・ヘイリーがクルーザーの船尾に立ち、海面に銃を向けていた。エイミーが見ているあいだにも、二発、三発と海の中に銃弾を撃ちこむ。

ジェイスはわざと海に飛びこんだのだ。エイミーは必死に自分に言い聞かせた。もしや陸まで潜水してくるつもりなのだろうか？　水面に浮上したらヘイリーに見つかるに決まっている。陸にあがるときにも格好の標的になってしまう。それともヘイリーに死んだと思わせるため、水中で息をとめているのだろうか？

それ以外に唯一考えられるのは、実際に死んでしまったという可能性だ。たぶんヘイリーはジェイスが船から飛びおりた時点で最初の一発を発砲したのだろう。「いやよ」エイミーはその可能性を認めたくなくて、小声でつぶやいた。いやだ。ジェイスが死んだなんて考えたくもない。

ヘイリーがまた海に向けて銃を撃ち、それから海岸のエイミーを捜すようにこちらを向いてきょろきょろした。そして殺気だった顔でこちらのほうに銃口を向けた。椰子の木立に隠れているのがわかってしまったのだろうか？　エイミーは右手のごつごつした溶岩に目を走らせた。

本能だけでその大きな溶岩のかたまりの陰に飛びこむと、一瞬遅れて溶岩が二発の弾丸を続けざまにはじく音がし、エイミーはうずくまって目をつぶった。

「エイミー！」

ジェイスの声でぱっと目をあける。「ジェイス！　よかった！　どうやってここまで来たの？」半裸でずぶ濡れの彼を見て問いかける。五メートルほど離れたところにいるジェイスは、入り江の端のごつごつした溶岩のあいだから突然現れたかのようだった。船上のヘイリーからは彼の姿は見えないはずだ。またエイミーの背後の溶岩の壁に銃弾があたった。「あなたは海の中だと思っていた。ひょっとしたら……」その先は言葉にできずに言いよどむ。

「この島のことはぼくのほうがヘイリーよりよっぽど詳しいんだ」ジェイスは身を低くして、這《は》うようにそばまでやってきた。「ここの海底には洞窟があって、入り江の端の下から入りこめるんだよ。その出口になっているのがあそこさ」エイミーが先刻推理したとおり、長く伸びた溶岩のほうに顎をしゃくってみせる。「ぼくはこのへんで何度も泳いでいるんだよ」

外側から見ただけでは何もわからないけれど、洞窟の底に水が流れこんで反響する音はエイミーにもなんとか聞き分けられた。

「セントクレアは島そのものが火山みたいなもので、このあたりにはああいう奇怪な岩のかたまりがたくさんあるんだ」ジェイスは彼女の横でヘイリーに見られないようしゃがみこむ姿勢をとった。「きみは大丈夫か？」

「ええ、大丈夫。ああ、ジェイス、ほんとうにごめんなさい。わたしのせいでこんなことになってしまって」

「まったくだ」同情などまったく示さずにジェイスはうなずいた。「しかもまだピンチは続いているんだ。ヘイリーは激怒している」

「その表現でもまだ控えめすぎるくらいだわ」また岩が銃弾をはねかえし、エイミーは息をひそめた。「仮面はどうしたの？」

「船から飛びおりたときに海に落としてきた」ジェイスはあっさり言ってのけた。「これでひとつ厄介な問題が持ちあがってきたわけだ。ヘイリーは仮面を手に入れられなかったうえに、拉致《らち》と暴行と脅迫の容疑でやつを有罪にできる二人の証人に逃げられちまったんだ。こういう僻地《へきち》の島でも、殺人は冗談ではすまされないんだよ」エイミーのすぐ近くをまた銃弾がうなりをあげて飛び去り、後ろの溶岩を削りとった。「おいで。ここから脱出するんだ」

返事も待たずに、ジェイスは岩の陰を選んで移動しはじめた。「立ってはだめだよ」言われたとおりジェイスのあとから四つん這いで進みながら、エイミーはごつごつした岩が手のひらや膝に与える影響を努めて無視しようとした。この格好で長い距離を移動したら、手のひらがずたずたになってしまいそうだ。

「銃撃がやんでるわ」数分後、ジェイスが溶岩の壁の端までたどりついて砂の地面に腰をおろすと、エイミーは言った。ジェイスは彼女に手を貸そうと片手を差しだした。

「たぶんボートを岸に着けるためにせっせとこいでいるからだろうよ」エイミーの指先をつかんで手のひらを上に向けさせ、すり傷だらけの手を見おろす。「ちくしょう！　こんなに傷だらけになって！」

　エイミーは急いで手を引っこめた。「あなたの手だって似たようなものでしょう。あとで比べてもいいわ。これからどうするの？」心配そうに後ろを振りかえるが、もう何も見えない。火山岩の壁がダーク・ヘイリーから二人を守ってくれていた。

「賢明な人間は銃を持った男にどう対処するか？　逃げるんだよ」ジェイスは彼女の手首をつかんで砂地の上を走り、椰子の木や羊歯《しだ》が鬱蒼《うつそう》と生い茂っている密林に入りこんだ。

「ヘイリーが追いかけてくると思ってるの？」エイミーはころばないよう気をつけながら茂みの中を走りつづけた。頭上では怒った鳥たちが下の騒ぎに抗議して鋭い鳴き声を響かせた。

「クルーザーのエンジン音が聞こえないからね。だから、そう、最悪のケースを想定すべきなんだろう」ジェイスはそっけなく言った。

「もしかしたらヘイリーは……あなたがこっちに来ていることに気づいてないんじゃないかしら」エイミーは希望的観測を口にした。

「もしかしたらね」ジェイスの口調は懐疑的だった。「だが、そうだとしてもすぐに気づくだろう。ばっちり痕跡《こんせき》を残してきてるし」

確かに踏みしだかれた草や羊歯は二人が通ったことを如実に物語っている。エイミーはちらりと後ろを振りかえったが、それからはもっぱらエネルギーの節約に努めた。すでに息が切れているのだ。もうこれ以上は走れないと思ったとき、遠くのほうで追跡の始まった物音がした。

「鳥だ」ジェイスが来た道を振りかえって言った。

二人がジャングルに駆けこんだときに腹立たしげに鳴き騒いだ鳥たちが、いま再びけたたましい声で抗議を始めていた。二人がどこから奥地に入りこんだのか、ヘイリーにわかってしまったのだろう。

「ジェイス」エイミーは彼の前にまわりこんで言った。「わたしはもう走れそうにないわ。どこか適当なところに隠れていたほうがいいかもしれない。あなたはひとりで逃げて」息があがり、膝もがくがくしていた。「わたしは足手まといになるだけだから」

なんとかがんばってくれと哀願するでもなければ、仕方がないと同意してくれるでもなく、ジェイスは脅しつけるような険しい表情でエイミーをにらんだ。トルコブルーの目がぎらぎらと怖いほど光っている。「きみもぼくがとまっていいと言うまで走りつづけるんだ。わかったな？　きみがばかだったために、こんな窮地に陥ったんだから、きみにはこの窮地から脱するほどの頭もないと考えなければならない。だからきみはぼくの指示に従うしかないんだ。走るんだよ、エイミー。さもないと無事に戻ってからお尻を引っぱたいてやるぞ」

恐怖と不安は世間で考えられている以上に人間のやる気をかきたてるものらしい。ジェイスがエイミーを促して再び密林の奥へ走りだすと、驚いたことにエイミーの中に新たなエネルギーがわきあがってきた。最後にはばったり倒れてしまうかもしれないが、いまはとりあえず足が動いている。とにもかくにも走れるのは、下草が茂りすぎて全速力でのダッシュは不可能だからでもあるのだろう。羊歯や雑草が繁茂しているところでは、そのたびにペースを落とさなければならない。

「わたしたち……やみくもに走っているだけなの？」再度スピードが落ちたところで、エイミーは息も絶え絶えに言った。「それともどこか目的地があるの？」皮肉っぽく言葉をつぐ。自分をかくも効果的に脅したジェイスをまだ許してはいないのだ。

ジェイスは面白そうに彼女を一瞥《いちべつ》した。「目的地はある。だが、そこに着いてから多少の時間的な余裕が必要なんだ。ほら、行こう。走って」

「ああ、もう」エイミーはうめくように言ったが、深呼吸してまたできるだけ速く彼のあとを走りはじめた。遠くから追ってくる音が、エイミーの体内にアドレナリンを駆けめぐらせた。「なぜさっさとあきらめてくれないのかしら」彼女はつぶやいた。「わたしたちに構ってる暇があったら、クルーザーで逃げてしまえばいいじゃないの」

「ぼくに見つかったら何をされるか、やつはわかっているんだよ」ジェイスは言った。「だからぼくの息の根をとめておきたいんだ」

「まあ」エイミーは彼がダーク・ヘイリーに何をするつもりなのか、詳しく訊くのは体力を節約するため控えることにした。

ジャングルはますます鬱蒼としてきた。小さな木ぐらいある巨大な羊歯が頭上でアーチを作っており、ときどき大きな熱帯の花が顔にあたる。こんな切迫した状況でなかったら、周囲の緑の濃密さにうっとりしていたに違いない。

「あとちょっとだよ、エイミー」

エイミーは答えなかった。息があがって答えられなかった。そのとき、水の流れるかすかな音がした。やがてジェイスに大きな羊歯が作る天然の門の中へ引き入れられると、常夏の楽園を描《か》いた画家の作品かと思われるようなすばらしい風景がいきなり目の前に開けた。実のところ、この風景はほんとうに絵に描かれている、とエイミーは気がついた。ここはレイが最新作に描いた場所だった。

ジェイスとともに立ちどまり、彼女は肩で息をしながら緑豊かな風景に見入った。その場所のいちばん奥は幅の広い滝になっており、薄暗い岩屋の入り口を流れ落ちる水のベールがおおっていた。あたりの緑の豊饒《ほうじょう》さは現実とは思えないくらいだ。

「すてきなところだわ」まだ息をはずませながら、エイミーは言った。

「すてきなところではあるが、ここは行きどまりなんだ」ジェイスは現実的なことを口にした。「一歩足を踏み入れただけで、ヘイリーもそのことに気づくだろう。ぼくたちをまんまと追いつめたと思うはずだ」

「だったらどうしてここに来たの？」エイミーは彼を見あげ、なじるように言った。

「この場所そのものを罠《わな》にするんだよ。ぼくたちが勝つチャンスはそこにしかない」ジェイスは彼女の手を放し、カーキのスラックスの裾《すそ》をまくりあげた。彼のふくらはぎから膝にかけて巻きつけられている極細のナイロンのロープがあらわになるのを、エイミーは目を丸くして見守った。その細いロープのあいだにナイフが固定されていた。

「あなた、ヘイリーに武器は持ってないと言わなかった？」

「あれは嘘《うそ》だ」

「変ね」エイミーは呼吸を整え、なんとか笑ってみせた。「わたしったら無条件で信じてしまったわ」

ジェイスはふくらはぎに巻かれたロープを巻きとり、裾をおろした。「きみは信じていいんだよ。だがヘイリーは信じるべきではなかった。むろん信じてはいないと思うがね」

「だとしても不思議はないわね。それで、これからどうするの？」

「罠を仕掛け、追いかけてきたヘイリーが引っかかるのを待つんだ」ジェイスはもうロープで大きな輪っかを作って結びはじめていた。

「子牛を捕まえる要領でその輪をヘイリーに投げようってわけ？」

「いや、違う。ぼくにはカウボーイの経験はないんだよ。あればよかったんだろうがね」ジェイスは輪っかにした部分を、この開けた場所の入り口に置いた。「しかしセントクレアの島民たちも、二本足の獲物を捕まえるのに独自の方法を編みだしたんだ」

「ヘイリーがわたしたちと同じところからここに入ってくると思っているのね？」エイミーは心もとなさそうに問いかけた。

「ほかに選択の余地はないからね。あの滝の向こうの岩屋に気づいたら、ヘイリーはぼくたちがあの中に隠れていると考えるだろう――たぶん」最後のひとことを聞きとれないほど低い声でつぶやくと、ジェイスはロープの端を羊歯の茂みの中に引っぱっていき、椰子の幹にゆわえつけた。そして反対側の端を持って苔《こけ》むした入り口の前を横切った。

「あなたはどこにいるつもりなの、ジェイス？」どうやらジェイスは藪《やぶ》の中にひそんで罠を作動させるつもりらしい。

「そこの羊歯の陰さ。この岩が多少の目くらましになってくれるだろう。きみはあの滝の横の茂みの中に隠れているんだ。岩屋の中はわかりやすすぎる。この入り口で罠にかからなかったら、ヘイリーはまずあの岩屋を調べに行くだろう」

「でも、彼がこの入り口まで来たら、あなたとの距離は二メートルにも満たなくなってしまうわ。見つかったら撃たれてしまうわよ」

「できる限りこの風景に溶けこむようにするよ」ジェイスは言った。「聞いてくれ、エイミー。もしこのロープの罠で仕留められなかったら、ヘイリーはまっすぐ岩屋の中に捜しに行くと思うんだ。やつが滝の向こう側に行ったら、きみはこの入り口に向かって全速力で走れ。わかったね？　そのまま走りつづけて来た道を戻るんだ。岩屋の中はかなり広いから、やつが調べおえるまでそこそこ時間がかかるはずだ」

「わたし、あなたを置いていく気はないわよ」エイミーはジェイスの提案に腹を立て、きっぱりと言った。

「なぜ？　今朝はぼくを置いていったじゃないか」ジェイスは意地悪く言いかえした。

エイミーは自分の意図が誤解されているのだと思い、蒼白になった。つらそうな目で声もなくジェイスを見つめる。

「いや、そんな意味で言ったんじゃない」ジェイスはうめくように言った。「とにかく、きみはあの茂みの中に隠れているんだ。できるだけ奥に入って」鳴き騒ぐ鳥の声がだんだん近くなってきた。「もう時間がない。早く行け、エイミー！」

議論をしている暇はなさそうだった。エイミーは身をひるがえし、ジェイスが指さした滝の横のこんもりした茂みに向かった。

「足跡を残さないよう水の中を行くんだ」背後からジェイスが言った。

エイミーは言われたとおり滝が作っている水たまりに足を踏み入れ、端の浅いところを茂みのほうへと歩きだした。水たまりの真ん中に目をやると、深い滝つぼになっているのがわかった。反対側に着くと、エイミーはジェイスを振りかえった。彼の姿はもう見えなかった。一瞬エイミーは彼のもとに駆けもどり、いっしょにヘイリーを待ち伏せしたくなった。それをかろうじて思いとどまったのは、ジェイスが激怒するのがわかっていたからだ。エイミーはため息をつき、滝の横で鬱蒼とした緑の壁を作っている深い藪の中に入っていった。数歩進むと、すぐに本物の岩壁が藪の陰に立ちはだかっていることに気づいた。ジェイスが言ったとおりだ。この小さな峡谷はそれじたいが行きどまりの袋小路になっている。岩の壁はジェイスが隠れている入り口のほうに伸びている。

これだけ滝に近づくと、その水音は耳を聾《ろう》さんばかりだった。エイミーは水のカーテンの向こうで黒々と口をあけている岩屋に目をやり、ジェイスがそこに隠れるのは避けるべきだと判断したことに感謝したい気分になった。岩屋は暗くて薄気味が悪かった。あのほら穴に入るくらいなら外にいたほうがまだましだ。

いっそう高まった鳥の声は滝の音にかき消されていたため、数分後にダーク・ヘイリーがこの開けた場所の入り口までやってきたときには、エイミーは不意をつかれたような気がした。しゃがみこんでそちらをじっと見ていた彼女の視界に、突然スラックスをはいた脚が入りこんできたのだ。身を隠している茂みが深いせいで、ヘイリーの姿は全部は見えないけれど、彼がまだジェイスの仕掛けた罠の手前にいることは明らかだった。

ああ、もしヘイリーが先にジェイスに気づいてしまったら、わたしの愛する男に勝ち目はない。エイミーはいたたまれない気持ちになった。ジェイスもあの近くで身をひそめているはずなのだ。エイミーは心の中で、早く入ってこいとヘイリーに呼びかけた。ヘイリーは状況を確かめようとして立ちどまっていた。

「来るのよ、ヘイリー」念力で彼を呼びよせようと、小声でつぶやく。「あと二歩、前に出るの」

エイミーに見えていた脚がためらいがちに動いた。罠が仕掛けられているのではないかと疑って、周囲を観察しているのだろう。必要なのは軽いひと押しだとエイミーは思った。滝のほうに行ってみるだけの価値はある、とヘイリーに思わせるような何か。ヘイリーはここまで来て急に用心深くなっている。何かあると怪しんでいるのだ。せっかく罠の手前まで来ているのに!

ジェイスたち二人が岩屋の中に隠れていると判断しても、ヘイリーは彼らが出てくるまで外で待とうと考えるかもしれない。わたしもジェイスもそれぞれの隠れ場所であとどのくらいじっとうずくまっていられるだろう?

「ラシター！」

ヘイリーがジェイスの名を呼ぶと、また鳥がひとしきり騒いだ。

「ラシター、おまえも女ももう逃げられないぞ！」

だが、ヘイリーは罠のほうに足を踏みだそうとはしない。ああ、すべてわたしの責任だ——エイミーは絶望したように心につぶやいた。ヘイリーは二人が出てくるのを待とうとするかもしれないし、あるいはいまにもジェイスがひそんでいることに気づいてしまうかもしれない。ジェイスはヘイリーのすぐそばにいるのだ。彼の姿を隠している茂みをちょっと風が揺らしただけでも、あるいはその枝に鳥がとまっただけでも、ヘイリーは彼に気づいてしまうだろう。

ジェイスの身に危険が迫っていると思うと、エイミーの気持ちは即座に決まった。自分に考える時間を与えずにぱっと立ちあがり、岩屋のほうに走りだす。滝をくぐり抜けて暗い岩屋の中に駆けこむまでの息詰まる数秒間で、自分が格好の標的になってやるのだ。

案の定ヘイリーはほとんど反射的に一発発砲し、それからやにわに駆けだしてロープの輪の中に踏みこんだ。

エイミーの命が助かったのは生来の不器用さのおかげだった。流れ落ちる水の向こうに駆けこんだとき、地面の突起につまずいて前のめりにころんでしまったのだ。倒れ伏した彼女の頭の上をヘイリーの撃った弾がうなりをあげて飛んでいき、岩屋の奥の壁にあたった。エイミーは長いこと倒れた格好のまま身じろぎもせず、自分の不器用さに生まれて初めて感謝していた。

滝の音にまぎれることなくヘイリーのわめき声が聞こえ、エイミーはようやくなんとか起きあがった。片手を冷たく濡れた岩屋の壁にかけて体を支えながら、流れ落ちる水の向こうを透かし見ようとする。だが何も見えないので、思いきって少しだけ岩屋の外に出てみた。

そうして目にした男同士の格闘は、これまでに見たどんな暴力シーンよりも激しかった。〈サーパント〉で見た酔っ払い同士の喧嘩よりもはるかに壮絶だった。これは〝生きるか死ぬか〟と見出しのつく戦いなのだとエイミーは背筋を震わせた。

ヘイリーは罠に足を取られて転倒したらしい。ジェイスはその機を逃さず飛びだしていったのだろう。

二人の男は地面をころげまわり、激しくもみあっていた。そのすさまじさにエイミーの心臓は高鳴り、口は干あがりかけていたが、それでも彼女は二人のほうに駆けよっていった。周囲のどこかに、ヘイリーが持っていた銃があるはずなのだ。

エイミーは宙をかくヘイリーの手のすぐそばに銃が放《ほう》りだされているのを見た。同時にジェイスの手の中のナイフのきらめきも目に入った。だが、ヘイリーはなかなか手ごわく、ジェイスの攻撃を避けながら銃をつかもうとしていた。

エイミーはその重い銃をすかさず拾いあげ、さっと飛びのいた。頼みの銃が消えたことに気づくと、ヘイリーはジェイスの首に手をかけようとした。

だが、ジェイスはなかば彼に組み敷かれた体を片側にひねり、ヘイリーがとっさにバランスをとろうとした拍子に素早く体勢を入れかえてヘイリーにのしかかった。そして次の瞬間にはヘイリーの喉もとにナイフの切っ先を突きつけていた。

「動いたら喉を掻《か》き切るぞ」低い声で警告する。

ヘイリーは胸を大きく上下させながらも凍りついたように動きをとめ、ナイフを持った男を無言でにらみつけた。ジェイスの色鮮やかなトルコブルーの目に燃えあがる冷たい怒りから、彼の言葉がただの脅しではないことを悟ったようだ。

エイミーもたったいま目撃した暴力的なシーンに茫然《ぼうぜん》として、その場に凍りついていた。男という人種は、女の原始的な性向――危険をおかしたがるという性向――に匹敵する、きわめて原始的な凶暴性を持っているのだ。エイミーはヒステリーを起こしかけた頭で確信した。

この熱帯の密林の中で、文明が不意に途方もなく遠く感じられた。

8

「ヘイリーをどうするつもりなの？」モーターボートのエンジン音に負けないよう声を張りあげ、エイミーは船尾でうずくまっているダーク・ヘイリーのほうにいとわしげな視線を投げかけた。ヘイリーは縛りあげられ、むっつりと黙りこんでいる。密林から浜に戻る道中もほとんど口をきかなかったが、エイミーには彼が隙《すき》あらば逃げようとチャンスをうかがっているように思われた。

「クーパーに引き渡す」ジェイスが入り江の外にボートを進めながら答えた。「そのあとのことはクーパーが考えてくれるよ」

「クーパー？」エイミーは顔をしかめ、それから思い出した。「ああ、あなたがわたしを脅すのに使った島の警察官ね」

ジェイスは彼女の無邪気な表情を横目でちらりと見た。「ぼくにはクーパーを使ってきみを脅した覚えなんかない」うなるような低い声だ。エンジン音にまぎれてあやうく聞き逃すところだった。

「脅したじゃないの」エイミーは快活に言った。「ホテルの部屋が荒らされた晩に、わたしを彼のところに行かせると言って。覚えてるでしょう？　あなたの家に移らなかったら、わたしはフレッド・クーパーに洗いざらい説明させられるところだったのよ。そういうのを脅しと言うんだわ」

「いま考えたら、それを実行に移しておくべきだったよ。当局に任せてしまえば、いまごろぼくたちは平和な眠りを貪《むさぼ》っていられたんだ」

エイミーはその言葉を無視することにした。「あの晩、部屋を荒らしたのはヘイリーに間違いなさそうね」

ヘイリーが船尾からちらりとエイミーをにらみ、また無表情に水平線に目をやった。

「おそらくクーパーやその上の連中があの仮面の秘密も突きとめてくれるだろうよ」ジェイスは入り江を出て、海岸沿いにボートを駆った。「現物はぼくがボンベを背負って海底から回収してこよう」

「わくわくするわね」エイミーが声をはずませると、またヘイリーが彼女をじろりと見た。

「回収するときにはわたしもいっしょに行くわ」

「片がついたら、とたんに元気になったな」ジェイスが冷ややかに言った。「きみがぼくたち二人とも殺されかねない苦境を招いたんだってこと、もう忘れてしまったのかい？」

エイミーはたちまち真顔になった。無意識にジェイスの腕に触れ、わびるようなまなざしで言う。「もちろん忘れてはいないわ、ジェイス。ほんとうにごめんなさい。こんなごたごたにあなたを巻きこんでしまって。わたし個人の問題に無関係な第三者を引きずりこむつもりはなかったんだけど」

「やめてくれよ、エイミー！」ジェイスはいらだちをつのらせて叫んだ。「ぼくは巻きこまれたことに文句を言ってるわけではないんだ！　ぼくが最初から自分の意思で首を突っこんだことはきみにもわかっているはずだぞ！　ぼくが言いたかったのは、もっとぼくの関与を受け入れてなんでも話してほしかったということだ。あの男から連絡があったことをいったいなぜ黙っていたんだ？」後ろのヘイリーのほうに顎をしゃくって詰問する。

「話したらひとりでは行かせてもらえなくなると思ったのよ」エイミーは努めて冷静に説明しようとした。ジェイスの忍耐力はだんだん限界に近づいているようだ。

「その問題に関する予測は的中していたな」ジェイスは歯ぎしりするように言った。「きみの予測どおり、ぼくが知っていたらきみひとりでは行かせなかったよ。そうしたらこんなふうに朝っぱらから大汗をかかされることもなかったんだ」

「でもジェイス、わたしはあの仮面のことを確かめなければならなかったのよ。わたしがセントクレアに来たのはそのためだったんだもの。それがここに来た目的なんだもの」

「それで殺されてしまったらどうするんだい？　生きていればこそ仮面のことも調べられるんだろう？　死んじまったら元も子もない。そうだろう？」

エイミーはかっとなった。「こんな危険な目にあうとは思わなかったのよ！　もういい加減にして、ジェイス！　わたしだって、ばかではないんだから！」

「それについては異論があるね」ジェイスは無礼にもそう言いかえした。

エイミーのほうも忍耐力が切れそうになり、険しい目つきでジェイスをにらんだ。「わたしの知性をそんなに低く見積もってるなら、あなたの知的レベルもかなり低いってことになるわよ。愚かな男だからこそ愚かな女を……」そこまで言って短気を起こした自分に腹を立て、エイミーは言葉を切った。ストレスのせいだ、と心につぶやく。過剰なストレスにさらされてきたせいだ、と。

「愚かな男だからこそ愚かな女を抱いたというのかい？」ジェイスは冷たい声で言った。「確かにそうかもしれないな」

エイミーは自分の非を悟って唾《つば》をのみこんだ。「ごめんなさい、ジェイス。ほんとうに悪かったわ」エンジンのやかましさに負けないよう大声を出さなければならない状況では、謝罪の気持ちを声にこめるのはなかなか難しかった。

「もういいよ」ジェイスはぶっきらぼうに言った。「どれほど申し訳なく思っているかを伝えたいなら、町に戻ってから聞くよ」

エイミーは船尾の捕虜と同じくらい不機嫌に押し黙った。ジェイスは彼女の沈黙もいっこうに気にならないようだった。何かほかのことを考えているらしい。エイミーは彼の横顔をじっと観察した。わたしは彼に恋してしまったのだ。やるせない気持ちが胸にあふれだす。彼は好きなだけわたしをどなりつけ、わたしも多少はどなりかえすけれど、最後には結局わたしが折れ、相手をなだめる側にまわるのだ。彼は今朝、わたしの命を救ってくれた。体の関係を結んでから彼が主張していた権利を、その行為がいっそう強化したような気がする。エイミーは落ちつかなくなって身じろぎし、モーターボートの風防ガラスのフレームに手をかけて寄りかかった。

彼には要求する権利があることをエイミー自身も初めて認め、居心地の悪い不安な気持ちに襲われている。自分自身のため、ジェイス・ラシターとの関係はセントクレア島をあとにすれば終わる運命の、一時的なものだと考えなくてはならない。愛する男との別れはつらく、その悲しみから立ち直るのは容易ではないだろうが、でも愛というのは高度な感情だ。時間と距離さえあれば、ジェイスとの思い出もいずれ心の片隅に追いやられ、徐々に色あせていくだろう。それがわからないほどエイミーは世間知らずではなかった。時間と距離が愛という優しく高尚な感情を少しずつ癒《いや》してくれるだろう。

だが、愛とは別のこの感覚、自分をジェイスのものみたいに感じてしまうこの感覚は、高度とはとても言えないものだった。こういう原始的な感覚はセントクレア島を去ったあとも長く持続するのだろうか？　ひょっとしたら生涯続くの？　エイミーは灼熱《しゃくねつ》の太陽のもとで小さく身震いした。

数分後、なつかしくさえ感じられる波止場が見えてきた。すでに一日の活動が始まってざわついた波止場は、エイミーには嬉《うれ》しくなるほど平常どおりに見えた。ジェイスがボートをつないで捕虜を上陸させると、何人もの男が質問や好奇のまなざしを浴びせかけてきた。

「もう釣りに行ってきたのかい、ラシター?」そばの船に乗った男がヘイリーを見ながら言った。

「観光客を案内して島をめぐってきただけさ」ジェイスは乾いた声音で答えた。

「セントクレアの観光業界の発展のためなら、俺《おれ》もどんなことでも手伝うよ」相手はくっと笑い、手にしていたフィッシングナイフを巧みな手さばきで鞘《さや》におさめた。「手伝いはいらないかい?」

「せっかくだが、ひとりで対処できる。今朝クーパーを見たかい?」

「信じられない話だが、今日は事務所にいるよ。一時間ほど前、朝食をとりに行ったときに見たんだ」

「そいつは珍しい」ジェイスはヘイリーをこづいて前に押しだした。「行こう、エイミー。クーパーがぼくたちからじっくり話を聞きたがるだろう」

エイミーは素直に彼の横を歩きはじめた。服はもう乾いていたが、海水につかったためにごわごわして着心地が悪かった。ヘイリーはぶすっとした顔でまっすぐ前を見ながら歩いている。もう抵抗する気配も見せず、〈マリーナ・イン〉にほど近い、古びた小さな建物へと通りを引ったてられていった。そこのドアにはかつてステンシルで表札が印刷されていたようだが、いまも読みとれるのは大文字のUの上半分とSの下半分だけだった。

ジェイスがドアをあけると、黄ばんだ書類が高く積みあげられた古いグレーのスチール製のデスクに、壊れかかった回転椅子が見えた。壁一面を書類戸棚が埋めつくし、片隅では年代物のテレタイプの機械がかたかたと陽気な音をたてている。五十歳ぐらいの恰幅《かっぷく》のいい、デスクと同じ色の髪をした男が、その機械をのぞきこむようにして送信されてきたメッセージを読んでいた。ジェイスとエイミーがへイリーとともに入っていくと、彼は顔をあげた。

「ジェイス！　いったいどうしたんだ？　その男は何者だい？」

「おはよう、フレッド。あんたには悪いが、仕事を持ってきたよ」

「降れば土砂降りってやつだな」フレッド・クーパーは恨めしそうに古いことわざを口にし、テレタイプの機械が吐きだした紙を引きちぎった。「ここ三カ月ほどは何も仕事がなかったんだよな。三カ月前、薬を噴霧してないフルーツを島外に出荷しようとした不届き者を桟橋に捕まえに行って以来、まるで出番がなかったんだ。それが今朝は、ありとあらゆる騒ぎが俺を待ち構えていたみたいだ。まったくいやになるよ」ため息まじりに締めくくる。

「そいつは気の毒だな」ジェイスは苦笑した。「ぼくも今朝はちょっとした騒ぎに巻きこまれちまってね。この男が張本人のダーク・ヘイリーだ」ヘイリーを部屋の奥に押しやって続ける。「誘拐に殺人未遂、凶器を使っての脅迫その他、容疑はいろいろだ。不法行為を手広くやっている」

「驚いたな」フレッド・クーパーは古い回転椅子をきしませて腰かけ、魅入られたようにヘイリーを見つめた。「まったく驚いたよ」そう繰りかえし、手に持ったテレタイプの紙を見おろす。「ダーク・ヘイリー、またの名をロジャー・ヘンリク、もしくはジョー・メロン、もしくはハリー・ディクソン。身長百八十五センチ、体重八十キロ、髪はブロンド、目はグレー」そう読みあげてジェイスに笑いかける。「そいつがこのダーク・ヘイリーなんだな?」

「ぼくはこの二時間ばかり、あんたの仕事をただでやりながら過ごしてたってことか?」

ジェイスが片方の眉をつりあげて言った。

「いいじゃないか。ただといったら、俺の報酬だってただみたいなもんだ。きみも一度、最低限の給料で働いてみるといいよ。それで今朝をどのように過ごしてたって?」

クーパーはジェイスが要領よく説明するのを聞きおえ、満足げにうなずいた。

「そりゃあ、ほんとにご苦労だったな。おかげで俺はまた今日の午後から釣りに行ける。さっきまでは、ここで一日、船を乗り降りする人間をじっと見張ってなきゃならないのかと思ってたんだ」

「このささやかな偶然について詳しく聞かせてくれないか?」ジェイスは好奇心をそそられ、ヘイリーの身柄を預かろうと椅子から立ちあがったクーパーにそう言った。

　クーパーがヘイリーを事務所の奥の狭苦しい監房の中に押しやりながら返事をしようとしたとき、またドアが開いて男が姿を現した。

「ちょうどいい、彼の口から説明してもらおう」フレッド・クーパーは監房の扉をがちゃりと閉め、機嫌よく言った。「その前に紹介するよ、こちらは――」

「紹介は不要だよな、エイミー?」新たに入ってきた男は戸口にもたれかかり、のんびりと言った。

　エイミーはさっと青ざめ、目の前の男を声もなく見つめた。冷笑するようにゆがめられた男らしい口もと、どこか面白がっているようなダークブラウンの目、日焼けした端整な顔も長身の引きしまった体つきも、すべてがあまりに見慣れていた。成長したらこのようになるに違いない幼子がサンフランシスコにいる。

「久しぶりね、タイ」エイミーは静かに言った。「あなたは死んだのだと思っていたわ」

なぜかは考える気にさえならないが、エイミーはとっさにジェイスに身を寄せた。ジェイスが横で不意に神経をとがらせ、ぴくりとも動かなくなったのを頭の片隅で意識したが、次の瞬間には彼の腕が自分のものだと主張するようにエイミーの肩にかけられた。ジェイスはタイ・マードックに目を釘《くぎ》づけにしたまま、何も言わずに話の続きを待った。

「どうやら報告が少々大袈裟《おおげさ》だったようだな」タイは微笑し、監房の中の男を嘲《あざけ》るように見やった。無言で彼を見つめているヘイリーもエイミーに負けないくらい肝をつぶしているようだ。「驚いたか、ダーク？　前に言っただろう？　こういうところで生き残る唯一の方法は敵に予測のつかないやつだと思わせることなんだ。ところがおまえのやることはほんとうにわかりやすい。どうせ仮面の誘惑に抵抗できなかったんだろう？」

「おまえは前からいやな野郎だったよ、マードック」ヘイリーがぽつりとつぶやき、すべてにうんざりしたかのように小さな寝台にどさっと腰を落とした。

「もう少し詳しい説明を聞かせてもらいたいね」ジェイスがようやく言った。

「そう思っているのはきみだけじゃない」フレッド・クーパーも言った。「さあマードック、きみの身元や職責については確認ずみだし、手配犯の人相書きも受けとり、これで犯人を引き渡せることになった。むろん俺の友だちの協力あってこそだったがね。そこで聞かせてもらいたい。いったいこれはどういうことなんだ？」のんびりした口調の底に冷たい鋼の糸が一本ぴんと張り渡されているのを感じ、エイミーはフレッド・クーパーも若いころはフルーツを不法に出荷する人間を捕まえるだけではなかったのだろうと思った。興味深い過去を背負い、セントクレアに流れついた男がここにもひとりいたわけだ。

タイは腕組みして肩をすくめた。エイミーを見ながら話しはじめる。「ヘイリーとぼくはかつていっしょに仕事していたんだ。同じ組織でね。二人とも政府に雇われていたのさ。だが数カ月前、ヘイリーは自分で独自にビジネスをするようになった。ぼくもいっしょにやろうと誘われ、しばらくは背任行為につきあったよ。しかし、そのうちやつがぼくを怪しみはじめた」タイは愉快そうに監房の中の男をまたちらりと見た。「あるいは単に儲《もう》けをひとり占めしたくなっただけなのかい、ダーク？　おまえは昔から強欲だったからな」再びタイの目がエイミーのこわばった顔に向けられた。「いずれにせよ、ヘイリーは香港《ホンコン》で突然姿をくらました。ご丁寧にも、ぼくにもう二度と邪魔されないよう手筈《てはず》を整えたうえでね。だが、ぼくはやつがぼくのために雇った数人の殺し屋をなんとかかわしてやったんだ。ただ、誰がなんのためにぼくをはめたのかに気づいたときには、残念ながらヘイリーは高跳びしていた。いったいどこを捜したらいいのか見当もつかなかったよ。太平洋を渡ってしまえば、追っ手などたやすくまけるからね」

「そいつが強欲すぎない限りはな」フレッド・クーパーが淡々とした口調で言った。

タイはにやりと笑った。「そのとおり。ぼくはサンフランシスコに送った仮面のことを前もってヘイリーに話しておいたんだ。いざとなったらあの仮面を餌《えさ》として利用しようと、漠然と考えていたんだよ。ぼくの身に何か予期せぬことが起きて、ヘイリーが行方をくらましたとしても、同僚や上司があの仮面を見張っていれば、ヘイリーはきっとあれを手に入れようと姿を現すと思ったのさ。まあ言うまでもなく、ぼくは予期せぬ襲撃にあっても生き残ったがね」その言葉がみんなの胸にずしりと響くよう、効果を狙《ねら》って言葉を切る。

いかにもタイ・マードックらしい、とエイミーは思った。超マッチョで超クール。命を狙われたにもかかわらず彼自身の機転と身体能力でその危機を乗りきったことを、みんなにしかとわからせたいのだ。エイミーはいらだちを覚え、体のわきで片手を拳《こぶし》にかためた。

「ヘイリーは消えてしまった」タイはよき聴衆を相手に話を続けた。「われわれにできるのは監視しながら待つことだけだった。監視の対象となった中には、サンフランシスコに暮らすぼくの別れた妻もいた。ヘイリーはぼくたちに知られずには国外に出られないから、仮面を手に入れようと思ったらメリッサに郵送させるんじゃないかと考えたんだ。あるいは彼女に自分が潜伏しているところまで持ってくるよう説得するか」

「でも仮面を持って南太平洋にやってきたのはメリッサではなかった」エイミーがかたい声で言った。「メリッサでなく、わたしが来たんだわ」

タイはエイミーもよく覚えている、口の片端をつりあげて小首をかしげる仕草をした。

「そう、仮面を持ってきたのはきみだった。だが、われわれはメリッサの監視はしていたものの、きみにも監視の必要があるとは思わず、この二日間は状況がつかめなくなっていたんだ。きみがセントクレアに発《た》ったと気づいたときには、事態はもう手に負えなくなっていた」

「エイミーがヘイリーに会いに行ったことには、いつ気がついたのかな？」ジェイスが静かに問いかけた。

「昨日だ」タイは答えた。「ここには今朝着いたんだ」

「きみが言ったとおり、きみたちが事態に気づいたときにはすでに手に負えなくなっていたんだ」トルコブルーの目が冷たい光をたたえた。「今朝エイミーはあやうく殺されるところだったんだぞ、マードック」

タイ・マードックはジェイスの厳しい表情から目をそらし、エイミーを見て魅力的な笑みを浮かべた。「近ごろではきみの生活にも多少の刺激が加わっているようだね。どうだった、エイミー？　なかなかいい気分転換になったんじゃないかな？」

エイミーが返事を考えつく前に、彼女の隣でジェイスが怒りを爆発させた。ずかずかとタイに近づき、エイミーとフレッド・クーパーがあっけにとられるほどの素早さで襟首をつかんで壁に押しつける。

「このあたりではな、マードック」ジェイスは歯ぎしりせんばかりの調子で言った。「女が誘拐され、銃撃されることを〝多少の刺激〟などとは言わないんだよ。そういうのは殺人未遂と言うんだ。この島はちょっとひなびているかもしれないが、物事のけじめはきちんとしている。今朝エイミーが殺されそうになったのはきみのせいでもあるんだからな。冗談を言うときにはそれを忘れるなよ。いいな？　ぼくはくだらない冗談に笑える気分ではないんだ」タイを放すと、またエイミーのそばに戻る。

エイミーは心配そうに彼の顔を見あげた。「ジェイス？」苦笑しながらシャツを直しているタイ・マードックには目もくれない。

「行こう」ジェイスはきびきびと言った。「きみをうちに連れていく」エイミーの腕を取り、ほかの二人を無視して戸口に向かう。

「ちょっと待った、ジェイス」フレッド・クーパーがやんわりと、それでいて有無を言わさぬ口調で言った。「今日の午後にもヘイリーのクルーザーを押収し、現場検証をしなければならない。現場の入り江にはきみに案内してもらわないと」

ジェイスはうなずいた。「エイミーをうちに連れていったら、また戻ってくる」

「おっと、もうひとつ」ドアをあけて外に出た二人の背中にタイ・マードックが声をかけた。「仮面はどうした？　いまどこにあるんだ？」

「深さ十メートルほどの海の底さ」ジェイスが無愛想に答えた。「捜すのはさぞ楽しいだろうよ。きみの生活における多少の刺激になる」そして後ろ手に古いドアを音高く閉めた。

ジェイスの家へと通りを歩く二人のあいだには、重苦しい沈黙がわだかまっていた。エイミーは隣の男が何を考えているのかわからなかったけれど、今朝の一連の出来事の中で自分にとっていちばん印象的だったのが何かということはわかっていた。そのことを悲しげな声で彼女は口に出してみた。「彼、クレイグのことは尋ねもしなかったわ。彼のたったひとりの息子なのに、名前さえ口にしなかった」

ジェイスは彼自身の物思いからわれに返って言った。「彼がどういう父親か、きみにはとうの昔からわかっていたはずだろう？」

「ええ」エイミーは幼いクレイグやメリッサの顔を思い浮かべた。帰ったらあの二人になんて言おう？「やっぱり彼は死んだことにしておいたほうがいいのかもしれないわね」

ジェイスは深々と息をついた。「その心配はあとですればいい。いまは早くきみの手の傷の手当をしたい。岩の上を這《は》いずりまわって傷だらけになっているからね。手当がすんだら、きみは少し休むべきだ」

「疲れてなんかいないわ」エイミーは反射的にそう言いかえした。

「いや、疲労困憊《こんぱい》しているはずだ」

「なぜ疲労困憊しなければならないの？　確かにかなりの距離を走ったけれど、その疲れはもう取れたわ。手の傷を消毒してシャワーを浴びたら、見た目だってすっきりよ」

ジェイスは道の真ん中でエイミーの腕をぐいと引いて立ちどまらせた。眉間《みけん》に皺《しわ》を寄せ、口もとを引きしめて厳しい表情を向ける。「きみは疲労困憊してるんだ。ぼくがあの入り江にクーパーを案内するあいだ、きみは横になって昼寝するんだよ。わかったね？」

エイミーはジェイスの顔を見あげた。彼がなぜそんなにむきになるのか理解できなかった。だが、ここは逆らわないほうがいいと直感が告げていた。「わかったわ、ジェイス」彼女は従順に答えた。

ジェイスはその従順さを信じていいのかどうか逡巡《しゅんじゅん》するように、なおも彼女を見つめていたが、やがてまた腕を引っぱり、家路をたどりはじめた。「手当をしたら、ぼくはクーパーの事務所に戻る。事務的な手続きは早くすませたほうがいいからね。早く片づけば、マードックもそれだけ早くセントクレアを出ていくだろう」

エイミーは傷の手当を受けているあいだも、その最後のひとことについてずっと考えていた。ジェイスはタイ・マードックにさっさと島から出ていってほしいのだ。クーパーの事務所でも彼はタイにつかみかかり、エイミーがあんな目にあったのはタイの責任でもあるのだとなじった。ジェイスはタイ・マードックが嫌いなのだ。

ある意味それは意外なことだった。二人の男には性格面でいくつか共通点があるし、育った環境も多少似ている。二人とも荒れた学校を卒業しているのだ。恵まれない地域での暮らしが二人の男に影響を与えたのだろう。二人とも平和な文明社会では居心地よくくつろぐことができないのだ。

ふとマギーの言葉を思い出し、男はもともと家庭的なくつろぎにはなじめないものなのだとエイミーは思った。男は女によって教化されなければならないのだ。だが、タイ・マードックにはそうした教育はついに通用しなかった。彼はまた自由と冒険を求めて飛びだしてしまったのだ。

女がジェイスを教育しようとしても、もう手遅れだろうか?

おそらく。ジェイスはいまみたいな生活しかできないと彼自身かたく信じている。エイミーは彼女の手のひらのすり傷に薬をつけるためうつむいているマホガニー色の頭を見つめ、あたたかな愛が胸いっぱいに広がるのを感じた。その愛は肉体的な欲望とはなんの関係もないけれど、どこか重なりあう部分もあった。

「ジェイス、今日あなたはわたしの命を助けてくれたわ。なんてお礼を言ったらいいのかわからないくらいよ」

ジェイスは顔をあげて彼女を見た。「お礼なら、もう二度とあんなばかなまねをしないでくれればそれでいい」

あたたかな気持ちがちょっと冷め、かわりに弁解がましい気持ちが頭をもたげた。「ずいぶん男気にあふれているのね」眉をあげてそうつぶやく。

「男気になんか興味はないね。興味があるのは、もう二度と今朝みたいな状況からきみを救いださなくてすむようになることだ」ジェイスはそう言いながら、最後のすり傷に少々手荒く薬をつけた。

「痛っ！」

とたんに彼女の手を両手で包みこみ、はっとするほど真摯《しんし》なまなざしでエイミーを見る。

「エイミー、今日はきみのせいで死ぬほど心配したんだ。頼むからもう二度とあんな思いはさせないでくれ」

エイミーはまたいとおしさを胸にあふれさせ、傷だらけの手で彼の顔に触れた。「ええ、もう二度としないわ、ジェイス。ほんとうにいろいろと迷惑をかけてごめんなさい」

「エイミー……」やり場のないいらだちでジェイスがぎりぎりと音のしそうなほど歯ぎしりした。両手でエイミーの顔をはさみ、唇につかの間ぎゅっと唇を押しつける。それから顔をあげて言った。「もう謝るのはやめて、シャワーを浴びておいで。いまは事件が解決したことを素直に喜ぼう」

エイミーはうなずき、腰かけていたスツールからおりた。「ヘイリーがあなたの仕掛けた罠《わな》にかからなかったら、いまごろどうなっていたかしら」バスルームに向かいながらひとりごとのようにつぶやく。

「そんなことは考えたくもないね」ジェイスがしゃがれ声で言い、バスルームに入っていくエイミーを見送った。「あのときやつが痺《しび》れを切らして滝のほうに駆けださなかったら……」

エイミーは片手をバスルームの戸口にかけたまま、その場に立ちすくんだ。振りかえりはしなかった。振りかえる勇気はなかった。ジェイスは彼女が自ら標的になるべく飛びだしたことを知らないのだと、いま初めて気がついた。どうやらジェイスからは見えなかったらしい。わたしが出ていったからダーク・ヘイリーが走りだしたのを、ジェイスは知らないのだ。

戸口から離れながら、言わずにいたほうがいいこともある、とエイミーは自分に言い聞かせた。バスルームに入り、ドアを閉めて服を脱ぐ。峡谷で危機一髪だったように、いまも間一髪であやうく危機を逃れたような気がしていた。シャワーの栓をひねり、降りそそぐ温水の下に足を踏みだす。もしすべてを知っていたら、ジェイスはなんと言っただろう？　考えたくはなかった。エイミーは体にこびりついた泥や潮をせっせと落としはじめた。

一時間後にジェイスが家を出ると、エイミーは玄関のドアが閉まる音を待ってベッドからはね起きた。清潔なジーンズとストライプのドルマンスリーブのブラウスに着がえながら、あんな経験をくぐり抜けたあとで昼寝のできる人間がいるわけはない、と心の中で吐き捨てる。

でも、さっきはジェイスとやりあう気になれず、言われたとおりにおとなしくベッドに横たわったのだ。彼女の従順さにジェイスは満足したようだったが、きっと女の従順な態度をあまり見慣れていないのだろう。エイミーは冗談半分にそう考えた。だから従順なふりをただの演技と見破れないのだ。

ベランダに出ると、エイミーは通りの先のクーパーの事務所にジェイスが入っていくのを見守った。ほどなくして三人の男がジェイスのモーターボートに乗りこみ、現場となった入り江をめざして港を出ていった。離れていてもジェイスがタイ・マードックを極力無視しているのが見てとれた。ジェイスはほんとうにタイが嫌いらしい。もっともそれはわたしも同じだ。エイミーはため息をつき、寝室の中に戻った。タイ・マードックのことはエイミーも決して好きとは言えなかった。

二年前、彼のために危険をおかすのはやめようと決心したのは正解だったのだ。残念ながら、メリッサの勘はそれほど鋭くなかったが。

尻のポケットにお金を突っこんでマギーの食料品店に向かう途中も、エイミーはタイとジェイスのことを考えていた。彼ら二人は表面的にはいくつもの共通点がある。それらを列挙するのはいともたやすいことだけれど、考えてみたら彼らが似ているように見えるのは上っ面だけだ。

根本的なところではまったく違っている。その違いがなんなのかをずばり指摘することはまだできないけれど、それでもエイミーはセントクレアの日差しの暑さと同じほど確かなものとして、その違いを感じとっている。

「こんにちは、マギー。今日もまた何か珍しい野菜をもらえるかしら?」エイミーは比較的涼しい食料品店の中に入り、気さくに声をかけた。

マギーは一年も前のファッション雑誌から顔をあげてにっこり笑った。「このタキシードルック、どう思う? 今シーズンはこれが大流行するって書いてあるんだけど」

エイミーはカウンターに近づいて雑誌を見おろした。「それは昨シーズンのことだと思うわ。カリフォルニアではタキシードルックはもうはやらないわよ」

「ああ、このセントクレア島は常に二、三年は遅れているのよね」マギーは雑誌を放《ほう》りだし、立ちあがって缶ビールを取りに行った。「いっしょにいかが？」ひと缶手に持ち、そう尋ねる。

「ありがとう、いただくわ」エイミーは缶詰めが並んでいる棚に目をやった。「あまり古くないベーキングパウダーはあるかしら？　今夜はビスケットを作ろうかと思ってるの」

「ジェイスを夢中にさせる気ね？」マギーは缶ビールのプルタブを引きあけ、マギーに差しだした。「きっと彼、卒倒しちゃうわ。だけど、あなたがアメリカに帰ったらジェイスはどうなってしまうのかしらね」

　エイミーは顔をしかめた。「ビスケットを食べさせられたぐらいで、彼の生活が一変するわけはないわ。わたしがいなくなったらまた〈サーパント〉でラム酒を飲みながら、何も知らない次の女性旅行者が来るのを待つだけでしょうよ」その光景を想像すると気持ちが重く沈みこむ。

　マギーは肩をすくめ、ビールをあおった。「あなたがまた来る可能性はないの？」

「セントクレア島に？　もう来ないと思うわ」最後のほうがせつなさを含んだかぼそい声になってしまい、エイミーは棚に並んだ食料品のパッケージに注意を集中しようとした。

「蜂蜜《はちみつ》はある？」

「ええ。友だちが島の反対側に蜜蜂の巣箱を持ってて、うちに卸してくれるの。それはそうと、あなた、今朝はたいへんな目にあったそうね。いったい何があったの？」

「話せば長くなるけど、ジェイスのおかげで助かったのよ」エイミーはちらっとほほえんだ。

「ですってね。クーパーが拘留した人物っていうのは何者なの？」

「ダーク・ヘイリーという男よ」

「ああ」マギーは得心したようにうなずいた。「ジェイスがそういう名前を心にとめておいてくれって、島のみんなに頼んでいた人物ね」

エイミーはびっくりして顔をあげた。「ジェイスがそんなことを？」初耳だった。

「ええ、だけどそれがあのクルーザーに乗ってきた男だとは誰も気づかなかったのよ。きっと違う名前を使っていたのね。このあたりじゃ珍しくもないけれど。偽名を使っている人間は大勢いるのよ。それにしても、あなたが無事でよかったわ」

「ええ、わたしは大丈夫よ」

「もうひとりのよそ者は誰なの？　フレッド・クーパーといっしょにジェイスのボートに乗っていった男は？」

「ヘイリーの身柄を引きとりに来た人物よ」エイミーはゆっくりと続けた。「ヘイリーは政府が捜していた手配犯らしいわ」

それから二時間ほどかけてエイミーは興味津々のマギーに入り組んだこの一件について話してやり、マギーはほかの興味津々の島民たちに伝えるため細かい点まで熱心に確認をとった。エイミーは、当局が公にしたくないことまで暴露しているのではないかという心配はいっさいしなかった。なんといってもタイ・マードックとその同僚はメリッサと例の仮面を平気でおとりに使ったのだ。すべてが公になってしまっても当然の報いというものだ。場合によってはメリッサが死んでいたかもしれないことを考えたら、そのくらいの代償を支払わせて当然だった。それに自分がどんな情報をもらそうが、たいして影響はないはずだ。こんな面白い話がセントクレア島でいつまでも広まらないわけはない。

「ロープとナイフを隠し持っていたなんて、さすがジェイスね」エイミーの話がすむと、マギーは笑って言った。「いかにも彼らしいわ。無用心にのこのこ敵の前に出ていくなんて、ジェイスに限っては考えられない」

「彼が罠を仕掛けた場所はとてもきれいだったわ、マギー。セントクレアが観光事業を展開するなら、あそこは間違いなく見所のひとつになるわね」エイミーはビールを飲みながら、密林の中に開けていた美しい風景を思いかえした。

「あの場所にはわたしもすてきな思い出があるわ」マギーがうっとりとつぶやいた。「亡き夫とときどき訪れたの。あそこを観光客に踏み荒らされるのはごめんこうむりたいわ」

エイミーは笑い声をあげ、からになった缶を置いてマギーが詰めてくれた食料品の袋を取った。「それは観光業の普遍的な問題ね。観光客を呼びたいなら、多少踏み荒らされることは覚悟しないと。ビールをごちそうさま。それじゃ、またね」

「いつまで島にいるの？」マギーが立ち去りかけた彼女に尋ねた。

その問いを突きつけられ、エイミーの表情が曇った。それはセントクレアに来た目的がほとんど果たされたと感じて以来、頭から締めだしていた問題だった。「わからないわ。もうここに長くとどまる理由はないし」

「そう？」マギーは優しくほほえんだ。「それについてはよく考えてごらんなさい。今夜ジェイスに食べさせるビスケットの生地をまぜながらね」

エイミーはそんなことは考えたくなくて、そそくさと店を出た。実のところ、なんとか考えまいと躍起になっていたせいで、路上で突然前に立ちふさがったタイ・マードックと正面衝突しそうになってしまった。

「おっと、エイミー、そんなに急いでどこに行くんだい？」タイは両手で彼女の肩を支え、おっとりした柔らかい口調で言った。

「タイ！」エイミーはぎょっとして飛びのいた。彼に触れられたくはなかった。「フレッドやジェイスとの現場検証はもう終わったの？」

タイが顎で示した先には、ヘイリーの青と白のクルーザーが係留されていた。「すべて終わったよ。例の仮面を引きあげる作業をのぞいてね」

「ジェイスはどこ？」

「クーパーの事務所で別れてきた」タイは片方の肩をあげてそう答えた。「ぼくはほかにやることがあったんでね。きみと話がしたかったんだよ、エイミー。だが、ラシターに見つからずにきみを捕まえるのは難しそうだったから、ひとりで出てきたんだ。誰かがこの先の食料品店のほうに歩いていったのを見たと言ってたしね」

「そういうこと。でも、わたしたちには話すことなんか何もないんじゃない？」エイミーは慎重な口ぶりで言った。

「そうかな。きみはあの仮面のためにはるばるこんな島までやってきた。メリッサでなくきみがセントクレアに向かったと知ったときには耳を疑ったよ。なぜなんだい、ハニー？　なぜきみがセントクレアにやってきたんだ？　ぼくを捜しに来たんじゃないのかい？」

「なんと答えたらいいのかわからないわ、タイ」エイミーは途方に暮れた。「いろいろ複雑すぎてひとことではとても言えないし……」

　タイは彼女の手から食料品の袋を取った。「行こう、ハニー。一杯おごらせてくれ。昔のよしみでそのくらいはさせてもらいたいな。ただしラシターの店ではないところでね。あの男にそばをうろつかれ、きみを見るたびににらまれたんじゃかなわない」

　エイミーはどうすることもできず、わたしが何千キロも海を渡ってきたのはタイ・マードックの消息を確かめるためでもあったのだと心につぶやきながら、〈クロムウェルズ〉

という波止場のバーに入った。

そこから一ブロック少々離れた〈サーパント〉のテラスでは、ジェイスがカーキのスラックスのポケットに手を突っこんで、別のバーに入っていくカップルをじっと見ていた。指が震えているのでポケットから手を出すこともできず、彼は凝然と立ちつくしていた。

ついに自制心が限界を迎え、きびすを返してカウンターの端のいつもの席につかつかと歩いていく。レイはすぐには何も訊《き》かなかった。頼まれる前から新しいラム酒のボトルをあけ、中身をついで雇い主の前にグラスをすべらせる。

「彼女は見つかった？」カウンターに片肘をつき、レイはようやく言った。

「ああ、見つかった。山ほど食料品を買いこんでマギーの店から出てきたよ」

「だったら、ボスが親友に死なれたような顔をしているのはなぜなんだい？」レイはカウンターに落ちていたレモンピールのかけらを片手で払い落とした。

「マードックが彼女をかっさらって、クロムウェルのバーに入ったんだ。飲むためだかなんだか知らないがね」ジェイスはラム酒のグラスに手を伸ばした。

「だからなんだって言うのさ？　彼女が食料品を買ったのはボスの夕食の支度をするためであって、彼のためではないんだよ」レイは微笑を隠して指摘した。ジェイスが女のことでこんなに悩ましい顔を見せるのは初めてだった。「マードックが泊まっている〈マリーナ・イン〉の部屋にはキッチンなんかないいんだから、彼に夕食を作ってやることはできないんだ。ということは、その食料品はボスのためってことになる」

「それが学位のない心理学者から期待できる分析の一例ってことか?」ジェイスは辛辣《しんらつ》な口調で言った。

「ごめん」レイは見えない一線を越えてしまったことに気づいて、即座に謝った。「だけど、ほんとうに本気で心配してるのかい、ジェイス?」

「マードックがどうなったのかを確かめるために、エイミーははるばる旅してきたんだ。ぼくはたまたま行きあった他人にすぎない」

レイはたばこに火をつけながら考えた。「だけど、ボスは彼女の命を救ってやっただろう?」ようやく言う。

「ぼくがほしいのは感謝の気持ちじゃないんだ!」ジェイスはつかの間目をとじて、深々と息を吸いこんだ。「それに、ぼくがいかにして彼女の命を救ったのかがさっきわかったんだ。ヘイリーの供述を取ったら、あの男、なんて言ったと思う?」ジェイスはレイをきっと見た。

「さあ」

「峡谷の入り口のところで立っていたら、エイミーが藪《やぶ》の中から飛びだして、滝の向こうの岩屋に駆けこもうとしたって言うんだ。それでやつも走りだし、ぼくが仕掛けた罠にかかったんだ。やつの撃った弾が彼女にあたらなかったのはまったくの幸いだったんだよ。

百パーセント偶然の幸運だったんだ。しかも彼女はやつの注意をぼくからそらそうとして、わざと出ていったに違いないんだ」

レイは彼の剣幕にたじたじとなった。「でも、彼女は無事だったんだ」なだめるように言う。「ボスのおかげで窮地を脱したんだよ」

「ぼくが彼女に手をあげたら、彼女はもっとひどい窮地に陥ることになる。いままで女を殴りたいと思ったことなどなかったんだが」ジェイスは自分自身の感情の激しさに愕然《がくぜん》としたように言いそえた。

「さっきクーパーと戻ってきてから彼女を捜しに行ったのはそのためなのかい？　彼女を殴るため？」レイはにやりと笑った。

「それについては、自分の考えをわかりやすく表現するつもりだったとだけ言っておこう。だいたい彼女があそこまでする必要はなかったんだ。もう少し待てばヘイリーは放っておいても罠にかかっていたんだよ。結局はあの岩屋を調べずにはいられなかったはずなんだ。ぼくたちがどこかに隠れているのはわかっていたんだから」

「エイミーはヘイリーみたいなやつがどう行動するかを推理するのが、ボスほど得意ではないんだよ。きっと罠にかかる前にボスを見つけてしまうのではないかと心配になったんだ」レイはグラスを握りしめたジェイスの指の関節をじっと見つめた。手に力が入りすぎて関節が白くなっていた。「もし無報酬の精神分析医からただでアドバイスがほしかったら……」

「どんなアドバイスだ？」ジェイスはうなるように言った。

「ここまできて彼女を殴るのは利口なやりかたとは言えないってことさ」レイはほほえんだ。「ひょっとしたらそのせいで相対的にマードックがすごく感じよく見えてしまうかもしれないからね」

ジェイスは罰あたりな悪態を短くついた。それからゆっくりとグラスから指を引きはがし、立ちあがった。

「どこに行くんだい？」

「ぼくの夕食を救いに行くんだよ」ジェイスは〈サーパント〉を出て、通りを〈クロムウエルズ〉のほうに歩きだした。

9

テーブルについて飲み物を注文した三分後、エイミーはタイ・マードックが彼女を誘った理由にはたと気づいた。自分が頼んだトニックウォーターのグラスをちらりと見おろし、彼女は探るような目を再びタイに向けた。

「昔のよしみで飲もうと誘ったわけではないんでしょう、タイ？　あなた、また昔みたいに男の夢にひたろうとしているのよね？」

タイは椅子の背にもたれかかった。その姿はタフで皮肉めいてちょっと面白がっているプレイボーイそのものだ。「久しぶりにきみとばったり再会したなんて、確かに夢のようだよ」

エイミーはいらついた様子で座り直し、いかにも波止場の酒場らしい雰囲気を売り物にしている〈クロムウェルズ〉の店内に視線をさまよわせた。この店は〈サーパント〉ほど居心地がよくなかった。〈サーパント〉同様に海軍の水兵や漁師や地域住民、それに勇気ある少数の観光客を相手に商売しているのだが、ここはなんとなくなじみにくく落ちつかなかった。だが〈サーパント〉に初めて入った晩のことを思い出し、オーナーやバーテンダーを知っているのと知らないのとではずいぶん違うのかもしれないとエイミーは思った。この男たちのたまり場では、ひとりぼっちのような気がして心細かった。カウンターの中の男は彼女がタイと入っていくと、好奇のまなざしを向けながら会釈した。でも、それは相手がこちらを知っているからだろう。この島ではすでに誰もが自分を知っているような気がする。

「タイ、わたしが言っているのは違う種類の夢よ。あなたにもわかっているんじゃないかしら。あなたがわたしとの再会を喜んでいるのは、わたしがアメリカからわざわざあなたを追ってきたと思ってプライドをくすぐられているからだわ。あなたのことが忘れられず、消息を知りたくて何千キロも旅してきたと思っているんでしょう?」

「違うのかい?」タイはうっすらほほえみ、欲望がにじみはじめた目で彼女をなめるように見た。「現実にきみはここにいるんだ。それが多くを物語っている」

「タイ、あなたにはショックかもしれないけれど、わたしがセントクレアに来たのはわたし個人があなたの消息を確かめたかったからではないのよ。クレイグの父親としてのあなたに何があったか知りたかっただけなの。あなたの息子はもう一歳よ。少しは関心を持ったらどう?」

「クレイグが生まれたのは間違いだったんだ」タイは静かに言った。

「その間違いをあなたはメリッサひとりに償わせているのよね。精神的にも経済的にも支えてあげようともしないで！　結局うまく逃げたんだわ。父親としての義務を放棄して。医療費やおむつ替えやクレイグの将来のことにもまったく頓着《とんちゃく》しないで」

「ぼくはそういう生きかたには向かないんだよ、エイミー」タイは語気を強めて言いかえした。「それはきみも知っているはずだ」

「ええ、知ってるわ。二年前から知ってたわ。だからプロポーズを断ったのよ！　姉が断らなかったのはほんとうに残念だわ」

「ぼくもだよ、エイミー。ぼくも残念に思ってる」タイはうんざりしたように言ってグラスを手に取った。「ぼくがなぜメリッサと結婚したのか知りたいかい？　教えてあげよう。きみに振られたあと、彼女が優しくしてくれたんだよ。メリッサは優しくて女らしく、愛情豊かだった。きみが与えてくれなかったものをすべて与えてくれたんだ。そんな彼女に心のやすらぎを求めたのがそんなにおかしなことなのかい？」

「要するに傷ついたプライドを癒《いや》すためにメリッサを利用し、あなたのプロポーズを蹴《け》ったふらちな女に思い知らせてやろうとしたってことよね。やっぱりあなたは子どもだわ！　タイ、あなたは自分を男らしく勇猛果敢だと自負しているようだけど、ほんとうはまだおとなになりきれない少年のままなのよ。義務や責任を突きつけられると、子どもみたいに逃げてしまう」

タイはぐっと身を乗りだし、テーブルごしにエイミーの手首をつかんだ。目がぎらりと暗い光を放ち、エイミーは一瞬ダーク・ヘイリーを思い出した。とたんに神経が張りつめ、恐怖の戦慄《せんりつ》に全身を射抜かれた。

「なあ、エイミー、メリッサとぼくのあいだにあったことは世間にはざらにあることなんだ。ぼくにとって大事なのはいつもきみだった。きみとなら本物の絆《きずな》を結べたんだよ。きみがあそこまで慎重でなかったら――メリッサみたいにぼくを愛してくれたら、すべてが違っていたはずなんだ」

「いいえ、何も違いはしなかったわ。わたしがあそこまで慎重でなかったら、わたしがメリッサみたいになっていただけだわ。だけど、わたしはどんな男にもあんな目にあわされるつもりはないのよ、タイ・マードック。ましてメリッサにしたような仕打ちをする男にはね！」

タイは口もとを引きつらせた。「ぼくの側からの見かたにはほんとうに興味がないって言うのかい？　ある朝目覚め、妻子にがんじがらめにされている自分に気づいたときの気持ちがどんなものか、きみにわかるかい？　自分の人生はもうおしまいだと気づいたときの気持ちが？　人生は短く、家庭なんかに縛られていたらあっという間に終わってしまうんだ。ぼくには自由が必要なんだよ。常に自分を試し、自分の能力を実証せずにはいられないんだ。ぼくの仕事はチェスみたいなもので、危険はそのゲームをいっそう面白くするスパイスみたいなものだ。メリッサが差しだすものは、ぼくのライフスタイルにはまったくあわなかったんだ」

「わかってるわ」エイミーはひっそりと言った。「彼女はあなたに家庭を差しだした。わたしがあなたのプロポーズに応じたとしても、結果は同じだったわ。わたしが差しだせるのも家庭だけなんだから」

「きみとならなんとかうまくやれたさ」

エイミーは首を振った。「わたしがあなたのほしがる息子を産んであげても、やっぱりその子は父親に捨てられていたでしょうよ。メリッサもあなたが授けた息子をひとりで育てている。クレイグはきれいな赤ちゃんよ、タイ。あなたにそっくりだわ」

「その線から押そうとしても無駄だよ、エイミー」タイは冷淡な口調で言った。「ぼくは家に戻るつもりなんかないんだから。メリッサもクレイグもぼくがいないほうが幸せなんだ」

路上でタイに捕まり、〈クロムウェルズ〉に連れてこられてから、エイミーは初めて悲しそうな微笑を浮かべた。「その点に関してはまったく同感だわ。わたしがこの島に来たのはあなたを見つけだして連れもどすためではないのよ、タイ。わたしたちはほんとうにあなたが生きているかどうかもわからなかったの。メリッサがそれを知りたがったのは、いつか息子に訊《き》かれたときにきちんと答えてあげたいと思ったからなのよ」

タイはしかめっ面になった。「クレイグには真実を話してやればいいんだ」

「わたしたちはあの子のパパが最低の男だとは言わずにすませたかったのよ」

「おい、エイミー！」手首をつかんでいる手にぎゅっと力がこめられ、タイの顔つきがさらに険しくなった。エイミーはひるみそうになったのをこらえ、じっと腰かけたまま次の展開を待った。タイはいまいましげに手首を放し、ふてくされたようにまた椅子の背に寄りかかった。「それで、向こうに帰ったらメリッサになんて言うつもりだい？」

エイミーは肩をすくめた。「あなたは死んだと言おうかと思ってたんだけど」

「そんなことを言ったら、ぼくがたまたまサンフランシスコに行ったときに都合の悪いことになるんじゃないかな」タイは意地悪く指摘した。

「もしあなたがメリッサの家のドアを叩《たた》くなどというばかなまねをしたら、責任とはいかなるものかを理解している男性があなたの相手をすることになるわ。メリッサはもうじき再婚するのよ。アダムが理解している責任の中には、家族を守るということも含まれているわ。あなたは門前払いを食うでしょうよ。だいたい、仮面の秘密やあなたのその後を確かめるためにメリッサでなくわたしが来たのはなぜだと思うの？　アダムがメリッサをひとりでよこしたがらなかったからよ。それに正直な話、メリッサも来たくなかったの。もうあなたのことは吹っ切れてるのよ。かつてあなたに差しだした家庭を、今度は両手でしっかりと受けとってくれる男性に差しだしているの。アダムは結婚したら正式にクレイグを養子にするつもりだわ」

「クレイグを養子に！」タイ・マードックは、彼にしては珍しく、いや、エイミーが見る限りでは初めて、気をのまれたように絶句した。言葉をなくし、放心状態でエイミーを見つめている。だが、すぐに立ち直って言った。「まあ、それが最良の策なのかもしれないな」

「同感だわ」エイミーはそっけなく言い、立ちあがって隣の椅子に置いておいた食料品の袋を取った。「さよなら、タイ。会えて嬉《うれ》しかったとは言わないけど、生きているのがわかったのはよかったわ。あと二十年もたって体力的に衰え、女性にもあまりもてなくなったときに、あなたがいまみたいな自由で刺激的なライフスタイルにどの程度こだわっているか見てみたいものだわ。そのころにはクレイグは大学生になっている。外見はあなたに似ているかもしれないけど、アダムとメリッサが実父みたいな精神的発育不全にはさせないよう、うまく育てているでしょうよ。いつまでも子どもっぽいゲームに興じたがる少年ではなく、責任感のあるきちんとした男にね」

エイミーは店を出ようとして一歩踏みだし、その瞬間ジェイスに気がついた。ジェイスはちょうど入り口に着いたところだった。なんとも定義しがたい表情でじっとエイミーを見ている。怒りと不安に男のいらだちがたっぷり加味された表情だ。

エイミーがテーブルの横で立ちつくしていると、タイがそばに来て肩に腕をまわした。

彼はまだジェイスには気づいていない。「話を聞いてくれよ、エイミー。メリッサやクレイグのことはひとまず忘れて。いまここで、きみは未来ではなく現在にのみ生きることを学んでいるんだ。それに、ここにはぼくときみしかいない。きみが二年前、どれほど惜しいことをしたか、今夜わからせてあげるよ。どこかでいっしょに夕食をとり、朝まで二人で過ごそう。きっと楽しいよ、エイミー。ぼくが保証する」

ジェイスが無駄のない足どりでこちらのほうに歩きだしていた。その顔には怒りが大きく広がっている。

「それは無理よ、タイ」エイミーはジェイスの形相に心を震わせながら用心深く言った。今日はただでさえ十分すぎるほど刺激的な日になったのだ。もう男同士の暴力沙汰《ざた》はたくさんだった。「今夜の食事はもう予定を入れてあるの。食事のあとの時間も同様よ」

タイがエイミーの視線をたどって振りかえった。そしてジェイスを認め、にらみつけた。

「まさか、ほんとうにラシターと寝ているのかい？」

ジェイスがやってくるとエイミーはびくっとして、まだ中身の残っていたトニックウォーターのグラスに肘をぶつけてしまった。あやうく引っくりかえりそうになったグラスをジェイスがすかさず支えて置き直す。反射的な無意識の動きだった。彼の意識は自分が救ったグラスではなく、もっぱらタイ・マードックに向けられていた。

「ほんとうだ」タイの質問にジェイスはかわりに答えた。「彼女はぼくと寝てるんだ。それにその袋の中の食料は、彼女が今夜ぼくのために作ってくれる料理の材料だ。しかも今日、ぼくは彼女の命を助けた。そういったことを考えたら、きみの出番などまったくないんだよ、マードック。今度、彼女に近づいたら首の骨をへし折ってやるからな。さあ、行こう、エイミー」

ジェイスは食料品の袋をエイミーから取りあげて片手でかかえ、もう一方の手で彼女の手首をつかんで〈クロムウェルズ〉を出た。

エイミーはぞんざいに手を引っぱられて歩くあいだもいっさい文句を言わなかった。ジェイスの長い脚には小走りでついていかねばならないし、強くつかまれている手首は少し痛いけれど、それでも安堵《あんど》感のほうがずっと大きかった。これで永久にタイ・マードックと縁が切れたのだと思うと、胸のつかえがおりたようだ。

ジェイスは家に着くまで何も言わず、袋をキッチンのカウンターに置いてからようやく手を放してエイミーに向き直った。

「きみにあんな男は不要だ」

「ええ」エイミーはかすかに震える口もとに微笑を漂わせてうなずいた。

「あいつはろくでなしだ」

「そのとおりだわ」

「きみのお姉さんや甥《おい》っ子にもあんな男は必要ない。あいつを必要とする人間なんてひとりもいないんだ」

「同感だわ」エイミーはいっそう笑顔になった。

「もう二度とあいつを近づけてほしくない」

「わかってるわ、ジェイス。わたしだって二度と近づけたくないわ」

ジェイスのトルコブルーの目が不意にきらきらと輝きだした。「きみが今朝あの峡谷でやらかしたことを聞いたよ、エイミー。きみ自ら標的として躍りでたことをヘイリーがしゃべったんだ」

「まあ」エイミーは息をのんだ。

「ぼくはかっとなった。実のところ、きみを引っぱたきたいとさえ思った。レイに思いとどまるよう説得されたがね」

「そうなの?」ジェイスが距離を詰め、エイミーは息をこらした。二人のあいだでまた欲望が揺らめきはじめた。トルコブルーの炎にあぶられ、エイミーはとろけてしまいそうな気がした。

「レイはね……」ジェイスは彼女の顔を見つめて説明を加えた。「ぼくが手をあげたりしたら、きみはマードックのほうがまだましだと思うかもしれない、と言ったんだ」

エイミーは両手で彼の顔をはさんだ。「レイは間違ってるわ。マードックなんかあなたには及びもつかない。あなたが何をしようが、マードックのほうがましに思えることなんて絶対ありえないわ」爪先立って唇に軽くキスをする。「たとえあなたがわたしを引っぱたこうと決めていても、やっぱりわたしは今夜の夕食を作ったでしょうよ」笑顔で言いそえる。

「それにぼくのベッドで寝てくれてもいたかな?」ジェイスはあのシェリー酒のような声をそそぎこみながら、エイミーの髪をとめているクリップをはずした。

「ええ」エイミーは両手を彼の首に巻きつけ、頭をのけぞらせてスパイス色の髪を背中にたらした。伏せたまつげの下からいとおしそうにジェイスを見る。「でも、あなたに引っぱたかれていたら、いままでとはちょっとやりかたを変えなくてはならなかったかもね」

「どういう意味だい?」

「お尻が腫《は》れるほどぶたれたら、わたしのほうが上にならなくては愛しあえなかったかもしれないわ」

「男の怒りをあまり真面目《まじめ》に受けとめていないみたいだな」ジェイスは彼女を抱きよせ、喉もとに顔をすりよせながらうなるように言った。

「男の怒りに女の手管で対抗しているのよ」

「きみの手管は効果的だ。怒りがみるみるしぼんでいくよ」ジェイスは唇で首筋をくすぐった。「ああエイミー、きみがほしい。いますぐきみを引っぱたくか抱くかせずにはいられない。どっちにしてもきみの体にぼくの印を刻みつけたいんだ」

「どっちの方法にするか、わたしに決めさせてくれる？」エイミーはからかうように言った。

ジェイスはやにわに身をかがめ、両手でエイミーを抱きあげた。「いや、ぼくが決める。朝、目覚めてきみがいなくなっていることに気づいた瞬間から、気も狂わんばかりに心配させられたんだ。ヘイリーからのメッセージを受けとったときには、ほんとうに頭がおかしくなりそうだったよ。そしてようやくヘイリーの件を片づけたと思ったら、今度はマードックがしゃしゃりでてきた。次から次へと、ほんとうに疲れる一日だったよ」

そう言いながらエイミーを抱いたまま居間に移動し、ソファーに腰をおろす。彼女の顔をじっと見つめると、欲求不満がさらにつのり、しかもそれが単なる肉体的なものではないことをジェイスはいやでも自覚した。

今夜感じている欲求不満は、エイミーを抱きさえすれば癒されるたぐいのものではなかった。そこには肉体的欲望よりもずっと深刻なものがひそんでいた。エイミーがセントクレア島に来た目的はすでに果たされた。もう彼女がジェイスのそばにいる理由はなくなったのだ。その現実にジェイスはいても立ってもいられない気分だった。エイミーにここにとどまりたいと思わせるようなものを何も差しだせないのが無念だった。

ジェイスは震える手でエイミーの服を脱がせはじめた。ひとときの情熱で絶望的な考えを頭から追いやってしまいたかった。明日のことを考えても仕方がないのだ。それを自分はとうの昔に学んだはずだろう？

だが、エイミーと出会って、ジェイスはやめたはずのことをまたやりたくなっている。すなわち未来について考えることを。未来について夢見ること、と言ったほうがより適切かもしれない。エイミーが前に言ったとおりだ、とジェイスは思った。男は自分の夢にふけりがちだ。エイミーはぼくが何年も前に捨ててきた別世界の住人なのだ。それを常に心に言い聞かせなければ。彼女との未来を想像したって、それこそ単なる夢にすぎない。

エイミーのブラウスを脱がせながら、ジェイスは自分のシャツのボタンを彼女の指がもてあそぶのを感じ、その動きにうめき声をもらした。エイミーは床に落ちたブラウスの上に、ジェイスのシャツを落とした。それから平たい男性的な乳首に触れ、胸毛をそっと引っぱった。たくましい肩に唇を押しあて、歯を立てると、ジェイスの体に震えが走った。

ジェイスはエイミーの柔らかな胸のふくらみを片手に包みこみ、その先端をそっと愛撫《あいぶ》して、そこがだんだんかたくなってくる感触に胸をとどろかせた。双のいただきが十分かたくなると、エイミーの体をソファーに横たえ、その上におおいかぶさった。そしていままで愛撫していたつぼみに顔を寄せていった。

彼女の匂《にお》いに包まれて、舌先でつぼみをつつく。彼女の匂いは一生忘れないだろう。これから死ぬまで自分につきまとうだろう。そう思うと、ジェイスは彼女の心にも生涯逃れられない思い出を刻みつけてやりたくなった。

「サンフランシスコに帰ってもぼくを忘れないようにしてやりたい」しゃがれ声で言う。「ほかの男を見るたびにぼくの顔を思い浮かべ、ぼくの感触を思い出すようにね。ほかの誰かに抱かれようと思うたび、ぼくが邪魔をしてやれるように！」

「ああ、ジェイス、あなたって残酷だわ」エイミーはささやいた。

「わかってる。だが、自分でもどうしようもないんだ。きみはぼくの心の奥底に長らくうずもれていたものを呼びさましたんだよ、スイートハート」ジェイスは彼女の腹部にあたたかなキスをした。それから彼女のジーンズのファスナーをもどかしげにおろした。

ヒップの丸みに手をそわせ、じれったそうにジーンズを引っぱる。ほんとうはこんなに急ぐつもりはなかった。もっと時間をかけ、エイミーの記憶に永遠に残るようなロマンティックでこまやかなセックスをするつもりだった。

だが、いまのジェイスは絶望的な思いを振り払うことができず、猛々《たけだけ》しい欲望に駆りたてられていた。別離が近いという現実を前に、寝室に行く手間も惜しんでエイミーを抱こうとしている。

エイミーは抵抗もしなければ、ペースを落とさせようともしなかった。もっと優しくしてくれと頼むこともなく、ジェイスの差し迫った欲望に進んで身を任せていた。彼女自身も切羽詰まった原始的な情熱にとらわれているようで、それがよけいにジェイスをくらくらさせた。

両手でヒップをわしづかみにすると、血がたぎり、息が詰まる。ジェイスはエイミーのかすかなあえぎ声を聞きながら、肩のくぼみに顔をうずめた。そしてエイミーが震える手で彼のスラックスのファスナーをおろしはじめると、彼女が脱がせやすいよう、わずかに体を引いた。

「エイミー、エイミー、きみがほしいよ」

「ええ、ジェイス。わたしもよ」

ジェイスは蹴るようにスラックスを脱いで再びエイミーにおおいかぶさり、早くその匂いとぬくもりにひたろうと脚を開かせた。そうしてエイミーが彼の髪に荒々しく指を差し入れたときには、彼女をかくもみずみずしく、生き生きとさせている自分自身を誇らしく思った。エイミーが彼の愛撫に敏感に反応するさまは、彼が知るいかなるものにもたとえようがなかった。

限りない驚嘆とともにエイミーの体の秘密を探り、彼女が身をよじるまでその敏感な場所を丹念にいつくしむ。

ジェイスは頭をもたげ、彼女の顔を見やった。目はかたくとじられ、甘い声をもらす唇はわずかに開かれていた。柔らかなうめき声とともに、エイミーはジェイスが予感させている充足感を求めて自ら腰を持ちあげた。

ジェイスは熱くほてる彼女の体に陶然となった。「きみの体は燃えるようだよ、ハニー。

燃えてとろけているようだ」

「来て、ジェイス」エイミーはかすれ声でささやきながらジェイスの肩を引きよせようとした。「お願い、もっとこっちに」

ジェイスは彼女が差しだすものを受けとるためにゆっくりとずりあがった。エイミーの手がウエストから下にさがって男の象徴をとらえると、ジェイスは低く声をもらした。短くストレートな言葉をささやいて、エイミーを励ます。

いままでジェイスがやっていたように、今度はエイミーの手が一心不乱に彼をじらし、愛撫しはじめた。

「きみの中にぼくを導いてくれ」ジェイスはかすれ声で言った。「ぼくにどうしてほしいのか示してくれ」

だが、エイミーはその言葉には従わず、彼をそっと手に握りしめて優しく指を使いつづけた。

「エイミー！」

彼女はまだじらし、挑発し、嘲《あざけ》っている。脚をしどけなく彼の脚に触れあわせ、毛深い腿に触れるサテンのようにしなやかな感触をいやというほど意識させて。「エイミー、もうこれ以上は耐えられない」

ジェイスは彼女の手による拘束をいともたやすく突破し、ベルベットのなめらかさを持つぬくもりの中に深く彼自身をうずめた。エイミーが彼を迎えて締めつけるのを感じると、つかの間また子どもを授けたいという圧倒的な思いが胸を満たした。前にエイミーを抱いたときと同様、彼はその夢を払いのけようとはしなかった。エイミーを満足させ、性的な喜びをきわめさせてやりたいけれど、心の奥底ではそれ以上のことを望んでいるのだ。彼女の中に、将来の魔よけとして自分の種を残したかった。

エイミーを身ごもらせたいという思いは抑えがたいほどだった。十年間眠りつづけていた父親になる夢が、また急激に頭をもたげ、押さえこめなくなっている。エイミーを抱いていると、ほかに何も考えられなくなってしまうのだ。

だが、その夢はロマンティックな洗練された夢とは違う。さまざまなニュアンスをつむぎだしてセックスの楽しみを長びかせてくれるような、退廃的で自堕落な夢とも違う。ジェイスは狂おしい欲望に翻弄《ほんろう》されながら、エイミーが自分と同じように無我夢中になっていることに深い喜びをかみしめた。そしてエイミーの繊細な震えが伝わってきた瞬間、彼女が絶頂をきわめたことを知って彼も自分を解放した。

体をのけぞらせてエイミーの名を苦しげに呼びながら、脈動する喜びに身をゆだねると、ジェイスはぐったりと彼女にのしかかった。

エイミーがジェイスの重みでソファーのクッションにまだ体を押しつけられていることを意識したのは、そのあとずいぶんたってからだった。彼女はゆっくりとまつげをあげ、口もとに笑みを浮かべてジェイスと目をあわせた。「きれいだわ」マホガニー色の髪をジェイスの額からかきあげ、そっとささやきかける。ジェイスは物問いたげなまなざしになった。「あなたの目よ。世界でいちばんきれいな目だわ。こんな美しい目は見たことがない」

ジェイスはしぶしぶほほえみ、強いて軽い調子で言った。「ぼくの目がきれいだとしたら、それはきみを見ているからだ」

「あなたがそうくるんなら、あなたのいいところを並べたてるのはやめたほうがよさそうね」エイミーは不満そうに言った。「きっと恥ずかしい会話になってしまうから」

「恥ずかしがることはないさ」

「もっとほめさせようとしているわけ？」エイミーは情熱の余韻に身をひたして、からかうように言った。この至福の時間は長く続くわけではないのだから、思い出をたくさん作っておきたかった。その思い出はかけがえのないものとして生涯、心に残るだろう。ジェイスは彼が望んだとおりのことを見事やりおおせたのだ。すなわちエイミーの体に彼自身を刻印した。もう彼のことは一生忘れられないだろう。もっともそれは初めて夜を過ごしたときからわかっていたことだ。

「ほめ言葉にはほめ言葉を返そう」ジェイスが言った。「ぼくの目がきれいだと言ってくれたお返しに、きみの目は嵐《あらし》が去った朝の海の色だと言っておくよ」

ただのゲームとわかっていながら、エイミーは顔を輝かせた。「すてきな表現だわ。それじゃあ次はね、あなたの肩は魅力的だわ。重量あげの選手みたいに筋肉隆々ではないけれど、たくましくてなめらかだわ」

「きみのほうはね……」ジェイスは彼女の胸に顔を伏せ、乳首にちらっと舌先を躍らせた。「最高のバストの持ち主だ。柔らかくて敏感で。ほかの部分もそうだけどね」

エイミーは微笑しながらジェイスの腿に手を這《は》わせた。「あなたのウエストは引きしまってて、まったく脂肪がついてない。バーの経営者としてはなかなかの体形だわ」

「きみのおなかは優しくきれいな曲線を描いている」

「あなたは脚もすてきだわ」

「きみの脚が体に巻きついてくると、ぼくはほんとうにぞくぞくするよ」ジェイスは目をきらめかせ、片手を彼女のヒップにやった。「だが、きみの体でいちばん好きなところをひとつだけ選ぶとしたら……」

「やっぱり恥ずかしい会話になってきたわ！」

「そんなことはない」ジェイスは彼女の唇にゆっくりとキスをした。「きみには恥ずかしがるようなことは何もないさ。きみに対するぼくの反応のほうがよっぽど恥ずかしいよ」

「あら」エイミーは柔らかな笑い声を響かせた。「わたしはそういうところがいちばん好きだわ」

「ぼくが理性も自制心も失ってしまうのを見るのが好きなのかい？」

「ええ。自分のパワーを感じられるから」

ジェイスは不意に真顔になってエイミーの目をひたと見すえた。「自分のパワーを感じられるのはぼくのほうだよ。だが、そんなのはすべて夢なんだよね？」

「どうしたの、ジェイス？　どこに行くの？」エイミーはぱっと起きあがった彼を不思議そうに見あげた。

ジェイスはすぐに振り向き、彼女のヒップを軽く叩いた。「起きて仕事をするんだ、エイミー。ぼくは男の務めを果たしたおかげで腹ぺこだよ」

「わたしをキッチンに追いやるつもり？」エイミーはふくれっ面をしてみせた。

「シャワーを浴びたらすぐにね」ジェイスは彼女が起きあがるのに手を貸した。「夕食の材料に、何を買ってきたんだい？」

「セックスと食べ物。あなた、ほかに考えることはないの？」

「人間の基本的な二大欲求さ」ジェイスはエイミーの体を彼女がほめたばかりの肩に軽々とかつぎあげた。「まずはシャワーだ。そのあときみはキッチン。そういえば、ぼくの質問にまだ答えてもらってないよ。今日のメニューはなんなんだい？」

「あなた、ビスケットに昔ながらのチキン・ポットパイをもうどのくらい食べてない？」

「うわっ、聞いただけで生唾《なまつば》がわいてくるな」

情熱を燃やした直後に二人が分かちあった夢は――将来のことも世間のことも気にならない幸せな恋人同士でいるという夢は――食事が始まっても覚めることはなかった。エイミーはその夢をなるべく長く引きのばそうとしていたし、ジェイスも喜んでつきあった。

エイミーがあることを思い出したのは、彼が最後のビスケットにかぶりつくのを見ているときだった。

「どうかしたかい?」ジェイスは彼女の眉間《みけん》の皺《しわ》を見て、そう問いかけた。

「ちょっと考えていたの。あの仮面のどこにそんなに価値があるのか、もうわかったのかなって」

ジェイスはちょっと口ごもった。「ヘイリーはマードックから、太平洋の島々にひそんでいるアメリカ合衆国のスパイのリストがあの仮面に仕込んであると思わされていたんだ。マードックは、いつか金が必要になったらその仮面を高く買ってくれる相手に売るつもりだとほのめかしていたらしい」

「ほんとうにそんなリストが仕込まれていたの?」

「いや、マードックはヘイリーを誘いだす餌《えさ》としてそう吹きこんだだけだと言っている。あの仮面には、メリッサの息子がいつかは感傷的な気分を抱くかもしれないというぐらいの価値しかない。取りもどしたいならぼくが海底から回収してきてあげるよ」

エイミーは考えこんだ。彼女がこんな遠いところまで来たのは仮面の秘密を突きとめ、タイ・マードックがどうなったかを確かめるためだった。その二つの疑問はもう解消されたのだ。「いいわ」エイミーはようやく言った。「わざわざ回収しなくて結構よ。クレイグにはもうじき新しい父親ができるんだし――今度こそ父親らしい父親がね。もうマードックみたいな男からのお土産なんて必要ないわ」

「マードックについて、メリッサにほんとうのことを話すつもりかい？　いまも元気で生きていると？」

「ええ。やっぱり話したほうがいいと思うの。だけど、話してもたいした影響はないでしょう。メリッサはいまではアダムを深く愛しているから、幻のタイ・マードックのために現実のアダムをおろそかにするようなことはないはずだわ」

「それにきみもね」

「わたしは最初からマードックに幻想なんて抱いていなかったわ」エイミーはきっぱりと言った。わたしがいま抱いている幻想はあなたのことだけよ、と心の中で恨めしそうに続ける。

いつ、どこでそんな幻想が生まれたのかはわからないが、いまではその幻想が総天然色で頭の中いっぱいに繰り広げられていた。ジェイスが居心地のいい家庭で、彼女とともに平凡だが愛情あふれる暮らしをしているイメージが。

エイミーはジェイスに家庭を作ってあげたいのだ。

彼女はようやくひとりの男を選んだけれど、例のとんでもない不器用さのおかげで、すでに文明社会と縁を切ってしまった男を選んでしまったのだ。家庭生活になんか、なんの関心もない男を。

10

情熱の余韻の中でジェイスとエイミーのあいだに建てられたはかない夢の楼閣は、夕食がすんだとたん崩れはじめ、あっという間に現実が戻ってきた。

いったい何がいけないのか、エイミーには自分の側の原因はわかっていた。ジェイスの様子が次第に暗くなっていく原因については、推測をめぐらすしかなかった。

エイミーにしてみれば、自分の幸福感が薄れていく原因はきわめて単純だった。ばら色の甘い夢が色あせるに従い、避けられない問題を直視しなければならなくなったのだ。すなわちセントクレアに来た目的を果たしてしまったいま、あとどのくらい滞在を延長できるか？　その問題が、夕食後ジェイスとともに〈サーパント〉に向かって歩いているときにも頭から離れなかった。帰りの飛行機に乗る前に何日か島を観光していくという痛々しいほど見えすいた口実を、いったいいつまで使えるだろうか？

そして、自分自身その口実を、いったいいつまで使いたいのか？　ジェイスのそばにいる時間が長くなれば長くなるほど、別れのときがつらくなる。セントクレア島でぐずぐずしているのは自分のためにならない。

暗黙の了解が成立しているかのように、エイミーもジェイスも迫りくる別れのときについて、はっきり口にしたことはなかった。だが、別れの予感は真っ暗な穴のごとく、エイミーをのみこもうと大きな口をあけていた。ジェイスのほうは、一日一日をあるがままに受けとめていくという彼自身の哲学に従っているのだろう。エイミーが差しだすものを、別れのときまでは淡々と受けとるだけなのだろう。彼が将来のことをほとんど考えていないのはわかっている。未来を考えないことによって、この十年間、精神的に持ちこたえてきたのだ。エイミーがそれを批判することはできない。だが、それでも自分たちの立つ基盤のあまりの違いに、彼女は悄然《しょうぜん》とせずにはいられなかった。

〈サーパント〉は活況を呈しはじめていた。また海軍の船が入港し、すでにこの店を見つけた水兵たちが来ていたし、地元の常連たちもビールと今日のゴシップを求めて集まっていた。フレッド・クーパーもエイミーが波止場で見かけた二人の漁師とともにテーブルについていた。エイミーを海側の席に連れていくジェイスに、彼ら三人は笑顔で挨拶《あいさつ》した。

レイがエイミーのための赤ワインと雇い主のためのラム酒のオンザロックを運んできた。エイミーはジェイスの家から持ってきた小さな袋を差しだした。「はい、どうぞ。デザートに召しあがれ」

レイはこぼれんばかりの笑みを浮かべ、嬉《うれ》しそうに袋をあけた。「チョコチップ・クッキー！　ぼくの好物だ！」

「昨日はココナツクリーム・パイが好物だと言っていたくせに」ジェイスがラム酒を飲みながら言った。

「昨日はエイミーがココナツクリーム・パイを持ってきてくれたからだよ。木曜にはココナツクリーム・パイがぼくの好物になるんだ。でも、今日は別の日だ。いつ作ったんだい、エイミー？　今日のきみはかなり忙しかったと聞いているけど」

「夕食の前に材料をまぜあわせ、料理を食べているあいだにオーブンで焼いたのよ」エイミーは穏やかに答えた。

「ジェイスはいくつ食べた？」

「心配するな。きみと同じ数しかもらってない」ジェイスがそっけなく言った。

「おやおや、彼はご機嫌ななめのようだね」レイはクッキーを頬張った。「ひょっとしたらこのクッキーをもっと食べたかったのかもしれない。すごくおいしいよ、エイミー」

「ありがとう」

エイミーはレイがカウンターに戻っていくのを見守った。彼女の横ではジェイスが背もたれの高い籐《とう》の椅子に深く身を沈め、見ているほうが不安になってくるような一心不乱さで黙々とラム酒を飲んでいる。ここ二日ほど酒量が減っていたのに、まるでその分を取りかえそうとするような飲みかただ。エイミーは奇妙な怒りのまじった落ちつかない気分になった。

「あなた、死ぬまで毎晩ここに座ってラム酒を飲みつづけるつもりなの？」ひたすら飲むだけの彼の態度に耐えきれなくなり、エイミーはつぶやくように言った。

ジェイスは横目で彼女を一瞥《いちべつ》したが、意識はバーの入り口のほうに向けられているようだ。「たぶんね。それが何か？」

エイミーはそのにべもない返事に口もとを引きしめた。ジェイスとのあいだで着々と高まっていく緊張感から気持ちをそらしたくて、店内になんとなく目を走らせる。

〈サーパント〉はもう、初めて来た晩みたいに自分と無縁の危険な場所のようには見えなかった。きっと店内の何人かと顔見知りになったからだろう。実際、二、三の島民とはかりそめの友情を育てはじめている。この島でそんな友情を感じることになろうとは夢にも思っていなかったのに。エイミーは現実的な哲学を持ったマギーのことや、絵のうまい陽気なレイのことを思った。セントクレアは彼女の想像とはずいぶん違っていた。ここには真面目《まじめ》でいい人たちもいた。

「何を考えているんだい、エイミー？」ジェイスが長い沈黙を物静かな問いかけで破った。グラスの酒はほとんどなくなっており、レイに向かっておかわりを持ってくるよう合図する。

エイミーはからに近いラム酒のグラスをじっと見つめた。「この島における観光産業の将来について考えていたのよ」そう言ってはぐらかす。「いつかクルーズ船がセントクレアに立ちよるようになったら、〈サーパント〉は観光客向けの格好のナイトスポットになるわ」

「ああ、そうかもしれないな」ジェイスはたいして関心がなさそうだ。

「あなたって将来のことは全然考えないの？」エイミーはやりきれない気分になって低い声で尋ねた。

「考えずにすむ限りはね。考えてもしょうがない」

レイがラム酒のおかわりを持ってきた。明るい笑顔はなく、無礼でない程度の無表情になっている。雇い主がまた酒に執着しはじめたことに賛成してはいないようだ。

会話は再びとぎれていた。エイミーは自分がワイングラスの脚《ステム》を強く握りしめていることに気づき、意識して力を抜いた。またグラスを引っくりかえすようなぶざまなまねはしたくなかった。いったいどういうことだろう？　ジェイスとの最後の数時間をできる限り完璧《かんぺき》なすばらしいものにしたいのに。いい思い出にしたいのに。それなのにすべてが理解不能の手に負えない状態に陥りつつある。目に涙がこみあげ、エイミーは慌ててまばたきで散らした。

だが、視界が明瞭《めいりょう》になると、いまにもまた新たなトラブルが起ころうとしているのがわかった。

タイ・マードックが肩で風を切り、〈サーパント〉に入ってきたのだ。すでにほかの店でアルコールを入れてきたらしい。エイミーは隣に座っている男がにわかに緊張するのを感じとった。タイはカウンターに近づき、足もとの真鍮《しんちゅう》のバーに片足をかけて飲み物を注文すると、店内を暗い目で見まわした。

「ちくしょう」ジェイスがいまいましげにつぶやいた。「邪魔をしに来たな」

椅子の背もたれにいっそう身をうずめ、彼は冷ややかな目でタイを観察した。エイミーの不吉な予感は千倍にもふくれあがった。

「ジェイス?」彼女の心配そうなまなざしをジェイスは無視している。「ジェイス、今夜はもめごとはいやよ」

だが、彼とタイのあいだで火花を散らしている男同士の対抗心をどうしたら雲散させられるのか、エイミーにはわからなかった。ここでは礼儀とかマナーといったあたりまえの規範が常に適用されるとは限らないのだ。「ジェイス、彼は何もしてないわ。ただお酒を飲んでいるだけよ」

その言葉でジェイスの注意がエイミーに向いた。「ぼくも同じだ。酒を飲んでいるだけだ。だが、ぼくとあいつでは決定的な違いがある」

「決定的な違いって?」

「ぼくはきみと飲んでいるんだ」ジェイスは頭の悪い人間に言うように辛抱強く説明した。

「きみの古い友人マードックは、ぼくが昼間やつの鼻先からきみをかっさらったあとに家できみと抱きあったことを知っている。やつ自身が同じことをするつもりだったんだからな。今夜、やつはどこかで酒を引っかけ、そのことを少々考えてきた。決して友好的な気分ではないだろうよ。つまり次に何が起きてもぼくのせいではないってことだ」

「やめて！」エイミーはぞっとしてささやいた。ジェイスはまるでそれが宿命であるかのように喧嘩《けんか》する覚悟をかためている。むしろ喧嘩になるのを待ちかねているようにさえ見える。「そんなこと言わないで。わたしたちがあれからどう過ごしたか、彼が知るわけはない……」声がとぎれたのは、タイが自分たちを物思わしげにじっと見ていることに気づいたからだった。エイミーの顔が赤く染まった。

「ぼくたちがあれからベッドで過ごしたのをやつが知るわけがないって？　知っているに決まってるさ。〈クロムウェルズ〉からきみを引きずりだしていったときのぼくが何を考えていたか、やつはちゃんとわかっているんだ。あのあとおそらく酒を飲みながら、きみがぼくに抱かれているところを想像して歯がみしていたんだろうよ」

「ジェイス！」エイミーは愕然《がくぜん》として叫んだ。

「男が夢想することなんてそんなものだろう、ハニー？　忘れたのかい？」ジェイスは嘲《あざけ》るように言った。

「ジェイス、お願いだから喧嘩はやめて」

「マードックは喧嘩がしたくてうずうずしているんだ。きっときみがやつを差しおいて選んだ恋人を叩《たた》きのめし、自分の男らしさを証明するつもりでいるんだろうよ。その男らしさの証《あかし》をきみに見せつけたいんだ」

「そんなばかな！　そんな考えは子どもっぽすぎるわ。幼稚でばかげてるわよ」

「男なんてそんなものさ。きみ自身が何度もそう言ってたじゃないか」

「いいわ。タイが自分の男らしさを証明するために喧嘩を吹っかけるといった幼稚なことをやりかねないのはわたしも認めるわ。でも、あなたにはもう少しまともな対応を期待したいのよ。わかるでしょう？」エイミーは説いて聞かせるように言った。

「なぜぼくにそんな理性的で知的な態度を期待するんだい？　ぼくだってセントクレアに流れついたただの男にすぎないんだ。きみが属する文明社会からはるか昔に逃げだしてきた男なんだよ」

エイミーは無力感を胸に、ジェイスをにらみつけた。「あなたも喧嘩がしたくてうずうずしてるってわけね？　彼のほうから仕掛けてくるのを待ってるのね？」

「きみも素人心理学者になりつつあるな。この島に長く暮らせば、熟練した精神分析医になれるだろうよ。ここで暮らしていると、いやでもそうなるんだ」

エイミーはタイ・マードックが酒を飲みほし、決然と歩きだしたのを視界の隅にとらえた。その動きには根源的な男の敵意がみなぎっていた。

エイミーの横でジェイスは微動だにしなかったが、彼の中で緊張感が高まるのをひしひしと感じ、彼女は悲鳴をあげたくなった。「ジェイス、こんなのばかげているわ。お願いだから冷静に対処して。この状況をコントロールできるのはあなたしかいないのよ」

「そう、ぼくが状況をコントロールするつもりだよ」ジェイスはもはやエイミーにはまったく注意を払っておらず、すべての意識をタイ・マードックに集中させている。

タイは彼らのテーブルの横で立ちどまり、クールな口調で言った。「もう時間つぶしのお遊びにはいい加減に飽きてきただろう、エイミー？　今夜をともに過ごそうというぼくの誘いはまだ有効なんだよ。成熟した男と半人前の坊やの違いをきみに教えてあげよう」

エイミーに向けられた言葉だが、ジェイスへのあてこすりであることは疑いようがない。

「タイ、お願いだから――」エイミーは力なく哀願しかけた。

「もう消える潮時だぞ、マードック」ジェイスがわざとエイミーの言葉をさえぎり、冷たく言い放った。

「ぼくが消えるときは、エイミーもいっしょだ」タイは横柄に言いかえした。「彼女が二年前に知りそこなった喜びを今夜教えてやるんだよ」

「エイミーは全然惜しがっていないよ」ジェイスがよどみなく応酬した。彼は身じろぎもしない。ただ鮮やかなトルコブルーの目だけが挑戦的にめらめらと燃えている。「それに彼女はきみにはついていかない。うせろ、マードック」

タイはベルトに親指をかけ、足を開いて立った姿勢のままジェイスをにらみつけた。

「ぼくはずっと前から彼女を知ってるんだよ、ラシター。今夜は旧交をあたためようというわけさ。おいで、エイミー」

「タイ！　やめて！」エイミーがぎょっとして叫んだのは、いきなりタイに腕をつかまれて立たされたからだった。案の定、その拍子に左手が半分中身の残っていたワイングラスにぶつかった。だが、今回ジェイスは倒れかかったグラスを受けとめようとはしなかった。赤いワインがテーブルに広がり、端からしたたっても目もくれない。

「今度彼女に近づいたら首の骨をへし折ってやると言っておいたはずだ」彼は言った。その声に含まれた期待の響きにエイミーは身を縮めた。ジェイスもタイと同様、やる気満々なのだ。エイミーは二人の男に強い憤りを感じた。

「お願いだから放して、タイ」エイミーは目で懇願しながら低く言った。

「聞こえただろう、彼女の言葉が？」

そのとき、邪険なほどの唐突さでエイミーの腕が放された。彼女の目の前で、ついに二人の男が爆発したのだ。ジェイスが電光石火の素早さで椅子から立ちあがり、タイの顎を狙《ねら》って拳《こぶし》を繰りだした。

ジェイスを挑発して先に手を出させるという目的を達したタイは、すぐさま人質を放してジェイスのパンチを辛くもかわした。それでも肩で受けて後ろ向きに引っくりかえり、その機を逃さずジェイスが突進した。

「ああ、どうしよう」エイミーはとっさに後ろにさがり、片手を口にあてた。

そばの席の客たちが場所をあけ、誰もが好奇のまなざしでこの見世物に注目した。近くのテーブルではどっちが勝つか、二人の男が賭《かけ》を始めた。ほかの客はやんやとはやしたてている。レイはカウンターの向こう側に立ったまま、水兵同士が喧嘩した晩のようにホースを取りだそうともしないで、じっと観戦している。

「誰かとめて！」エイミーはいらいらして叫んだ。だが彼女の言うことなど誰も聞いていない。ジェイスとタイは壮絶な喧嘩を繰り広げていた。テーブルが倒れ、椅子が吹っ飛び、グラスが割れた。その惨状に、エイミーの精神状態はヒステリーと憤怒《ふんぬ》のあいだを激しく揺れ動いた。いや、すでに憤怒のほうが強くなっていた。

二人の男が床をころげまわり、拳が肉を叩くぞっとするような音が続くと、エイミーはレイが平然と立っているカウンターのほうにすがりつくような視線を投げかけた。

「レイ、なんとかして！　二人をとめて！　あのホースを使ってよ！」

「こいつはジェイスの喧嘩だ」レイは彼女がこうしたことの微妙なニュアンスをまるで解していないとでも言いたそうに、理性的な口調で指摘した。「だからジェイスが決着をつけるんだ」

「ばか言わないで！　お互い殺しあおうとしているのよ！」

「大丈夫だよ」レイは安心させるように言った。

「わたしはとめてほしいの！」エイミーはいきりたった。

「ぼくが割りこんだら、ジェイスはぼくを殺そうとするだろうよ」レイは穏やかに言った。

「そこまではしないにせよ、ぼくが仕事を失うはめになるのは確実だ」

「だったらわたしには失う仕事もないわ。ホースを借りるわよ！」エイミーはカウンターの中に入り、シンクの下に巻いてあったゴムホースをつかんだ。

「ちょっと待ってよ」彼女が本気であることに気づいて、レイが言った。

だが、エイミーはもう水道の栓をひねっていた。震える手でホースの先を、床でもつれあっている二人の男に向ける。

二人が冷たい水を浴びせられると、見物人たちのあいだからどっと歓声があがった。取っ組みあっていたジェイスとタイはたちまち水びたしになって離れ、放水の源を腹立たしそうに見あげると、ホースを振りかざすエイミーを茫然《ぼうぜん》と見つめた。

「おい、よせ、エイミー」ジェイスが胸を上下させて呼吸を整えながら言った。「いったいなんのまねだ?」

「水をとめろ！」タイが床をころがって水の噴射を避けながら吠《ほ》えた。

エイミーはシンクの下の栓をひねり、水をとめた。まだ先端から水滴のしたたるホースを手にしたまま、カウンターごしにジェイスをにらみつける。「言っておくけど、荒くれ者のカウボーイみたいなまねをやめなかったら、またすぐに水を出しますからね！　生まれてこのかた、これほど情けない思いをしたことはないわ。二人ともどうしようもないマッチョなのね。ご自分の男らしさはもう証明できたかしら？　まったく、二人とも恥を知りなさい。こんなことをしなければ男らしさを証明できないなどと思っているなら、ひとつ教えてあげるわ。いまのあなたたちは幼稚な小僧っ子にしか見えないわよ。自分たちがまだ子どもであることを世間に誇示している二人の坊や。おとなの男ではなく、あくまで男の子だわ。どうせこういうのも夢の一部なのよね？　バーで二、三杯お酒を引っかけ、ひとりの女をめぐって喧嘩をすることが！」

「エイミー」ジェイスが流血している口もとを手の甲で押さえながら言った。「ホースをおろせ」

「言うべきことを言うまではおろさないわ」店内の誰もがこの展開を面白がっているのを意識しつつも、エイミーは声を張りあげた。視線はジェイスの顔にすえたままだ。「あなた、残りの人生をずっとこんなふうに過ごすつもりなの、ジェイス・ラシター？　このバーで飲んだくれ、たまに訪れる女性観光客をめぐって無意味な喧嘩を繰りかえすつもり？あなた同様いつまでたっても成長しないタイ・マードックみたいな男をやっつけることで男らしさを証明できる気になって？」

「エイミー……」意外なことに、今度はレイがさえぎろうとした。エイミーは彼を無視し、それまでと変わらぬ熱っぽい口調で演説を続けた。

「よく聞いて、ジェイス・ラシター」考えを整理するためにひと息入れることもなく、勝手に言葉がころがりでるに任せて力強く続ける。「あなたにひとつの選択をしてもらうわ。家庭を持つか、さもなくばこれからも永久にいまみたいな暮らしを続けるかという選択よ。聞いている？　わたしがあなたに家庭を差しだしているのよ。手料理と団欒《だんらん》、それに……それに毎晩いっしょに寝るパートナーのいる家庭を。あなたに現在だけでなく未来を差しだしているの。わたしが男性に差しだせる唯一のものをね。これまでほかの男性相手にそんな危険をおかす気になったことはないわ。わたしの申し出に応じる気があるかどうか、気持ちが決まったら会いに来て。わたしは明朝の飛行機でサンフランシスコに帰るから」

ホースを放《ほう》りだすと、エイミーは唖然《あぜん》としている男たちのあいだをつかつかと歩いていった。周囲には目もくれず、床で血を流しているあざだらけの二人の前も素通りして店を出ると、彼女はまっすぐジェイスの家をめざした。

家に着いたエイミーは自分が使っていた寝室に直行し、スーツケースに荷物を詰めこんだ。それから迷いのない足どりで再び外に出て、〈マリーナ・イン〉に急いだ。

「おやおや、ミス・シャノン」フロントのサムはエイミーが目の前に立つと雑誌から顔をあげて陽気に言った。「今夜はどういうご用件で？」彼女の乱れた格好を興味津々の顔つきでちらりと見たが、それに関する質問は差し控えている。

「前に泊まった部屋にまた泊めてほしいのよ、サム。それに今夜は誰であろうが訪問客は断ってほしいの」

「承知しましたよ、マダム」サムは鍵《かぎ》の束に手を伸ばした。「はい、これが一〇五号室の予備の鍵のすべて。これで誰が訪ねてきても、わたしが渡してやれる鍵はひとつもないってことだ」

エイミーは苦笑した。「要するにあなたはノータッチでいようってわけね？」

「そういうこと。それじゃ、おやすみなさい、ミス・シャノン。滞在はいつまで？」

「明日の夜明けとともに出発するわ」

「六時半の飛行機に乗るのかな？」

「ええ、そうよ」エイミーは向きを変え、スーツケースを引きずって階段をのぼりはじめた。全身の血管を駆けめぐっていたアドレナリンがゆっくりと引きはじめ、あとには癒《いや》しがたい失意と疲労が残っていた。

彼女は危険をおかしたのだ。もう自分にできることはない。あとはジェイス次第だ。彼が先刻の申し出に応じてくれそうにないことは言われなくてもわかっていた。ジェイスは安定したあたたかな家庭生活など自分には向かないと、とっくの昔に結論を出しているのだ。

なぜ彼でなければならないのだろう？　エイミーはシャンパン色のネグリジェに着がえ

てベッドにもぐりこみながら、絶望的な気分で自問した。なぜ自分が差しだすものをほしがるような男性を見つけられないのだろう？　女がどんなにがんばっても、おそらく一生家庭にはなじめないような男に、なぜこれほど執着してしまうのだろう？

人生は不公平だ。もっともそれは昔から変わらぬ現実なのだ。

エイミーは疲れ果てて眠りこみ、女の手では決して飼いならすことのできないトルコブルーの目の持ち主を夢に見た。その夢の中でエイミーは彼に追いすがり、可能な限りの説得を試みたが、結局すべて無駄だった。朝、目覚めると、彼女はベッドに倒れこんだときと同じくらい消耗していた。夜のあいだに彼女を訪ねてきた者はひとりもいなかった。

それはつまり、エイミーが賭に負けたことを意味しているのだろう。

彼女はぐったりした気分で荷造りをした。日に一便のアメリカ行きの飛行機にはひとつぐらい空席があるはずだった。セントクレアに出入りする乗客は決して多くはない。太平洋を飛ぶ航空会社の乗客はほとんどがハワイで乗り降りするのだ。

長いため息をつき、エイミーは支度を終えると最後にもう一度室内を見まわした。そのときドアが静かにノックされた。思わず心臓がはねあがった。エイミーがそっとドアをあけると、ジェイスが立っていた。

「ひどい顔」エイミーは考えもせずに言った。ジェイスの顔はあざだらけで、口もとの傷はまだ生々しく痛そうだった。

「あいつの顔はもっとひどい」ジェイスはうなるように言った。「きみを空港まで車で送りに来たんだが」

敗北感がエイミーを打ちのめした。ジェイスはわたしの腕の中に身を投げだして申し出を受け入れるために来たわけではないのだ。わたしったら、いったい何を期待していたのだろう？

「どうもありがとう」エイミーはなんとか平静な声を繕った。「助かるわ」

ジェイスは何も言わずに彼女のスーツケースを持ちあげた。空港までの短いドライブも重苦しい沈黙のうちに過ぎて、エイミーは自分が乗る飛行機をうつろな表情で待った。いまさら何を言うことがあるだろう？　わたしは一世一代の申し出をしたのだ。それを受けるもはねつけるも、ジェイス次第なのだ。

そしてジェイスがはねつけるつもりでいることは明白だった。

小さな飛行機が空から降下してきて、短い滑走路に着陸した。もう時間切れだった。あと数分でセントクレア島ははるかな雲の下になる。エイミーはスーツケースを持ち、搭乗ゲートがわりのドアに向かった。

「エイミー？」

ジェイスに引きとめられ、彼女は顔をあげた。ジェイスの表情は読みがたいけれど、その目には悲しみがたたえられているような気がした。悲しみと、何か必死の思いとでも言うべきものが。

「何？」

「エイミー、ゆうべ言ったことは本気なのかい？」

エイミーは胸を締めつけられた。「ええ、本気よ、ジェイス」

ジェイスは深く息を吸いこみ、彼女の腕をつかんでいる指にぎゅっと力をこめた。「エイミー、ぼくはいまさらアメリカには帰れないんだ。ここでの暮らしが長すぎて」

「お願いだから言い訳なんかしないで、ジェイス。わたしの申し出は単純明快なものだわ。イエスかノーかで答えは十分よ」だが、その答えがノーであることはもうわかっていた。

「エイミー……」

タラップが用意され、エイミーは再び歩きだした。「さようなら、ジェイス。あなたの答えはわかっている。口に出して言う必要はないわ」もう一度立ちどまり、伸びあがってジェイスの唇にそっと唇を触れあわせる。それから、これ以上ばかを見る前に、急ぎ足でタラップをあがっていった。

離陸すると、エイミーは自分の愛した男の姿が小さくなっていくのを窓から見つめた。最後に見たこの姿はいつまでも脳裏から消えないだろう。風に乱れた髪、尻のポケットに両手を突っこんだ立ち姿、その厳しい表情。やがてジェイスも島も見えなくなった。

四十八時間後、エイミーはメリッサの家のキッチンで甥《おい》っ子を膝に抱き、姉にセントクレア島の話を聞かせていた。メリッサの隣にはアダム・トレンバックが腰かけ、未来の妻を守るように肩に腕をまわしている。アダムはすごくハンサムというわけではないわね、とエイミーは心の中でほほえんだ。特別背が高くもなく、ちょっとずんぐりした印象だが、メリッサとクレイグに対してはこれ以上ないほど優しい。アダムという名が暗示するとおり、とても頼りがいがあっていい人だ。夫や父親としての責任感を、持って生まれた才能のようにその身に備えている。

「それじゃあ、一件落着だな」エイミーの話が終わると、アダムは言った。「もし今後、彼がこのあたりに現れたら、トラブルを起こすためでしかないだろう。そのときにはぼくが相手になるよ」

メリッサはいとおしそうにアダムに笑いかけた。もしアダムよりもタイ・マードックのほうがずっと長身でたくましいうえ、暴力行為に慣れていることを思い出しているのだとしても、メリッサはそんなことはおくびにも出さなかった。まるでいざとなったらアダムが赤子の手をひねるようにたやすくタイを倒せるかのようにふるまっている。だが姉の愛情あふれる顔を見ているうちに、エイミーはそれがアダム向けの演技などではないことに気がついた。メリッサは心から彼を信頼しているのだ。そしてほんとうに、いざ対決となったらアダムのほうが勝つのかもしれない。彼の動機のほうがずっと強いし、それが大きくものをいうだろう。もっともエイミーはタイがこの土地に戻ってくることはないだろうと思っている。

「仮面は入り江の海底に沈んだままにしてきたわ。結局たいして価値のあるものではなかったんだし、クレイグにも必要ないと思ったのよ」

「ええ、そのとおりだわ」メリッサが妹にじゃれつく幼い息子を見つめて言った。「クレイグにタイの思い出は必要ない。アダムがこの子の父親になるんだから。ほんとうの父親にね」

クレイグは叔母の膝の上で揺すりあげられ、はしゃいだ笑い声をあげた。

「それにクレイグには、いずれ近いうちに弟や妹ができるんだ」アダムが誇らしげににっと笑った。「この子に必要な家族がすべて揃《そろ》うんだよ」

エイミーはちらりと目をあげ、姉の目を見た。まだ子どもを産む気なの、メリッサ？ほんとうにまたそんな危険をおかすつもり？　いくらこの男性のためとはいえ。だが、その疑問は口に出すまでもなかった。メリッサの目がイエスと語っていた。

「仕事にはいつ戻るの？」メリッサがおとな三人のカップにコーヒーをつぎたしながら言った。

「明日から。今日は時差ぼけで仕事にならないわ」

「疲れた顔をしているね」アダムが言った。「ほんとうに時差ぼけだけなのかい？」

「ええ、心配はご無用よ」エイミーはなんとかほほえんでみせた。ジェイス・ラシターとのかかわりについては最小限のことしか話していない。彼がセントクレア滞在中の恋人だったとはほのめかしさえしなかった。だが、メリッサは好奇心と心配がないまぜになった目でじっとエイミーを見つめていた。

メリッサが疑問をぶつけてきたのは、翌日、クレイグを連れてユニオン・スクエアにほど近い〈シャノンズ・シック・ブティック〉を訪れ、エイミーを昼食に連れだしたときのことだった。

「彼のことを話してよ」近所の店でクロワッサンのサンドイッチを食べながら、メリッサは言った。「セントクレアで何があったの?」

「いっしょに家庭を作りたいと思うような人に出会ったのよ」エイミーは静かに答えた。

「でも、彼のほうは家庭なんて持ちたくないらしいわ」

姉に無遠慮に探りを入れられてとうとう一部始終を打ちあけ、話しおえたときには妙にほっとした。

「彼がわたしに不幸な結婚をさせまいと思うだけの道徳心を持っていたのは、わたしにとってラッキーだったのかもしれないわ」冗談まじりにそう締めくくる。

「残念だったわね」メリッサはいたわるようにささやいた。「いままでずっと慎重だったあなたがやっと危険をおかす気になったのに、その気持ちをくみとってもらえなかったなんて……」

「いずれ立ち直るわよ。女はみんな強いんだから。あなたがいい例だわ。島で知りあったマギーっていう女性も、人類が絶滅せずにすんだのは女のおかげだと言っていた。わたしたち女性のほうが男よりも危険な賭をしているのよ」

メリッサはほほえんだ。「かもしれないわね。わたしたちにとってはちょっときついけど、それで人類は生き残ってきたのかもしれないわ。男が妊娠などという危険を好んでおかすとはとても思えないもの！」

エイミーはマギーも同じことを言っていたと思いながら笑い声をあげた。それから姉がはっとしたような顔で自分を見つめていることに気づき、笑いを引っこめた。「どうかしたの、メリッサ？」

「妊娠といえば……」メリッサは真剣な口調で切りだした。

「あら！」エイミーは目をしばたたき、それからその直截《ちょくせつ》な質問に赤くなって目をそらした。「大丈夫、その心配はまったくないわ」

メリッサは片方の眉をあげた。「あなたに避妊具を持ち歩く習慣はないはずだわ。それでも心配ないって言うのは、ジェイス・ラシターのほうに、その、女性の旅行者をもてなす万全の用意があったということ？」

「意地悪言わないで、メリッサ。大丈夫と言ったら大丈夫なのよ。それをそのまま信じてちょうだい」

　幸いにもそのときクレイグが、レバーのパテがはさまったクロワッサンのかたまりを吐きだしてくれた。クレイグを抱いていたエイミーはナプキンに手を伸ばした。

「ねえ、エイミー、あなたは絶対にいい母親になるわ」メリッサが帰り支度をしながら気軽な調子で言った。「クレイグの扱いかたを見ればわかる。あなたたちってほんとうに仲がいい」

「それはお互い、いつもべったりいっしょにいるわけではないからよ。仲よく遊ぶ時間が終わったら、それぞれ別々の道を行くから」エイミーはクレイグの口の端についたパテを拭《ふ》きとってやり、くすりと笑った。クレイグも機嫌よく笑って、ナプキンをつかもうとした。

「こと子どもに関する限り、あなたは自分でそう思いこんでいるほど臆病《おくびょう》ではないと思うわよ」メリッサが物柔らかに言った。「ひとつ訊《き》きたいんだけど、ジェイスとベッドに行ったとき、あなた、ほんとうに避妊のことを考えていた?」

　エイミーの返事は紅潮した頰を見れば明らかだった。「行きましょう、メリッサ。もうお店に戻らなきゃ」彼女は甥っ子を母親の手に抱かせた。

　メリッサはため息をついて立ちあがり、息子をベビーカーに乗せた。「あなたってロマンスに対して慎重な女にしては、面白い仕事をしているわ!」

日々が過ぎていくうちに、エイミーの生活はまたふだんのパターンに戻っていった。ジェイスやセントクレアの思い出は常に頭のどこかに引っかかっていたけれど、彼女はその思い出をなるべく押しのけようとした。だが、夜ベッドに横たわると、ジェイスは今夜も〈サーパント〉の片隅で島の〝お土産〟を物色しに来る女性観光客を待ち構えているのだろうかとつい考えてしまう。

ジェイスにとって、わたしとの関係はもう楽しい思い出にすぎなくなっているのだろうか？　ああ、そんなのいや！　どうか彼にとってもそれ以上のものでありますように。ジェイスを自分のものにすることはできなくても、いつまでも自分のことを忘れずにいてほしい。エイミーが彼をいつまでも忘れられずにいるように。

サンフランシスコに帰ってきてから数週間たつと、エイミーは時の流れが思ったほど失恋の痛手を癒す万能薬とはならないことを認めないわけにはいかなくなった。ジェイスを吹っ切るのにいったいいつまでかかるのだろう？　エイミーは友だちの誘いに応じたり、コンサートに出かけたり、残業したりして、日々のスケジュールを無理にでもいっぱいにするよう心がけた。だが、どんなに忙しくしていても夜はいつもむなしかった。

ある日の午後、店に顔を出したメリッサがとうとうたまりかねたように言った。「あなた、ひどい顔をしているわ。どこか悪いんじゃない？」

「単に疲れが残っているだけよ」

「いくらなんでも、もう時差ぼけだと言い逃れることはできないわよ。もう帰ってきて三週間もたつんですからね。それに、ただ報われない恋に悩んでやつれているだけだとも思えないわ」

エイミーは眉をあげた。「もちろんそんなんじゃないわ」

「病院に行くべきよ」

「ばかばかしい。どこも悪いところなんかないんだから、医師にかかる必要はないの」

「どの医師でもいいわけじゃないわ。ドクター・カーソンに診てもらうのよ」

「産婦人科医の？　なんのために？　定期検診なら何カ月か前にすんでるわ」

「なんのためかはわかっているはずよ、エイミー。あなたももう、おとななんですもの。いったいいつからなの？」

「何が？」エイミーはきょとんとした。

「だから、いつからないのかと……」メリッサの質問が尻切れとんぼになったのは、店員がエイミーに何か訊きに来たからだった。

店員の問いに答えおえたときには、エイミーも姉が何を心配しているのか気づいていた。

「ねえ、そんなことはないのよ、メリッサ」エイミーは急に膝の力が抜けたような気がして、つぶやくように言った。「絶対にありえないことなの。ほんとうに心配いらないわ。

彼がそう言ったんだから」

「男っていうのはね」メリッサは経験者らしい物言いをした。「女に対して過去何千年もそう言いつづけてきたのよ。そして女は同じくらい長いあいだそれを信じつづけてきた。うかつに信じるべきではないと知りながらもね」

「違うのよ、メリッサ。ジェイスにはできないのよ……つまり、その、医師にできないって言われたの……」


一週間後、エイミーは産婦人科の診察室でデスクの前の中年の女医に同じことを訴えていた。

「わたしが妊娠しているはずはないんです」声をかすれさせてそう締めくくり、そのとおりだという言葉を祈るような思いで待つ。

ジェシカ・カーソン医師はこの二十八年来のつきあいの患者に向かい、気の毒そうな顔で説明しはじめた。「乏精子症というのは無精子症とイコールではないのよ。無精子症とは大違いなの。実子をあきらめて養子をもらったら数カ月後に子どもができたという夫婦は世間にいくらでもいるわ。精子の数が少ないと女性を妊娠させにくいのは確かだけど、百パーセント不可能なわけではないの」

エイミーは呆《ほう》けたように医師を見つめていた。初めてジェイスとベッドをともにした翌朝のことがまざまざと思い出される。あのときの彼女はパニック状態に陥っており、ジェイスは彼女を落ちつかせようとして一生懸命だった。

ひょっとしたらあのとき彼が言ったことはすべて作り話だったのだろうか？　自分の望みどおりの場所に――ベッドに――都合よく彼女を引きとめておくための嘘《うそ》だったのだろうか？

エイミーは震えながら診察室をあとにした。ジェイスはわたしを騙《だま》したのだ。動転し、傷つき、不安におののくエイミーの心の中で、その現実だけが強烈な光を放っているかのようだった。

ジェイスは二度と会えないのをいいことに、わたしをもてあそんだのだ。彼もほかの男と同じように、自分の行動がどんな結果を生むかということは歯牙《しが》にもかけなかったのだ。彼の興味はいっとき快く体を開いてくれる恋人を持つことにしかなかったのだ。

そして過去の多くの女たちと同様に、エイミーは自分自身の無謀さのつけをこれから支払っていかなければならなかった。

これまで感じたこともないような激しい怒りが、いまエイミーの心の奥底に深く根をおろそうとしていた。

11

　ふと気づいたら、サンフランシスコの街は赤ん坊だらけだった。妊娠を宣告されてからのエイミーは、どこに行っても赤ん坊が目について仕方がなかった。デパートのエスカレーターに乗れば目の前に特製バックパックで背負われた赤ん坊がいたし、アパートメントのエレベーターは幼児を乗せたベビーカーでいつも込みあっているような気がした。バスの中では母親の膝に抱かれた赤ん坊がきょとんと彼女を見あげていたし、スーパーマーケットではレジに並んだカートの中に、食料品といっしょに幼子がお座りさせられていた。ほんとうにいままで、こんなに赤ん坊を意識させられたことはなかった。いつものエイミーならクレイグ以外の子どもにはほとんど注意が向かないのに、いまは逃れようもなく子どもに囲まれているような気がした。

　むろん心理的なものだとわかってはいる。自分が妊娠したショックで、まわりの赤ん坊がやたらに気になるのだ。ああ、ほんとうにどうしたらいいのだろう？　ひとつだけ確かなのは、デパートのベビー用品売り場についふらふらとさまよいこんでしまったり、二歳以下の子どもを見かけるとぼんやり見入ってしまったりといったことをやめなくてはならないということだ。赤ん坊の夢ばかり見て、夜もろくに眠れないのだ。

　ドクター・カーソンに妊娠を告げられた一週間後、エイミーは姉の家のキッチンでまたぶつぶつと愚痴を繰りかえした。「もう頭がおかしくなりそうだわ。何もまともに考えられない。いったいどうしたらいいの？」

「ひとつ、はっきりとした解決法があるわ」メリッサはコーヒーをつぎながら優しく言った。「それが何かはあなたにもわかっているはずよ。どんな女にも選択の自由はあるわ」

　エイミーはその言葉にはっとして、打ちひしがれたような暗い目で姉を見つめた。「中絶？」声に出して言ってみる。そう発音するだけのことがなぜこんなに難しいのだろう？「確かにわたしは男の罠《わな》には引っかからないと自分自身に誓ってきたけれど……」言葉を切って首を振る。「男に遊ばれたあげく捨てられて、子どもをひとりで育てるはめになるのはごめんよ。でも、だからといって中絶するの？　そんなこと考えられないわ！　わたしったらほんとにどうしちゃったのかしら」

　メリッサはエイミーが手にしたコーヒーカップがソーサーの上でかたかたと音をたてるのをじっと見つめていた。近ごろ妹の不器用さがまたいちだんとひどくなったようだ。最近のエイミーははた目にも明らかなほどぴりぴりしている。

　メリッサはようやく穏やかに指摘した。「この場合は誰が誰を捨てたのかしらね」

エイミーはびっくりしてメリッサを見た。「何が言いたいの？　セントクレアに行ってジェイスに結婚を迫ってこいってこと？」

「悪くはないでしょう？」

「わたしは結婚をせがむ気なんかないわ！」エイミーは気色ばんだ。「ジェイスがわたしをほしかったら、ひとりで帰しはしなかったはずよ。きっとわたしがいなくなってほっとしてるんだわ。わたしたちの関係に未来がないことはお互い最初からわかっていたんだし。間違ったときに間違った場所へ間違った女が迷いこんだ。彼はそう言ったのよ。わたしは彼にとって間違った女なの」

「それじゃ、おあいこだったわけね。あなたも彼のこと、自分にはあわないと思っていたんだから」

「まったくわたしったら、どうしてあんなばかなことをしてしまったのかしら」サンフランシスコに帰ってきて以来、何度めになるかわからない自問を、エイミーは声に出して繰りかえした。

「中絶は考える気にもなれない？」メリッサが優しく問いかけた。

エイミーは黙って渋面を作ってみせた。

「わたし、自分のときは、考えるだけは考えたのよ」メリッサはひっそりと言った。

「まさか！　ほんとうなの？　クレイグがおなかに宿ったのを知ったときに、中絶することも考えたって言うの？　知らなかったわ……」

「タイとの関係がだめになりそうなことはそのころからわかっていたのよ。いいえ、たぶんつきあいだしたときからわかっていたんだわ。彼はあなたが言ったとおり、不実で頼りにならない、愛情の薄い人だった。子どもをほしがっていないのもわかっていたから、妊娠に気づいたときには気が動転して中絶の予約を入れたのよ」

「それをやめたのはなぜ？」

　メリッサは自嘲《じちょう》的に口をゆがめた。「変に聞こえるでしょうけど、土壇場で思いとどまったのは自分をばかみたいに感じたからなの。自分をばかみたいに感じたときって、常識でははかり知れない行動に走るものなのね」

「どういうこと？」

「当日診療所の待合室に入っていったら、そこにいる患者のほぼ全員が十四歳前後だったのよ」

「まあ！」エイミーは目を丸くした。

「まったく驚きよね」メリッサは言葉をついだ。「その子たちがわたしを見る目は、こう言っているようだったわ。〝わたしはまだ十四だから、こういうところに来るのも仕方がないわ。十四歳なら過ちをおかすこともある。だけど、あなたは三十近い。そんないい年のおばさんがどうしてそんなどじを踏んだの？〟わたしね、そういう目で見られたのがすごくやしかったの」残念そうにくすりと笑う。「これから人生でいちばん心に傷を残しそうなつらい経験をしなければならないってときに、不安や悲しみよりも自分のばかさ加減を恥ずかしく思う気持ちでいっぱいになってしまったのよ。おかしいわよね。でも、おかげでそのまま診療所を出て、すべてをもう一度考え直す気になったの」

「そして結局、産もうと決心したのね」エイミーはテーブルに肘をつき、困惑したように頭をかかえた。「いまのわたしは全然頭が働かないの。いろいろと冷静に考えなければならないのに、この問題に限ってはまったく理性的になれないのよ。ジェイスが嘘《うそ》をついたということばかりが頭を占めて。彼、自分には子どもは作れないって言ったのよ！」

「それを聞いたのはあなたが身を任せる前だったの、あとだったの？」メリッサがやんわりと尋ねた。

　エイミーはぱっと顔を赤らめた。

「ドクター・カーソンに電話して、予約を入れてあげましょうか？」メリッサは事務的な口調になって言った。「まだ四時半だから、きっと診療所にいるはずだわ」

　エイミーは決断を迫られ、自制心が吹っ飛びそうなほどの焦燥に駆られた。それがほんとうにわたしの望みなの？　中絶が？　こういう状況の女に、ほかにもっと選択肢がないのはどうして？　ああ、人生ってほんとうに不公平だ。だけど、だからといっておなかの中で育ちつつある小さな命を抹殺していいってことにはならない。わたしのおなかにいるのはジェイスの子どもであって、単なる医学的な標本ではないのだ。いや、ジェイスの子であるばかりでなく、わたしの子でもある……。突如決心がつき、エイミーは顔をあげて姉を見た。

「だめよ、メリッサ。中絶は問題外だわ。わたしにとってはね」

「あなた、もうひとつの可能性を見落としているわ。ドクター・カーソンに頼めば養子縁組の斡旋《あっせん》をする機関を紹介してもらえるわよ」

「養子縁組」エイミーはうつろな声でつぶやいた。そうだ、そういう選択肢があった。でも、それも中絶と同じくらい考えにくいのはなぜだろう?

　メリッサの目は何もかも心得たように輝いていた。エイミーが最終的にどんな道を選ぶのか本人にはまだわかっていなくても、メリッサにはすでにわかっていた。「あなたが来週の金曜に計画していたカクテルパーティは中止にするの?」エイミーが立ちあがり、小さな赤いショルダーバッグに手を伸ばすと、メリッサは現実的な質問をした。

「まさか」エイミーはきっぱりと言った。「これからもなるべくふだんと変わりない生活を続けるつもりよ。この……この状況に生活を乱されたくはないわ」

　だが、かといってこの状況を無視することもできないのだ。遅かれ早かれ行動を起こさなければならない。カーソン医師に電話し、養子縁組の手続きをとってくれるよう頼まねばならなかった。

しかし、翌日はエイミーが所有する二軒のブティックのうち一軒でちょっとしたトラブルが発生して、エイミー自ら対処しなければならなかったため、三時になってもまだ医師に電話できなかった。仕方がない、明日にしよう、と彼女は自分に言い聞かせた。ところが翌日もやはり忙しくて電話はできなかった。

さらにその翌日、エイミーはユニオン・スクエアの大きなデパートでまたついふらふらとベビー用品売り場に足を運んでしまった。黄色と白のレースをあしらった愛らしい寝具を、彼女はぼんやりと見つめた。その小さなベビーベッドでトルコブルーの目をした赤ん坊が寝ている姿が脳裏に浮かぶと、膝から力が抜けていった。

膝だけでなく、急に体がふらついて、めまいと吐き気が襲ってきた。このままではこのベビー用品売り場で倒れてしまいそうだ！

エイミーはがくがくする足を必死に進め、なんとかトイレのほうへと歩きだした。途中ぬいぐるみの熊《くま》を二つとギフト用の化粧箱入りドレスブーツを引っくりかえしてしまったが、彼女は醜態をさらす前にトイレにたどりつくことしか考えられず、そのささいな失策には気づきもしなかった。三十分後、ようやくデパートを出られるくらいに体調が回復すると、エイミーは時計に目を走らせた。もう時間が遅かった。その日もドクター・カーソンには電話できなかった。

明くる日、エイミーは仕事を早めにあがり、近くのカフェでお茶を飲みながら自分自身と心の中で対話した。

もう一週間近くたっているのに、まだ養子縁組の件を相談するための予約さえとっていない。エイミーはひと口お茶を飲み、強いてその現実を直視した。

もう電話を先延ばしにする口実はない。先延ばしにするのに十分な理由など最初からなかったのだ。いままではわざとぐずぐずしていたのであり、そろそろその裏にあるものをきちんと見すえなければならなかった。

生まれてくる子を養子に出すというただひとつの逃げ道を、心のどこかで拒絶している。自分の心の一部はジェイス・ラシターの子を育てたがっているのだ。

それを認めてしまうと、むしろ肩の荷がおりたような気がした。エイミーは長々とため息をつき、もうひと口お茶を飲んで、次に自分の気持ちがどうなるかを見きわめようとした。自分が母親になる可能性を長いあいだ考えまいとしてきたから、いま論理的に考えようとしてもなかなか難しかった。だが、もはや選択の余地はなかった。エイミーはまだジェイスを愛しており、彼との愛の結晶を失うなんて考えるのも耐えられないのだ。

だが、その結論がどれほど前向きで単純明快であろうと、それでジェイスに対する複雑な感情がすっきり整理されたわけではない。彼が嘘をついたのは厳然たる事実だ。それに彼が家庭などほしがっておらず、サンフランシスコまで自分を追いかけてこなかったのもまた事実だ。彼の子を産んで育てたいとは思っても、ジェイスへの怒りが薄れることはなかった。その怒りは恋する女にしかわからない、ほとんどヒステリックなくらい激しいものだった。ジェイスは彼女が捧《ささ》げた体を抱きながら、彼女が差しだした未来には背を向けたのだ。

エイミーは店に戻り、デスクの上に積まれていた透けるようなブルーのショーツの山を押しやって、電話に手を伸ばした。メリッサが出ると、彼女は自分の出した結論を告げた。

「あなたはひとりじゃないわ、エイミー」メリッサは安心させるように言った。「わたしのときにあなたがついていてくれたように、いつでもわたしがついてるわ」

「ありがとう、メリッサ。心強いわ」

それから二人はしばし黙りこみ、それぞれ未来を脳裏に思い描いた。そして電話を切るときには、再びメリッサが現実的なことを言った。「それじゃ、金曜のカクテルパーティのときにね」

「ああ、いけない」エイミーはうめいた。「いろいろ考えるのに夢中で、パーティのことはすっかり忘れていたわ！」

金曜の晩、エイミーはカクテルパーティのために念入りにドレスアップした。自分が運命をきちんと受けとめられる女であることを自分自身に示すため、最高にきれいでありたかった。人とのつきあいも含めてふだんどおりの生活を続けていくことが、自分自身と自分の未来をこの手で管理していることを世間に対して無言のうちにアピールすることになるのだ。かつてブティックの経営に乗りだしたときもそうだったが、今回おなかの子を産むのはエイミーが自らの考えで決断したことだ。わたしはわたしの人生を自分で決めていくのだと思うと、彼女は久しぶりに腹がすわってきた。おかげでパーティの支度をするのにグラスひとつ倒さなかったし、カナッペを並べたトレーを落としたりもしなかった。

準備がすべて整うと、エイミーは壁の鏡でもう一度、自分の格好をチェックした。今夜はトルコブルーに似た微妙な色あいのドレスを着ている。身ごろはぴったりとして、柔らかな胸の線を強調している。細かなプリーツが入ったスカートは歩くと膝のあたりで優雅に揺れる。ルネッサンス・スリーブの袖《そで》は肘のすぐ下までの長さだ。スパイス色の髪はしゃれたシニヨンにゆるくまとめ、化粧はいつものごとく最小限にとどめてある。靴は黒で、細いヒールにゴールドがあしらわれている。エイミーは鏡の中の自分をじっと見つめ、片手を腹部にあてた。マタニティドレスはいつごろから必要になるだろう？　と、そのときドアチャイムが鳴り、エイミーは口もとに笑みを張りつけて玄関に向かった。

それから一時間もしないうちに、彼女のアパートメントは友人でいっぱいになった。エイミーは主催者として客たちのあいだを歩きまわり、みんなが楽しんでいるのを確かめた。メリッサとアダム以外に彼女の妊娠を知る人はなく、エイミー自身まだ誰にも話すつもりはない。おかげで込みあった居間の中を動きまわるあいだも特別な秘密をかかえているような気がして、目は楽しげにきらめき、口もとにはおのずと微笑が浮かんでいた。

「きみがこんなにくつろいで見えるのはセントクレアから戻って以来だな」アダムがビュッフェテーブルのそばでメリッサやエイミーとしゃべっているときに言った。

「今夜のわたしは食器を割りもしなければ料理を引っくりかえしもしないってことを言いたいのかしら?」

アダムはくすっと笑い、メリッサに目をやった。「きみに少し、その、不器用な面があるってことはメリッサから聞いているけどね」

「緊張したときだけよ」エイミーはにっこり笑って言った。そしてワインの入ったグラスを取ろうとしたとき、またドアチャイムが鳴った。ためらいながらエイミーはワインをひと口飲み、顔をしかめた。なぜかそれほどおいしく感じない。これも妊娠の影響だろうか? まあそのほうがいいのかもしれない、と心につぶやき、エイミーは二人に断りを言って玄関に急いだ。妊娠中はアルコールは避けたほうがいいと何かで読んだ覚えがあった。

グラスを手にしたまま、エイミーは歓迎の笑顔を作ってドアをあけた。次の瞬間、感覚を失った指のあいだからグラスが床に落ちた。

「ジェイス!」

敷居の向こうに立っていたのは、あの見慣れたカーキの服に身を包んだジェイス・ラシターだった。きちんととかしつけられたマホガニー色の髪はサンフランシスコの霧で湿っている。それ以外に彼がこの地の気候に譲歩していることをうかがわせるのは、腕にかけた古いトレンチコートだけだ。カーペットを敷きつめた廊下にたたずんでいるジェイスはどこか場違いで、洗練された都会の暮らしには不慣れのような印象を与えた。エイミーの記憶にある以上に背が高く、真剣で、威圧的に見える。エイミーは驚愕《きょうがく》のあまりその場に立ちつくした。

「エイミー?」トルコブルーの目が貪《むさぼ》るように彼女を見つめる。エイミーにとっては忘れられない、欲望に燃えるまなざしだ。シェリー酒のごとき声に金縛りを解かれ、彼女は躊躇《ちゆうちよ》なく片手をさっと振りあげた。

手のひらがジェイスの頰を打った鋭い音で、室内にいた誰もが顔の向きを変えた。それにジェイスの頭の向きも変わっていた。思いがけず平手打ちを食らい、彼は後ろに一歩よろけてしまった。エイミーもすかさず廊下に出て、後ろ手にぴしゃりとドアを閉めた。ジェイスは引っぱたかれて赤らんだ頰に手をやり、茫然《ぼうぜん》と彼女を見た。エイミーは腰に両手をあててにらみかえす。

「わたし、妊娠しちゃったのよ、あなたのせいでね!　いったいどうしてくれるの?」

ジェイスは彼女の顔に目を釘《くぎ》づけにしたまま、無言で立っていた。わかりきったこと以外に言うべきことが思いつかなかった。

「そんなはずはないよ、エイミー。ぼくがきみを妊娠させるなんて」度肝を抜かれ、まだ頭がうまく働かない。どんな再会になるかといろいろ想像していたけれど、まさかこんなことになるとは夢にも思っていなかった。まるで最後にエイミーを抱いたときに夢想したことが突如、五感によみがえったかのようだ。だが、彼女が妊娠するなんて現実にはありえないのだ。

「そのせりふはわたしを診てくれた産婦人科医に言ってちょうだい！」エイミーは言いかえした。「ただし乏精子症がどうこういう話は通用しないから、するだけ無駄よ。まったくよくもあんな嘘がつけたものね？　あなたを信じていたのに。実際にあなたを信じ、命までゆだねたのに。なのにどうしてあんな嘘を！」

ジェイスはごくりと唾《つば》をのみ、なんとか気をしずめようとした。一度にひとつのことしか対処できそうになかった。「エイミー、ぼくは嘘なんかついてない。きみに嘘をついたことは一度もないよ」

「わたしを妊娠させられるとは思わなかったなんて、この期に及んでまだぬけぬけと言い逃れるつもり？」

「きみのほうこそ、ぼくがきみを妊娠させたなんてぬけぬけと言うつもりなのかい？」

エイミーは顔面蒼白《そうはく》になって目を見開いた。ジェイスは自分には女を妊娠させる能力がないと本気で思いこんでいるのかもしれないと、いま初めて気づいたのだ。だとしたら、おなかの子が自分の子だということを彼は信じはしないだろう。「そんな……」エイミーは低くつぶやいた。「ああ、どうしよう……」

　重苦しい沈黙が破られる前に、背後でドアがあいた。メリッサとアダムが廊下に出てきて、すぐにドアを閉めた。メリッサはエイミーがカーペットの上に落としたワイングラスを手にしており、アダムはワインのしみがついたペーパータオルを握りしめている。二人は揃《そろ》ってジェイスに目をやった。

「こちらが赤ちゃんのお父さん？」メリッサがジェイスを見つめたままエイミーに問いかけた。

「ええ」エイミーは震える声で答えた。「でも、彼はわたしの言うことを信じようとしないの。おかしいわね、メリッサ？　わたしったら彼が信じない可能性なんてまったく考えてなかったわ。彼が本気で子どもができないと思ってて、わたしが妊娠を打ちあけても信じてもらえないいなんて」どうにかけなげにほほえんで、彼女は室内に戻ろうと向きを変えた。メリッサがすかさずさりげない動きで彼女に付き添い、興味津々の客たちに向きあう妹のため、無言のサポートを提供した。

　廊下では、アダムが目の前の長身の男を注意深く見つめ、ジェイスは閉められたドアにうつろな視線を向けていた。「一杯飲んだほうがよさそうな顔をしているな」アダムはざっくばらんに言った。

「かもしれない」ジェイスは答えた。

「中に入って、いっしょに飲もう」アダムはドアをあけ、ジェイスが中に入るのを待った。

ジェイスは人でいっぱいの室内をのぞきこみ、客たちの賑《にぎ》やかさや洗練された服装、それにまたエイミーに会えるのだという思いにとまどいの表情を見せた。「ぼくはこういう場には、その、あまり慣れてないいんだ」ドアを支えてくれている初対面の男に向かってそうつぶやく。

「エイミーの話によると、セントクレア島ではバーにひしめく酔った水兵たちをうまくあしらっているそうじゃないか。だったらサンフランシスコのアパートメントに集まっている客たちをあしらうぐらい、どうってことはないんじゃないかな?」

ジェイスは口ごもった。「エイミーがぼくの話を?」

「しょっちゅうだよ」アダムはにっと笑った。「きみの話をしてないときは、赤ん坊の話をしている」

「赤ん坊」ジェイスは外国語をつぶやくようにその言葉を繰りかえした。

「さあ入って。一杯飲もうじゃないか」アダムはほほえんだ。「ところで、ぼくの名前はアダム・トレンバック」

ジェイスはアダム・トレンバックにたちまち好感を持った。「ぼくはジェイス・ラシター」

アダムは含み笑いをもらした。「知ってるよ」

二十分後、ジェイスはスコッチのソーダ割りを手に、比較的静かな一角にたたずんだ。酒の並んだテーブルにラム酒はなかった。それで彼はスコッチを、アダムのほうはマンハッタンのおかわりを取ったのだ。二人の男は酒をすすりながらひっそりとたたずみ、談笑する客たちを眺めていた。好奇心の強い客が寄ってくると、アダムは如才なくジェイスを紹介し、適当に相手をしてからうまく追い払った。

「客あしらいがじょうずだな」アダムが黒いぴったりしたドレスのブロンド女性をさりげなく追い払ったところで、ジェイスが物憂げに言った。「〈サーパント〉の用心棒に雇いたいくらいだ」

アダムは声をあげて笑った。「セントクレアのバーの客が相手では、並みの外交手腕じゃ役に立たないんじゃないかと思うけどね」

「どうかな。客は少しずつ変わりつつあるんだ。昨日、島を発《た》つ直前に友人から聞いた話なんだが、豪華客船の会社がセントクレアを寄港地に加えられないかどうか調査を始めているそうだ」

だが、そう言っているあいだもジェイスの意識は一部しかその会話に向けられていなかった。エイミーから目をそらすことができなかった。エイミーは室内を移動して客たちと言葉をかわし、相手の冗談には笑い声をあげ、全員が飲み物や料理を楽しんでいるかどうか気を配っている。

うまく隠してはいるものの、彼女が気力だけでこのパーティを乗りきろうとしていることはジェイスの目には明らかだし、緊張のあまりどじを踏まないよう慎重になっていることも見てとれた。人にグラスを手渡すにも細心の注意を払っており、オードブルのトレーをまわすときにはたいして重そうでもないのに両手で持っていた。

彼女が妊娠している。

「失礼、いまなんて？」アダムが礼儀正しく訊《き》きかえした。

ジェイスは自分がひとりごとを言っていたらしいと気づいて、顔を赤らめた。「彼女が妊娠しているなんて信じられないと言ったんだ」

「ああ。しかし事実だ。疑問の余地はない。メリッサが二週間かけて彼女の選びうる選択肢を提示してやったそうだ。選択肢といっても、そうたくさんはないけどね。中絶するか、産んで育てるか、養子に出すか」

「中絶！」

「そう」アダムは天気の話でもしているかのようにあっさりうなずいた。「しかし、エイミーは中絶については考えようともしなかった。それに養子に出すことについてもね。彼女にとってはかなり厳しい決断だったんだよ。覚悟を決めて、ようやく少し落ちついてきたところだ。セントクレアから帰ってからはずっとそわそわしていたけどね」

「心配ごとがあるとそうなるんだ。そわそわして、ちょっと不器用になる」ジェイスはむしろ、いとおしそうに言った。「ぼくは彼女がセントクレアにいる時間の半分くらいは、倒れそうになったワイングラスを受けとめてばかりいた」

「ほう」アダムは儀礼的に相槌《あいづち》を打った。

「彼女が妊娠しているはずはないんだ」ジェイスは残りの半分の時間にエイミーとしたことを思い出しながら、つぶやくように繰りかえした。今度はアダムは何も言わなかった。エイミーがそんな話をでっちあげるとはジェイスにも考えにくかった。彼女と過ごした数日間で、その人となりはわかっていた。いままで出会ったどんな女よりも信じていたのだ。それにエイミーもジェイスを信じてくれた。無防備なまま彼に抱かれて動転していた彼女にジェイスが心配する必要はないと説明したときにも、彼女はその言葉を信じてくれた。そのうえ、さっき本人が言ったように命までゆだねてくれた。ヘイリーに拉致《らち》されたときだって必ず助けに来てくれると信じていたと、あとで彼女が言っていた。

さらに、ジェイスに家庭を差しだしたのも深い信頼の証《あかし》だ。

ジェイスがはるばる海を渡ってここまで来たのは、彼女が差しだした家庭をわが手に受けとるためだった。だが、その家庭に赤ん坊がついてこようとは想像さえしなかった。

時間はなかなか過ぎていかなかった。だが、このパーティは永遠に終わらないのではないかとジェイスが思いはじめたとき、まだ彼女と二人だけで向きあう心の準備もできていないのに、突然という感じでお開きになった。最後まで残っていたメリッサとアダムも、ついにさよならを言って玄関から出ていった。

二人を送りだしたエイミーはドアを閉め、たったひとり室内に取り残された男にくるりと向き直った。ジェイスはその明るすぎる目に緊張の色を見て、彼女が背後ですがりつくように強くノブを握りしめていることに気がついた。ああ、彼女はこんなにも傷つきやすい。不敵な態度を誇示していても、その鎧《よろい》の下のエイミーは繊細で傷つきやすいのだ。

ジェイスはグラスをそばのテーブルに置き、思わず一歩近づいた。

エイミーの言葉が彼の足をとめさせた。「何しに来たの、ジェイス?」

ジェイスは彼女を見つめた。「決まってるだろう、エイミー? きみに会いに来たんだ。きみを捜しに来たんだ。きみが家庭を作ってくれると言っていたから……」

エイミーは苦々しげに唇をゆがめ、慎重なそぶりでドアから離れた。「それなら、今夜ここに来て考えが変わってしまったんじゃない? わたしが差しだす家庭にはほかの男の子どもがくっついていたんだものね。それを知ったらもう一度考え直したくなるはずだわ。なにしろあなたが責任を感じる筋合いはないんだから――」彼女がはっとして辛辣《しんらつ》な言葉をとめたのは、ジェイスがつかつかと三歩で詰めより、彼女のウエストに腕をまわしたからだった。

彼は目線が同じになるようにエイミーの体を持ちあげた。至近距離で見る彼の顔はかたくこわばって、目は怖いほど真剣だった。エイミーは不安に駆られて息を詰めた。

「ほかの男の子どもだって?」ぞっとするほど冷静な口調だ。

「あ、あなたはそう思ってるんでしょう?　わたしのおなかにいるのはほかの男の子どもだと。自分がわたしを妊娠させたのだとは信じていないんでしょう?」エイミーは探るように彼の顔を見つめた。

「こっちに帰ってきてから、そういう関係を結んだ男がいたのか?」彼女のウエストを締めつけたまま、ジェイスは厳しい口調で詰問した。

「いないわ」エイミーはぶっきらぼうに答え、体のバランスをとろうとしてためらいがちにジェイスの肩に両手をかけた。彼の体の感触はほっとするほどなつかしかった。だが、彼の表情はほっとさせてくれるようなものとはほど遠い。

「それに、セントクレアに来た時点では妊娠なんかしてなかったんだろう?」ジェイスはたたみかけた。

「わたしにはもう何年も恋人なんていなかったわ、ジェイス」エイミーは口の中が乾くのを感じながら正直に答えた。グレーグリーンの大きな目からは、不安とともにその正直さが読みとれた。

「それじゃあ、子どもの父親はぼく以外にいないということだな?」ジェイスはさめた口調で念を押した。

エイミーはあきらめたように目を伏せた。「ええ」

「だったら、できるだけ早く結婚したほうがいい。違うかい？」ジェイスはそう言って、彼女をゆっくりと床におろした。

「ジェイス！　わたしの言葉を信じてくれるの？　あなたの子を妊娠していると？」

「きみはそういうことで嘘をつく人間かい、エイミー？」

「いえ、まさか。こんなことで嘘はつけないわ」エイミーは彼の言わんとしていることをつかみかね、小さな声で答えた。

「じゃあ、ぼくが嘘をついたとほんとうに思っているのかい？」エイミーの肩に両手を置き、ジェイスは続けた。「ぼくがきみを妊娠させる恐れはないと言ったのは嘘だったのだと？」

エイミーは深々と息をついた。「いいえ」本心からそう答える。「ああ言ったときのあなたは本気でそう信じていたんだと思うわ。でもわたし、サンフランシスコに帰ってきて妊娠してるとわかったら、すっかり動転してしまったのよ。あなたに腹が立ったし、それに追いかけてもらえなかったせいで傷ついてもいたし。先のことなど何も考えずにわたしをもてあそんだのだと思ったとたん、頭に血がのぼって冷静になれなくなってしまったの。自分がばかに思えてどうしようもなかったのよ！」

「ぼくを信じた自分がばかだったと？」

エイミーは力なくうなずいた。「でも、それだけじゃなかったの。あなたにも腹が立っ自分自身も同じだったから、最初の晩のわたしも同じだったから、自分自身にも猛烈に腹が立ったわ。あの晩のわたしの行動に弁解の余地はないのよね」

ジェイスは彼女の顔を両手ではさんだ。「スイートハート、きみがどれほど自分をばかみたいに感じたにせよ、〈サーパント〉でマードックを八つ裂きにしようとしてきみにホースを向けられたときのぼくほどではなかったよ。ぼくは五十人もの証人の前できみがぼくのために家庭を作ってくれると言ったのを聞きながら、おめおめときみを立ち去らせてしまったんだからね」

「でも、その翌朝は？　ジェイス、あの朝あなたはいまさら国には帰れないって言ったのよ。最初からわたしのこと、あらゆる面で違っていると言っていたし」

「いや、きみとの出会いはこの十年あまりのあいだにぼくの身に起こった最良の出来事だったよ。たぶん一生を通じても最良の出来事だった」ジェイスはかすれ声で言葉をついだ。「ハニー、どうか信じてくれ。ぼくはサンフランシスコまできみを追いかけていく資格など自分にはないと思ったんだ。ぼくがいないほうがきみは幸せだと、時がたてばぼくのことなんかどうでもよくなり、きみの申し出が受け入れられなかったことにかえって感謝するようになると思ったんだよ。ぼくのほうにはきみに差しだせるものなんか何もないんだから」

エイミーは震えがちな笑みを浮かべた。「そんなことはないわ。わたし、セントクレアからすばらしいお土産を持って帰ったような気がしているのよ」

「ああ、エイミー」ジェイスはうめくように言って彼女を抱きよせ、髪に唇を押しあてた。それから長いこと無言でエイミーの感触や言葉をかみしめた末、再び口を開く。「ほんとうにぼくたちの子が生まれるんだね？」

エイミーの声は彼のシャツでくぐもっていた。「わたしがかかっている産婦人科医に話を聞いてみるといいわ」

ジェイスは彼女の背中をそっと撫《な》でた。「きみを信じているよ、スイートハート。子どもができたという話を疑っているわけではないんだ」

エイミーは顔をあげた。「わかってるわ。でも、その問題についていくつか疑問はあるでしょう？　わたしにはあったわ！」

ジェイスは笑い声をあげた。「そうだろうな。ああ、エイミー、ほんとうにごめ……」そう言いかけ、残念そうに首を振る。「いや、きみを妊娠させたことを反省する気はないな。きみには悪いが、全然反省はしてないんだ。セントクレアで言ったとおり、きみを身ごもらせ、そのおなかがぼくの子を宿して大きくなっていくのを見るためだったら、いかなる犠牲もいとわないつもりだったんだから。自分には子どもは持てないとあきらめていたんだよ。それがとうとう与えられたんだから、反省なんかしようがない。悔やまれるのはきみをひとりで帰し、ひとりでその現実に向きあわせてしまったことだ」

エイミーは彼の胸の中でこの数週間の出来事を思いかえした。

少しの間を置き、ジェイスは再び話しはじめた。「アダムによると、メリッサが子どもをあきらめるという選択肢についてきみに話したのに、きみは拒否したそうだね」何か決定的なものを探すかのように、ジェイスは彼女の顔をしげしげと見る。「なぜだい？」

エイミーは勇気を奮い起こした。「〈サーパント〉で五十人もの客を前に、あなたに家庭を差しだすなどという恥ずかしいことをした理由と同じだわ。あなたを愛しているからよ、ジェイス」

「ああ、エイミー」

「あなたが自分とはまったくあわない女の申し出を受けるために何千キロも旅してきたのはなぜなの？」ジェイスの頬にそっと指先を触れてささやく。

ジェイスは目をきらめかせて微笑した。「きみを愛しているからだよ、エイミー。愛とは男を独占欲の強い、身勝手で強情な生き物に変えてしまうらしい。この数週間、ほんとうにきみのことを思うならそっとしておくべきだと何度も自分に言い聞かせたが、二日前にひどい二日酔いで目を覚ましたとき、きみのためになろうがなるまいが、もうきみなしでは一日たりとも生きられないと気づいたんだ。だから、あの申し出がいまでも有効なのかどうかをどうしても確かめなければならなかった」

「あれはわたしが生きている限り、ずっと有効だったでしょう」エイミーの声は愛と情熱でうわずっていた。

「たとえぼくの顔を見たその瞬間には平手打ちを食らわす気でいたとしても？」ジェイスがやんわりとからかった。

「ときとして、いとしい人を思いっきり引っぱたきたいと思うのも、愛していればこそなんじゃないかしらね」

ジェイスの微笑が男性的なにんまりとした笑いに変わった。「ぼくもヘイリーの銃の前に身をさらしたきみを引っぱたきたいと思ったっけ」

「これでわたしとあなたのどっちのほうがより危険か、はっきりしたわね。わたしは衝動のままに、ほんとうにあなたを引っぱたいたわ」

「ぼくのほうは我慢したのにね」ジェイスは彼女の首筋に顔をこすりつけた。「まあ、昔から男よりも女のほうが危険な種族だということになっている」

「女は強くあらねばならないのよ。男よりも大きなリスクを背負っているんだから」エイミーは得意そうに言い、キスをせがむように顔をあげた。

ジェイスはあらん限りの情熱と欲望をもって彼女にこたえた。唇を重ねあわせ、再び愛を確かめあう。それから顔をあげ、トルコブルーの目に考えこむような表情をたたえてエイミーを見た。

「ぼくとの暮らしは何かとたいへんだよ、エイミー。ぼくにできる仕事といったら〈サーパント〉のような店を経営することだけだしね。赤ん坊が生まれたあと、ぼくたちはセントクレアに戻るんだ。心配じゃないかい？」

現実的な問題が初めて思い出され、エイミーの顔を包みこんでいたばら色の輝きがほんの少し翳《かげ》った。「何もセントクレアに戻る必要はないんじゃない？　わたしがやっているブティックで三人分の生活費は十分稼げるわ。あなたは好きなだけ時間をかけて、このサンフランシスコであなたにあいそうな仕事を探すといいわ」

ジェイスはこのひとときの幸福に水をさしたくなくて吐息をもらした。「ぼくはサンフランシスコに住みつくためではなく、きみをセントクレアに連れもどすために来たんだ。もう自分が都会の生活に適応できるとは思えない。ここでは暮らせないよ」

エイミーは彼の口に手をあてて黙らせ、優しくほほえんだ。「それを話しあう時間はたっぷりあるわ。そういう心配をするのは赤ちゃんが生まれてからにしましょう。愛してるわ、ジェイス」

「ぼくも愛してるよ」ジェイスは自分の思いの強さに身震いしながらエイミーを抱きすくめた。「ぼくの恋人、ぼくの妻、ぼくの子の母親。ああ、きみを愛している」うやうやしくキスをして、続ける。「ずっときみがほしかったよ、スイートハート。いままでずっと……」

エイミーは彼の首に両手をからみつけた。「わたしはここにいるわ」

「ぼくの腕の中にね」さらに驚嘆したような表情になってジェイスはささやいた。「しかもぼくの子を身ごもって。ああ、エイミー、今夜どうしてもきみを抱きたいよ。なるべく慎重にするから」

エイミーの目が輝いた。「そんなに慎重になることはないわ。別に突然、壊れやすいクリスタルガラスに変身しちゃったわけではないんだから」

「そうなのかい?」

その晩、ジェイスはほんとうに繊細なクリスタルを扱うような細心さでエイミーを抱いた。少なくとも彼の記憶に鮮明に残っていたあの情熱的な反応により、エイミーの体が粉々になることはない、と彼が納得するまでは。

実際、終わったときに粉々になったように感じたのは彼自身のほうだった。ジェイスは粉々に砕け散り、それから完璧《かんぺき》なやすらぎに満たされた。

12

ジェイスがジェシカ・カーソン医師に初めて会ったとき、エイミーは診察室から出てきた彼の顔に浮かぶ間の抜けた笑みを一生忘れまいと心に誓った。

「こと人間の生理に関しては、百パーセント確実なことなどきわめて少ないみたいだね」ジェイスは面白そうな表情のエイミーに言葉を選びながら説明した。「とくに生殖に関しては」

「どういうことかしら?」エイミーは自分がカーソン医師からいくつかの科学的事実を聞かされたときの衝撃を思い出しながら、からかうように言った。

ジェイスは嬉《うれ》しそうに顔を輝かせた。「ドクターが言うには、今後もこういうことは十分起こりうるそうだ」

「ちょっと、ジェイス」エイミーはうめき声をあげた。「自分の能力のすごさが認められたからって、そんなに悦に入らなくてもいいじゃないの」だが、むろんエイミーも心の中では喜びをかみしめていた。前の晩にパーティでジェイスと再会するまでは、彼が自分の責任を否定することもありうるとは思いつきもしなかった。ジェイスが十年前の医師の宣告に固執し、自分の子であるわけはないと言いはる可能性だってゼロではなかったのだ。だが、ゆうべのジェイスは自分を信じてくれた。そのことはエイミーの心を一生あたためてくれるだろう。

その夜、カーソン医師のところから帰ったエイミーは、ジェイスの腕の中で、彼が自分を無条件で信じてくれたことがどれほど嬉しかったか真摯《しんし》な口調で告げた。ジェイスはまだ平たい腹部に片手を置き、にっこりと笑った。

「エイミー、ぼくはきみを愛しているんだ。ぼくの命と名誉を託せるほどにきみを信頼している。しかもいまは、ぼくの子の命をもきみに預けているわけだ。男が女に求めるのにこれ以上のものはないよ」

ジェイスは彼女を抱きよせ、エレガントなネグリジェの裾《すそ》のレースに指を触れた。女らしい体の線をゆっくりとなぞって、腿やヒップの感触をいつくしむ。ゆうべ気づいたことだが、彼のセックスには新たな優しさとあふれんばかりの情熱が加わっていた。まるで自分たちに世界じゅうの時間があることをいまでは承知しているかのように……。エイミーは彼に寄りそい、そのぬくもりに包まれた。

ジェイスは彼女の唇に熱いキスをし、さらに胸にキスの雨を降らせた。それから膝でそっと腿を開かせ、体をひとつに結びあわせた。それは相手を所有する行為ではあるけれど、エイミーが彼のとりこになっているように、ジェイスもまた所有した相手のとりこになっていることを意味した。

ジェイスがカーソン医師を初めて訪ねた翌日、二人は結婚した。立会人はメリッサとアダムだけだった。二人はその晩、新郎新婦を食事に連れだした。

「来月はきみたちがぼくとメリッサを食事に連れていってくれる番だ」アダムが快活に言ってシャンパンをついだ。

「日どりが決まったの？」エイミーがグラスに手を伸ばしながらにこやかに尋ねると、姉がまばゆい笑顔を見せてうなずいた。「まあ、すてき！」エイミーは声を張りあげた。何もかもが喜ばしく、気持ちが昂揚《こうよう》していた。「それでは、来月の結婚式に乾杯！」エイミーがグラスをあげると、ほかの三人も彼女にならった。あのカクテルパーティの晩においしいはずのワインがさほど美味と感じられなかったように、今夜のシャンパンもいつもほどには味蕾《みらい》を刺激してくれなかった。それでも飲めないことはなく、乾杯から数分たつと、エイミーは再び目の前のフルートグラスを取ろうとした。

が、グラスをつかむより早くジェイスがそれを遠ざけた。エイミーは驚いて目をしばたたき、それから微笑を浮かべた。「心配しなくてもこぼしたりはしないわよ。あのパーティのとき以来、わたしは何も引っくりかえしてないんだから」

ジェイスはおかしそうに笑みを返した。「わかってる。緊張しやすい女を落ちつかせるのに、妊娠ほど効果的なものはないみたいだね」

「だったらいいでしょう?」エイミーは再びグラスを取ろうとした。

「もう十分飲んだよ」ジェイスは穏やかに言って、グラスを彼女の手の届かないところに置き直した。

エイミーは口をあんぐりあけた。「ジェイス! まだひと口しか飲んでないのよ!」

「ひと口で十分だよ。ドクター・カーソンが妊娠中はアルコールを控えるべきだと言っていただろう?」

「ドクター・カーソン!」

「昨日、彼女と話をしたときに、いろいろと妊婦の心得を聞いたんだ」ジェイスは気軽な口調で説明した。

「でも、ジェイス……」エイミーはとまどって反論しようとしたが、結婚したその日に言いあいをするのはまずいと思い、口をつぐんで恨めしそうにほほえんだ。その顔にメリッサが笑い声をあげた。

「エイミーは人に世話を焼かれることに慣れてないのよ。この二年間、経営者として自分で店をやってきたから、他人に指示を与えることが習い性になってるの」

「だが、結婚したからにはそれも変わってくるだろう」ジェイスは独善的に予言した。

「そう?」エイミーはせせら笑った。

「きみにはもう夫がいるんだよ」ジェイスは真顔で言った。「夫というのは家長なんだ」

「アメリカもあなたが去っていったときからずいぶん変わったのよ、ジェイス」エイミーは甘ったるい口調で切りだしたが、その先が続けられなかったのは、きちんとした服装のウェイターが銀のトレーにミルクの入ったグラスをのせてきて、彼女の前に置いたせいだった。

「きみのために頼んだミルクだ。飲みなさい、エイミー。きみにはカルシウムが必要なんだ」

エイミーはミルクをまじまじと見た。「ジェイス、わたし、ミルクは嫌いなのよ」

「ドクター・カーソンが飲ませろと言っていた」それでその話は終わりだとでもいうように、ジェイスはアダムに向かって、改正された税法について質問を始めた。エイミーはたかがミルクのことで結婚式の日に口論なんかはしたくないと思い、黙ってミルクを口にした。

「それじゃ、きみがこっちに来ているあいだは友だちのレイが〈サーパント〉を経営してるんだね?」数分後、アダムが興味深そうに言った。

ジェイスはうなずいた。「赤ん坊が生まれるまでは専業主夫に徹するつもりなんだ。きっとすばらしい経験になる。生まれたあとは医師の許可が出るのを待って、みんなでセントクレアに移るんだ」

エイミーはびっくりして、手にしていたフォークを取り落とした。それが皿にあたった音で、ジェイスが心配そうに彼女を見た。

「セントクレアにお医者さまはいるの？」エイミーがいらだたしげに頬を紅潮させたのを見て、メリッサが急いで問いかけた。

ジェイスはエイミーから気持ちをそらされ、メリッサにうなずいてみせた。「ケントン先生という医師がいる。二年ほど前に引退し、奥さんともどもセントクレアに移住してきたんだ。奥さんは看護師だし、基本的な医療に関してはまったく心配ない。高度な治療が必要な場合には、ハワイに飛べばいいんだ。エイミー、あと一度でもそのシャンパングラスを取ろうとしたら、さすがのぼくも癇癪《かんしやく》を起こしてしまうかもしれないよ」

エイミーは手を引っこめた。「アルコールが必要な気がするのよ」意味深長な口調で言う。「たちの悪いマリッジブルーで落ちつかなくなってるみたいなの」正直なところ、セントクレア島に帰る話はやめてほしかった。ジェイスは彼女を追ってサンフランシスコに来たのだし、ここで二人は暮らすのだ。家庭を作るにふさわしい、この文化的な環境で。

「落ちつかなくなっているなら、もう帰ったほうがよさそうだな」ジェイスはやんわりと言った。「このテーブルの上の皿やグラスを全部新しくするとなると、途方もない金がかかるだろうからね」

ジェイスとドクター・カーソンの面談は回を重ねるにつれ、あの最初のときとは様子が変わってきた。彼はエイミーの毎月の検診に付き添うだけでなく、そのたびごとに必ず医師からさまざまな話を聞きだした。ドクター・カーソンはそんな彼を面白がりながら辛抱強く相手になった。その話題にまったく神聖さがないことがエイミーにはくやしかった。二人はエイミーを傍観者のようにそばに座らせ、彼女の健康と安寧についてありとあらゆる観点から論じあうのだった。

「彼女の体重はまだ増えかたが足りないいんじゃないかと思うんですがね」あるときジェイスはまるで専門家のような顔でエイミーを見ながら言った。「先月ドクターがくださった本によれば、もう少し増えないといけないようだ」

ドクター・カーソンは彼が心配する気持ちに理解を示しつつも、許容範囲内だから心配ないと言った。

次に診療所を訪れたときには、ジェイスとカーソンはエイミーのバストがどんどん過敏になっている現実について話しあい、エイミーは前の晩ジェイスに抱かれたときに手のひらで軽く乳首を撫《な》でられてつい痛みに身をすくめてしまった自分のうかつさを心から悔やむはめになった。

「ブラを大きなサイズのものにかえれば、少しは楽になると思うわ」ドクターは助言した。

「それなら、このあと買って帰るとしよう」ジェイスはそう応じた。

「お二人とも、わたしがランジェリー・ショップを経営しているのをお忘れなの？」エイミーはむっとして口をはさんだ。二人はまるで彼女には決定権などないかのようにちらっと視線を投げかけただけだった。実際、決定権はないも同然だった。

エイミーが店に出ているあいだ、ジェイスはサンフランシスコの市立図書館で出産に関する最新情報を仕入れて過ごした。彼と医師の会話はどんどん専門的になり、妊娠六カ月めに入ったころにはエイミーは二人の医師を相手にしているような気がしていた。

ある日メリッサと昼食をともにしているとき、エイミーはそのことで愚痴をこぼした。

「ジェイスったらいつもわたしを監視しているの。食事だって三食とも完全にバランスのとれたものでなければならないんだから。ポテトチップなんかこの二カ月間、全然食べてないわ。それにビタミン剤をスケジュールどおりにきちんとのまなければならなくて、このあいだ朝の分をうっかりのみ忘れたときには、ジェイスが店までわざわざ持ってきたのよ。ランジェリーでいっぱいの店に押しかけてきて、わたしが確実にのむのを見届けていったわ。もうすっかり彼のペースだわ、メリッサ。彼がわたしの生活をすべて管理しているの。それはもう怖いくらいよ」

「怖いどころか、すてきなことだと思うけど」メリッサはくすくす笑った。

「問題は彼に職がないってことだわ」エイミーは言った。「だからわたしとおなかの赤ちゃんにしか目が向かないのよ。そして赤ちゃんが生まれたあかつきには、親子三人でセントクレアに帰るつもりでいるんだわ」

「だって、彼はあの島でお店をやってるんだもの。アダムの話では〈サーパント〉の経営は順調そのものらしいしね。それに十年もセントクレアで暮らしてきたんだから、おいそれとは離れられないわよ。まして養う家族ができたからには」

「でも、わたしはこのサンフランシスコで家庭を作りたいのよ。文化的な家庭を。ジェイスがうちに現れたときには、彼もこっちに帰ってくる決心がついたのかと思ったのに」

「彼は自分の責任を真剣に受けとめているのよ。あなたが以前から男はそうあるべきだと考えていたとおりにね」メリッサは優しく言った。「そういうことに関しては、ジェイスは古風な考えの持ち主なんだわ。彼自身が妻子を養っていきたいのよ。そして、そのためにはセントクレアで暮らすのがいちばんなの」

「ここでだって仕事はできるはずよ！」

「なんの仕事をしろって言うの？　彼は十年もこの国を離れていたのよ。彼にできるのはセントクレアでやっていたことだけだわ」

「バーの経営？」

「そのとおりよ。でも、こっちで〈サーパント〉並みの収益をあげられるようになるまでには何年もかかってしまうわ。たとえ本人がやる気になったとしてもね。この町の飲食業界が過当競争に苦しんでいることはあなたも知っているでしょう？」

エイミーは自分たちがいるレストランから窓の外を眺めた。「ジェイスは都会が嫌いなのよ。表には出すまいとしているけど、こういう町では彼は自分を場違いと感じてしまうんだわ」

「そうね」メリッサはいたわるように言った。「世の中には都会の暮らしに向かない男性もいるのよ」

「ああ、メリッサ、赤ちゃんが生まれたらいったいどうなるのかしら」エイミーは不安にさいなまれてつぶやいた。

「あなたが重大な決断をくだすことになるでしょうね」メリッサは静かに言った。

「もう彼と別れるなんて耐えられない」エイミーは想像しただけで目に涙をにじませた。

「ジェイスが妻子を捨てるなんて絶対にありえないわ」メリッサは自信たっぷりに断言した。

ジェイスが都会を嫌っていると気づかされたのは、エイミーのアパートメントに彼が落ちついて間もないころのことだった。ジェイスにとってサンフランシスコにとどまる理由はただひとつ、赤ん坊をエイミーが信頼する医師のもと、最高の医療機関で産ませるためだった。サンフランシスコはあくまで仮住まいの場所でしかないのだ。この町で彼が気に入っていそうな地域は波止場の近辺だけだった。

出産予定日が近づいてくると、エイミーの不安はますます具体性を帯びてきた。生まれてからどのくらいの期間こちらにいられるのだろう？　ジェイスはいつセントクレアに帰ると言いだすだろう？　その最後通牒《つうちょう》を突きつけられたら、わたしはどうすればいいのだろう？　近ごろでは夫が地の果てで暮らすと主張したからといって、妻が仕事やそれまでの生活を捨てて従う必要はないのだ、とエイミーは自分に言い聞かせた。わたしが夢見ていた家庭とは、サンフランシスコのような都会で築いていくものなのだ。

デイモン・ブランドン・ラシターはカーソン医師が予告した日よりも一日早く、午前四時に産声をあげた。ジェイスとドクター・カーソンは互いに〝同僚〟になって初めて、どれほど自分たちが話しあい、あれこれ考えて準備してきたとしても、実際に産むのはエイミーなのだという現実をいやおうなく認識させられた。それがどういうわけか、エイミーには信じられないほどジェイスを動揺させた。

「あなたったら、ほんとうにその部分も自分が引きうけるつもりでいたの？」だんだん強くなる陣痛の合間に、エイミーは弱々しい声でからかった。ジェイスは彼女のかたわらに腰かけ、一生放すまいとするように手を握りしめていた。

「参ったよ、スイートハート」やり場のないいらだちをこめ、ジェイスは言った。「できるものならほんとうにかわってあげたいよ。これだけ医学が発達してきたんだから、現代の出産はもう少し楽になってると思っていたのかもしれないな」

「それじゃ、呼吸法の練習をさせて」ジェイスの気をまぎらすには何か仕事を与えてやるしかないと思い、エイミーはそう言った。ジェイスはその仕事に嬉々《きき》として飛びつき、出産講習で習ったとおりに自分の役割を果たしはじめた。

「わたしは必要ないような気がするわ」様子を見に来たドクター・カーソンは笑顔で言った。「わたしの同僚、ミスター・ラシターがちゃんと介添えしてくれそう」

エイミーは再び陣痛の波に襲われ、夫の手をぎゅっと握った。「ええ」息を切らして言う。「ジェイスがすべて面倒みてくれそうだわ」

ジェイスはかたときもそばを離れず、手を握ったまま額の汗を拭《ふ》いたり優しく励ましたりした。わが子をこの世に送りだすための、体力と気力をしぼりつくすような最後のいきみの際、エイミーは途方もない痛みに耐えながら夫のシェリー酒のような声を現実の砦《とりで》として、彼の手のひらに爪を立て、その手からパワーをくみあげた。ジェイスはずっとついていてくれた。

その瞬間、エイミーは悟った。ジェイスはこれからもずっとそばについていてくれる。それが彼の持って生まれた性格なのだ。それがわかったおかげで、エイミーは言葉では表現しようのない安堵《あんど》感に包まれた。

数時間後に目覚めたとき、エイミーはジェイスがぜひにと言って取っておいた個室に戻されていた。ベッドのまわりは花でいっぱいで——セントクレア島で見た花を思い出させる大きな花々だ——後ろの白い壁がほとんど見えないくらいだった。誰がそのように手配したのかは考えるまでもなかった。

花を調達した本人は窓辺にたたずみ、おくるみを腕に抱いていた。自分の腕の中の存在が現実のものとは信じられないかのように、幼い息子にじっと見入っている。エイミーはひとりほほえみながら、しばらく彼の横顔を見つめていた。彼はすばらしい父親になるだろう。それが百パーセント確信できた。

ジェイスが顔をあげ、トルコブルーの目に驚嘆と喜びの光をまたたかせてエイミーを見た。それからゆっくりと歩を進め、眠っているわが子をエイミーのベッドの横の小さな寝台にそっと寝かせた。

「わたしたち、よくがんばったかしら？」ジェイスの幸せそうなまなざしに自分もかつてないほどの幸せを感じながら、エイミーは言った。

「とてもよくがんばったよ」ジェイスはささやいた。「ああ、エイミー、この子は最高だ。きみも最高だよ。ぼくは世界一幸せな男だ」それから少し言いよどんだあと、うなるように続ける。「だが、もうこれで最後だ。もうきみにあんな痛い思いはさせられない」

「二人めからは楽になるそうよ」

「ああ、エイミー！」

「ジェイス、あなたがいなかったら、とてもがんばれなかったわ」

ジェイスは首を振った。「そんなことはない。ぼくがいなくても、きみは立派にこの大役を果たしたはずだ。女はいざとなるとほんとうに強いんだな。きみなしではがんばれないのはぼくのほうだよ。それがいまではよくわかるんだ。きみはぼくにかけがえのない貴重なものを与えてくれた。きみ自身と、そのうえ息子まで。いくら感謝してもしきれないよ。愛している、スイートハート。きみがセントクレアに戻るのを心配していることはわかっていたが、もう心配いらない。きみが眠っているあいだに決心したんだ。このサンフランシスコで暮らしていこうと」

「でも、ジェイス……」エイミーは慌てて言いかけたが、ジェイスはきっぱりと首を振った。

「いや、きみはここで暮らすほうが幸せなんだ。ここで店をやってるんだし、ここなら友だちも大勢いる。きみの生活はこの町にあるんだ。ぼくはその生活の一部になるよ」

「ばか言わないで」エイミーは愛情のこもった口調で言い、息子の寝顔を見おろした。

「デイモン・ブランドンもわたしも、家長の決めたところにどこまでもついていくわ」

「エイミー、きみは家庭を作りたがっていたじゃないか」

「家庭はどこででも作れるわ。いままで気がつかなかったけどね。わたしったら〝ちゃんとした家庭〟という固定観念にとらわれていたのよ。でも、いまはもうあなたのいるところがどこでもわが家なんだと気がついたの」

ジェイスは彼女の手を握りしめた。「あまり現代女性らしい考えかたとは言えないな」まるでそれが義務であるかのようにそう指摘する。「最近の女性はそういうせりふは言わないんだろう？」

「それはまわりに危険をおかすだけの価値のある男性が少ないからかもしれないわ。わたしは幸運だったのよ」エイミーは微笑した。

「しかし、仕事なしの人生にほんとうに満足できるのかい？」ジェイスは心配そうに言った。

「仕事なしの人生を生きるなんて誰が言ったの？」

「どういうことかな？」

「レイが毎月よこす手紙によれば、セントクレア島は豪華客船の寄港地になる予定なんでしょう？」

「ああ、それはそうだが——」

「あなたもすでに知っているでしょうけど、観光客についてひとつ教えてあげるわ」エイミーはのんびりと言った。「観光客とはお土産を持って帰りたがるものなのよ」

ジェイスは驚きの表情を見せた。「まさかセントクレアで土産物屋をやるつもりなのかい？」

「ええ、安っぽいがらくたではなく、エレガントできちんとしたものを売る店をね。レイの風景画は観光客によく売れるんじゃないかしら。それに、ほかにもセントクレアならではの面白いものがあるはずだわ。ただし……」エイミーはぶっきらぼうに続けた。「〈サーパント〉のオーナーはもうセントクレアの土産物リストには含まれないって、はっきりさせなくちゃ！」

ジェイスのトルコブルーの目がかつて見たことがないほどまぶしくきらめいた。一瞬遅れてエイミーは、彼が涙ぐんでいるのだと気がついた。彼女は内心、仰天した。男が涙するのを見たのは生まれて初めてだった。

「エイミー」ジェイスが声を震わせてささやいた。「〈サーパント〉のオーナーはもう家族だけで手いっぱいだよ。土産物を探しに来る観光客のご用命にこたえる時間はいっさいなくなったんだ」

現代女性には選択の自由は与えられていても、あらゆる問題の解決策が与えられているわけではなかった。数カ月後、セントクレア島の滑走路に着陸した飛行機の中で、エイミーはその単純な事実につくづく感じ入っていた。完璧《かんぺき》な解決策が常に存在するとは限らないのだから、やはり女は危険をおかさざるを得ない。だが、その結果はそれまでのすべての犠牲を補って余りある場合もあるのだ。ブティックを売却し、夫や息子と地の果てに移住するというエイミーの決断には、疑問を呈する友人もいないではなかった。それでも自分を待っている南国の豊かな緑を思うと、エイミーはその決断を悔やむ日など永久に来ないことを確信するのだった。

短すぎる滑走路で機体がきしむような音をたてながら急停止すると、ジェイスが小さく忍び笑いをもらした。「セントクレアに降りるたびにパイロットがどんな言葉を口走るか、容易に想像がつくな。コックピットではさぞひどい言葉が吐き散らされているだろうよ。ここの観光業界が活気づいてきたら、滑走路をもう少し長くしなければならないね」

エイミーは笑みを浮かべ、また窓の外を見た。「どうやら、わたしたちのための歓迎委員会が結成されたようよ。レイにマギー、フレッド・クーパーの顔も見えるわ」

「ほんとうに？」ジェイスが身を乗りだして彼女の視線をたどった。エイミーは彼にとってこの帰郷が特別な意味を持つことに気がついた。ジェイスは友人たちに新しい家族を見せたくてたまらないのだ。

「はい、パパ」エイミーは喉を鳴らしてはしゃいでいる赤ん坊をジェイスの手に抱かせた。「あなたがデイモンを抱いていって。わたしはベビーバッグを持って降りるから。緊張のあまり、あなたの友だちの前でかわいいわが子を落っことしたくないわ」

ジェイスは笑いながらデイモンを抱きとった。「デイモンといっしょにいるときのきみは岩みたいにどっしり落ちついているじゃないか。生まれながらに母親なんだよ。きみがいい母親になることは最初からわかっていたけどね」

飛行機がターミナルがわりの古い建物の前で完全に停止すると、ジェイスは妻が座席から出られるよう通路によけた。そして誇らしげな家長そのものといった雰囲気を身にまとい、妻子をエスコートして彼らに新しい故郷の地を踏ませた。

歓迎委員会はエイミーの想像以上に熱狂的に迎えてくれた。レイとマギーとクーパーがすぐに彼らを取り囲み、ターミナルで働く何人かの島民も近づいてきて挨拶《あいさつ》した。

「もう戻ってくるころだと思ってたわ、エイミー。ジェイスがあなたを追っていったときから、あなたがこっちに移ってくるのは時間の問題だと思っていたの」マギーがエイミーとの抱擁を解き、ジェイスに抱かれた赤ん坊に両手を伸ばした。「この子があなたをこんなにも長いことサンフランシスコに引きとめていたのね！」

ジェイスは顔じゅうの筋肉がゆるむのを隠そうともせず、マギーにデイモンを抱かせてやった。

「信じられないな」レイが笑いながらデイモンの顔をのぞきこんだ。「この目を見てよ」

「こういう色あいの目をした人は世界じゅうであとひとりしか知らないわ」マギーがそのもうひとりの人物に目をやってほほえんだ。「きれいな男の子ね、ジェイス。きっとこのセントクレアですくすくと元気に育つわ」

その晩、エイミーはわが家となった家の主寝室からベランダに出て、かぐわしい熱帯の夜風を胸いっぱい吸いこんだ。セントクレアはまさにパラダイスだ。女ならこういう楽園で家庭を作るという仕事につくのも悪くはないと思う。

ジェイスがシャワーを浴びて部屋から出てくると、エイミーは振りかえって彼を見た。彼は引きしまった腰に無造作にタオルを巻いただけの格好だった。「妊娠しているときのきみとしてないときのきみと、どっちのほうがよりセクシーなのかな。どっちにしてもきみはぼくを狂わせる」ゆっくりと言いながら、背後から彼女のヒップに両手をあてる。

「ネグリジェのおかげよ」エイミーはそう謙遜《けんそん》して、高価なピーチカラーのシルクに指先をすべらせた。「フランスのデザイナーは女のイメージを驚くほど高めてくれるの。今回こっちに越してくるにあたって、一年分のランジェリーを持ってきたわ」

「だったら年末にはまたサンフランシスコに飛んで、来年の分を仕入れなくちゃね。だけど正直なところ、きみがセクシーなのはネグリジェのおかげではないと思うな」

「そう？」

「うん。いま証明してみせよう。ぼくがこのネグリジェを脱がせたらどうなるか見ててごらん」ジェイスは流れるような手の動きでネグリジェを豊かなヒップまでおろし、さらに床に落とした。

「ジェイス！」エイミーは半分笑いながら驚きの声をあげた。裸でベランダに立っているなんてばかばかしいほど無防備な気がするが、夫のほかに見る人などいないことはわかっていた。それでも思わず胸を隠そうと両手があがる。

「これは実験なんだよ。今夜ぼくが反応してしまうのはきみに対してなのか、ネグリジェに対してなのかを確かめるためのね」

「それで?」エイミーは嘲《あざけ》るように言った。

「やはりきみに反応してしまうのだということは間違いないね」ジェイスはエイミーを後ろ向きのまま抱きよせ、丸いヒップに熱くほてった体を押しつけた。「そうだろう?」

「わたしが思うに……」エイミーは苦笑まじりにささやいた。「前回セントクレアに来たときには、こういう行為がトラブルのもとになってしまったんだわ」

ジェイスは彼女の腹部からその下へと手を這《は》わせながら、首筋にキスを浴びせた。「心配いらないよ。ドクター・カーソンによれば、今回きみが妊娠する恐れは前回のときと同じ程度しかないそうだからね」

「ええ、わかってるわ。だけど、わたしってほら、すごくどじだから!」エイミーは体の向きを変え、ジェイスの首に両腕をからみつけた。きらめくトルコブルーの目を見あげてうっとりとほほえむ。「ああジェイス、愛しているわ」

ジェイスはかすれたうめき声をもらし、彼女の腿のあいだにたくましい脚を割りこませた。エイミーは彼の男の証《あかし》を感じ、熱っぽくため息をついた。「きみはぼくの命だ、エイミー」ジェイスが言った。「これからデイモンが大きくなるまではいつも三人いっしょだけど、その先もぼくたち二人は死ぬまで離れないんだ。愛しているよ、ミセス・ラシター。

ベッドに行こう。どれほど愛しているか教えてあげるから」

エイミーは夫に手を取られ、薄闇《うすやみ》の中で二人を待っているベッドに近づいていった。ジェイスを愛することにもう危険はなかった。彼の愛と情熱は生涯続く幸福を約束していた。

訳者あとがき

南太平洋に浮かぶ小さな島。

訪れる人もほとんどいない、忘れられた南国の楽園。

たまにやってくるのは米軍の艦船と文明社会から逃げだしてきた流れ者、それにメジャーなリゾート地には行きつくしてしまったひと握りの旅行者だけ……。

十年ほど前、そのセントクレア島に流れつき、いまではバーの経営者として気ままな日々を送るヒーローの店に、どこか思いつめたような場違いな女が現れるところからこの物語は始まります。

ジェイン・A・クレンツらしい、読者の期待をかきたてる巧みな導入です。

本書の著者ジェイン・A・クレンツは、カリフォルニアで歴史と図書館学を学び、大学の図書館司書として働いたあと、一九七九年から小説を書きはじめて次々とベストセラーをものしてきた実力派の人気作家です。その作風はバラエティ豊かで、ステファニー・ジエイムズ、アマンダ・クイック、ジェイン・キャッスルなどいくつものペンネームを使い分けて健筆をふるいつづけ、常に読者の期待を上まわる質の高いロマンス小説を提供してきました。

中でもとりわけ得意なのがこの『甘く危険な島』のようなロマンティック・サスペンス。スリリングなストーリー展開が人物造型のしっかりした――いわゆるキャラの立った――登場人物たちに支えられ、文句なしに面白く仕上げられています。

日本にもファンは多く、このたび読者のみなさまのご要望におこたえして、この新訳刊行の運びとなりました。

本作品をジェインが発表したのはいまから二十年以上前の一九八三年。明くる一九八四年にはステファニー・ジェイムズの名前でサンリオ社から本書と同じタイトルの日本語訳が刊行されました。

しかし、これがほんとうに二十年以上も前の作品なのでしょうか。著者の最新作だと言われても、なんの疑問も持たずに納得してしまいそうな、なんともイキのいい作品ではありませんか。

読む者をぐいぐい引っぱっていくストーリーも、互いに別世界に住むヒーローとヒロインのめくるめくロマンスも、〝ホットでサスペンスフル……〟という原書刊行当時の『ブックリスト』の評がいまもそのままあてはまる鮮烈な刺激に満ち満ちています。流行も世界情勢もめまぐるしく変わる現代では、二十年前は一昔どころか大昔という気がしてしまいますが——ちなみに本作品が発表された一九八三年は昭和でいうと五八年、千葉県浦安市に東京ディズニーランドがオープンした年でありました。ほら、大昔でしょう?——恋する女の気持ちがいつの世にも変わらぬように、すぐれた作品は時代を経てもその面白さが色あせることはないのでしょう。

翻訳作業もたいへん楽しいものでしたが、読者のみなさまにも存分に楽しんでいただけますよう願ってやみません。

二〇〇五年十二月

霜月　桂

訳者　霜月　桂

1955年東京都生まれ。青山学院大学文学部英米文学科卒。高校教諭を経て、翻訳家・翻訳学校講師に。主な訳書に、サンドラ・ブラウン『星をなくした夜』、リンダ・ハワード『愛は命がけ』（以上、MIRA文庫）がある。その他、ハーレクイン社シリーズロマンスに訳書多数。

甘く危険な島

2006年4月15日発行　第1刷

著　　者／ジェイン・A・クレンツ

訳　　者／霜月　桂（しもつき　けい）

発 行 人／ベリンダ・ホブス

発 行 所／株式会社ハーレクイン

東京都千代田区内神田1-14-6

電話／03-3292-8091（営業）

03-3292-8457（読者サービス係）

印刷・製本／凸版印刷株式会社

装 幀 者／野田頭美奈

ISBN4-596-91173-8